常桦◎编著

女人聚财

35岁前成功致富的22堂理财课

女人就是要有钱，拥有财富的女人才是最有魅力的女人；
打造女人的理财金典，点亮女人的财富梦想；
让女人同时拥有财富、幸福、美丽与快乐的人生！
女人一生命运的差异，是幸福还是不幸，很大程度上在于她在35岁之前是否掌握了投资理财的本领。

机械工业出版社
CHINA MACHINE PRESS

本书是对 35 岁以前的女人成为有钱人的 22 堂理财课。本书的内容有对成功理财的指引点拨，有对理财工具的具体分析，有对投资理财的细节把握，更有对人生幸福的温馨提示。这些具体可行的投资理财策略可使广大的女性青年、高级白领、公司高管、高校师生以及相关的投资理财人士厘清思路、转变观念、成功致富，从而获得幸福的人生。

图书在版编目（CIP）数据

女人聚财　35 岁前成功致富的 22 堂理财课/常桦编著 . —北京：机械工业出版社，2008.3

ISBN 978-7-111-23407-4

Ⅰ. 女··· Ⅱ. 常··· Ⅲ. 女性—财务管理—基本知识
Ⅳ. TS976. 15

中国版本图书馆 CIP 数据核字（2008）第 015023 号

机械工业出版社（北京市百万庄大街 22 号　邮政编码 100037）

策划编辑：任淑杰

责任编辑：徐　井

责任印制：邓　博

北京双青印刷厂印刷

2008 年 3 月第 1 版第 1 次印刷

169mm×239mm · 7.25 印张 · 198 千字

标准书号：ISBN 978-7-111-23407-4

定价：29.80 元

前 言
Preface

常言道："你不理财，财不理你。"那么究竟什么是理财？理财就是对现金的有效管理。女人需要理财吗？回答是肯定的。古人云："女子无才便是德。"今人要说："女子无财便是过。"

也许有人会说女人能挣钱，不如嫁个好老公，但俗话说得好，伸手要钱，矮人三分。凡事依赖老公，必然会受制于人，女性在家里半边天的地位就会发生动摇。把婚姻当作衣食保障，将爱情建立在对另一半的依附上，都会为将来的家庭幸福埋下隐患。从某种角度来讲，你有一定的经济实力，就有与丈夫平等对话的权力。所以作为现代女性，应当依靠自己的事业、掌握理财和生存技能等方式，让自己拥有独立的经济地位和经济话语权。

也许你现在正值青春美貌，也许你现在衣食无忧，可以随心所欲地追逐时尚，但是大有不测风云，人有旦夕祸福，如果有一天一场意外变故打乱了你的生活，措手不及的你将如何应对这突如其来的变故呢？

在现代社会中，单身女性以及离婚后独自生活的女性都不在少数，而且女人的寿命一般情况下也长寿于男人，女人的工资普遍比男人低，得到的退休金和社会保险又很有限。这些理由都使得理财变得更为重要。25岁到35岁是女人一生中的黄金时期，也是理财的黄金时期。

　　不少女性对理财心存恐惧，认为自己缺乏理财能力。其实新时代的女性，不仅在经济能力上不输于男性，在理财上也可以迎头赶上。将理财作为生活的一部分，即使你收入不及男性也一样可以使自己的财富增长，享受优质生活。

　　现代女性大都受过良好的教育，对不同类型的事物往往有着高度敏锐的观察力与极强的分析能力，但由于女性天生具有的感性，又使得其在理财中容易遇到优柔寡断、患得患失、跨不出第一步等问题，所以要理财还得先对自身进行全面的审视以及建立风险意识。

　　人的一生会有不同的经历，因年龄不同，收入、生活状况也会不同。二十几岁的单身女子花费和收入就与三十岁以后的已婚女性不同，那么处在不同人生阶段的女性该如何理财呢？

　　本书以通俗的语言，针对不同年龄的女性收支状况的差异，提出了一些理财方案和需要注意的问题，相信会对各位想要理财又不知具体从哪些方面着手的女性有所帮助。

目　录
Contents

第二部分

准备终身大事，步入家庭生活

第三部分

储备生育基金，转型家庭理财

后　记

第一部分

初入职场，"理才"重于理财

1

　　职业女性要用自己30年的工作收入节余，养活自己退休后近30年的老年生活，为了保证退休以后的生活，现在就要开始理财。不要以为时间还早，时不我待，早一天理财，会给自己将来的生活多一份保障。每个人都需要理财，初入职场，要做的第一件事就是树立理财意识。作为手头没有多少积蓄的职场新人，理财的第一步就是要"理才"，也就是要在职场取胜，努力工作获得更高的报酬，这样才能有财可理。

心态良好，事半功倍

　　每个人都可以理财，但是首先要有良好的心态，抛弃"没财可理"、"不会理财"的观念，相信自己可以理财，可以理好财。想要成为富人的愿望是好的，但是也要明白理财不是发财，投资不是投机，拥有良好心态才能理好财。

1.1　心态决定成败

　　年轻的白领女孩似乎很难不成为"月光族"：工资虽然不高，但是服装要紧追时尚，每次聚会还要有不同的风格，上一季的流行现在还在穿，就太没面子了。出门一定要打扮得漂亮，被人注目的感觉能够增加自信心；消费是在不断增长的，一旦得到奖金时奖励了自己一个600元的包，就发现原来200元的包再也见不得人、逛不了街了……

　　虽然也想着攒些钱，不过靠着每月数百元的积累，几年才是一台DV，想想还是放弃吧。节俭是困难的，寻求更好的工作、追逐更高的收入，是年轻时对财富最核心的思考。这时候如果每月积攒下来200元，坚持投资到一个年均10%以上的项目以及其他一些能够为40年后的生活考虑而采取行动，都不是件容易的事情。没有对退休后30年生活费来源不足的恐惧，没有对时间复利的认知，没有足够的忍耐力，自然也就无法抵制美食、打车、时尚的诱惑,放弃利用时间降低投资风险、获得高额收益的机会。

职业女性要用自己30年的工作收入节余,养活自己退休后近30年的老年生活,这是每位职业女性想想都会头痛的情形。通货膨胀是注定存在的,退休金不够是注定存在的,医疗费用是注定存在的,是把晚年的幸福押在子女的孝顺上、自己的投资上、有钱的老公上,还是有其他的选择?

现代职业女性都受过良好的教育,大多不甘心依附于男性,而实际上又比男人花得多,比男人挣得少,比男人退休早,比男人活得长,即使是铁娘子也逃不过人生的定律。因此,及早为自己的理财作打算显然是身穿职业装、高跟鞋的巾帼们的必修课。

心态决定成败,要理好财,首先要有良好的心态,用平常的心态来看待理财。对于理财,许多人存在着"没财可理"、"不会理财"的心态。真的"没财可理"吗?

秦红英,8年前,还只是一个下岗女工;8年后,成了身价上百万、三家公司老板。她的成功秘诀是什么? 用一句话来概括,就是创业加上十几年精打细算的理财习惯。

秦红英出生于山东省东营市,从小家境贫寒。下岗前她就极为重视理财,每月都要从家庭收入中取出20%作为固定的家庭储蓄,一坚持就是十几年。为了确保这项家庭储蓄可以持之以恒,不会因为特殊的家庭需求而更改,秦红英格外重视每1分钱的去向,力争将自己手中的每1分钱都用得物超所值。从全家3口人的服装购置上就可以看出这一点。

秦红英和丈夫以前都在工厂工作,工厂每年发的劳保工作服成了他们日常生活的主要着装,所以家中每年的服装购置费用主要集中在独生女儿身上。从女儿出生开始,心灵手巧的秦红英就亲自动手为女儿做衣服。起初,她用自己年轻时的衣裙为女儿做小服装,等女儿慢慢长大了,她就到布料店购买小布头来做衣服。女儿上了中学后,对妈妈做的衣服样式开始有些不满意了,虽然懂事的女儿没说什么,但是秦红英不想让孩子受委屈。

秦红英的弟弟恰好在当地开了一家小服装店,过季的时候,都会有一些服装积压下来。虽然秦红英的弟弟店里出售的是成人服饰,但秦红英每次过季后都会用心淘出几件衣服,回家后对腰线、领口等部位进行修改,通常只花三四十元钱,就可以给女儿"购买"四、五件合体的新衣服,花费不多,女儿也开心。

除了在服装上注意节省外,秦红英还详细记录家里每一笔开销。购买大件物品,秦红英从来不赶热潮,总是耐心等待。别人都争着换大彩电的时候,她托人从二手市场买了一台21英寸的彩电,只花了700元。而她家现在使用的29英寸彩电,是2003年才花1 900多元购买的。秦红英并不是抠门儿,而是会用钱,钱虽然不多却都用得恰到好处。由于精打细算,1997年秦红英下岗时,已经有了6万元的存款。后来她从中取出4万元作为创业启动资金,开办起了一个小服装厂,开始了自己的创业生涯。

由此可见,理财不是富人的专利,不要将没钱可理作为借口,只要你还在劳动,只要你有收入,你就有财可理。

每个人都可以理财,但不是每个人都可以理好财。将手中的财理好了,你也可以成为富人。理财时持有一颗平常心,可以让你有效地避免理财过程之中可能发生的风险。如果贪图高利,钱财可能来得快,但去的时候也会更快。如果本身并没有太多的余钱,却总觉得每个机会都不能错过,于是本币、外币、A股、B股乃至字画、邮票等等,都来一点,最终将一无所获。

此外,有的人很容易陷入过于自信和完全相信专家的误区。有的人认为自己有一点经验或者知道一些具体信息,于是不管自己知道的多么有限,都觉得自己是专家了,不用再听取别人的意见,自己有足够的能力进行投资。与之相反,有的人认为自己什么都不知道,只相信专家的指导,把专家的指点当作投资圣经。其实,专家们不可能准确地预测市场的变化,连巴菲特、索罗斯这样有着丰富投资经验的大师都认为市场是毫无理性、不可预测的。这并不是说理财时不需要专家,而是说不要迷信专家。

理财的意识和良好的心态是理财成功的第一要素。那么究竟该怎样树立良好的理财心态?

1.2 保持良好的理财心态

许多人学习理财知识,往往只注重掌握投资获利的技巧,比如,怎样从股市里挑选出优秀的股票?怎样通过基金运作获得更多收益?如何合理避税?如何使手中的资金尽快实现钱生钱?

这些都是我们投资理财的目的。谁都希望资产净值能够直线上升,谁都希望手头的钱能多一些,但事情往往是欲速则不达,所以要理好财还必须有良好的心态。那么,究竟怎样的心态才是良好的?

首先,忌讳贪心。俗话说:"贪心不足蛇吞象。"在金钱利益面前,很多人会迷失自己,20世纪80年代国外甚至有人倡导对财富的贪婪。其实,人如果过分追求利益就会沦为金钱的奴隶。为了金钱舍弃健康、家庭、情感是非常不值得的。因此,对于理财者来说,与其一味贪心敛财,"一不小心"导致财务上的亏损,或者危害到个人身心健康与家庭生活,倒不如保持平常心态,宁可多花点时间为手中资产制订一个谨慎的规划,然后去耐心地等候美好的"收成"。

其次,不要天天只是抱怨"老天不公",为何不让自己生来就是一位"幸福"的富人。目前国内贫富差距较大,这是个不容忽视的问题。不少"缺钱阶层"纳闷:究竟富人拥有什么特殊的聚财法宝,是我们这些天天省吃俭用、日夜勤奋工作的普通人所欠缺的?对此,曾有理财专家指出,许多富人之所以能在一生中积累较为充裕的财富,其中重要的一点,就是他们拥有较强的投资理财的能力。换句话说,人们对于理财知识的差距,是造成贫富差距的原因之一。有这些埋怨的时间,还不如调整好理财心态,抓紧时机学习有效理财的知识与技能,比如,了解各类投资工具的特性,接着定下一个整体计划去加以实行。

再次,理财是贯穿个人一生的事情,让理财成为一种习惯,你就不会觉得它是累赘。女性比男性有更多细腻的心思和直觉,因此在家庭中女性往往担当着理财的大任,所以要相信自己可以理好财。

最后,要明白理财不是发财,投资不是投机。理财的目的不是为了快速致富,而是对你的财产进行合理规划,为幸福生活做好铺垫。明白了这一点,才不会将投资当作投机,才能避免陷入理财误区。生活是由琐事组成的,理财也是欲速则不达,只有从一点一点的小财理起,才能会聚成大的财富。

有句俗语"人两脚,钱四脚",钱追钱比人追钱快得多。人一生能积累多少钱,并不是取决于赚了多少钱,而在于如何理财。拥有平和的理财心态,才能理财成功。现在,不妨问问自己:"今天,我的理财心态好吗?"

核心竞争,脱颖而出

　　人生旅途会有各种竞争,谁都无法避免。遇到挫折不要苛责自己,不要急于求成,找到自己的核心竞争力,并不断加强它,你就能取得竞争的胜利。

2.1　什么是核心竞争力

　　人生需要规划和经营,职业生涯也需要规划和经营,就像经营一个企业一样。进入职场,付出劳动,获得薪水回报是我们理财的第一步。那么如何在职场中取胜呢?

　　首先,要有良好的心态。再大的挫折,若干年后回顾一下也会觉得很平淡,所以要保持一颗平常心,不要苛责自己,不要怨天尤人,不要急于求成,要相信以后会有转机。

　　人在不得志的时候,亲情、友情更能显示出巨大的价值,如果不能保持良好的心态,只顾一味挣扎,恰恰最容易伤害最关心、支持自己的亲友,所以要与亲友多多沟通,让温暖的人情成为自己的后盾。如果对功名利禄这些身外之物念念不忘,只怕会搅扰自己的心态,侵蚀健康,伤害亲情,动摇自己的核心竞争力。

　　其次,要在职场获胜,就要找到自己的核心竞争力。人在社会中要始终占有哪怕只是一小块舞台,也能成为日后重新上路的根据地。找到自己与他人不同的地方,并全力出击,你才有可能胜出。

一个人在从出生到死亡的人生旅途中要经历各种各样的竞争,不同的竞争当然需要不同的竞争力,采取不同的竞争方式。在职场竞争中,个人要具备三种能力:

(1)基本能力。基本能力是参加竞争必需的,这个能力就好像企业的产品,你要有自己的产品拿出来和别人竞争。就像参加游泳比赛,你至少得会游泳。

(2)核心能力。所谓核心能力就是使自己在竞争中领先别人的能力。就像游泳要游得快,这个能力相当于企业的核心产品,产品要比同类产品更具市场竞争力。

(3)核心竞争力。两个人在森林中碰到了老虎,马上逃跑,其中一个跑得快,那么他就比跑得慢的具有竞争优势,如果其中一个会爬树,那么他就具有核心竞争力。

概括地说,核心竞争力其实就是不断加强完善自己核心能力的能力。不断使自己的核心能力得到提高、改善甚至转型,使得自己在竞争中总是先人一步,取得竞争优势。

举例来说,如果你是一位服装设计师,你会一般的服装设计,这就是你的基本能力。如果你设计的时尚女装特别受欢迎,那么这就是你的核心能力。你能够在女装设计中不断推陈出新,始终引领潮流,或者说很快抓住消费者,这就是你的核心竞争力。

核心竞争力是人格和特长的综合。小胜在于技巧,中胜在于实力,大胜在于人格。因此,要提高个人的核心竞争力就需要不断完善自身人格,还要不断学习,从而提高自己的职业能力。

2.2　如何提高自身核心竞争力

"天生我材必有用。"你一定具有别人不具备的能力。找到自己与众不同的地方,找到自己的兴趣所在,做你喜欢的工作,喜欢你所做的工作,充分发挥你的特长,你就能比别人做得更出色。

如果你的个人核心竞争力强,你就比对手更具竞争优势,同在职场中,你比竞争对手更有价值。IQ、EQ、知识资源、工作经验、市场感觉等等,这些隐性资源都可以成为你的核心竞争力。

由被动竞争转向主动竞争是提高核心竞争力的唯一方法。时势变化很快,我们要在竞争中赢得先机,就必须将适应环境为主的被动竞争转换为主动预测环境变化,积极应变,提前采取措施,提高个人核心能力。主动预测,给自己的职业旅程制造压力,克服惰性,克服工作惯性,主动预测工作的变化,才能做到有备无患。即使工作再忙也要花精力去想重要但不紧急的事情。

提高核心竞争力,使自己在职场游刃有余要做到以下几点:

(1)业绩突出。很多人经常会抱怨得不到赏识,却不知自己的业务水平其实并不突出。有人也许会说谁谁一无是处也坐了某某位置,但反省自身,自己在业务上的成就离这个位置更近吗?

机会只会给有准备的人,业绩往往会成为人才选拔的硬件指标,这就需要我们不断学习本领域最前沿的知识,更新我们的知识结构,不断提高业务水平。

(2)消息灵通。不要忽视公司里诸如文秘一类的人物,更不要轻视在公司里干了很多年却职级平平的老同事。因为文秘正是领导们的眼睛和耳朵,公司老员工更是大浪淘沙后留下的珍珠,他们能为你提供很多有用的信息,反过来也可以影响领导对你业绩的评价。

如果你在职场中能够掌握最新消息,在事情发生前有所准备,那么你就掌握了在竞争中获胜的先机。

(3)讲情重义。一个人对自己家人、同事、上级、老师的态度是其人品的体现,有些人对帮助过自己的老师、上级总是一脸不屑。其实,这种"教会徒弟饿死师父"的行为会让你"得不到秦琼的杀手锏,也学不到罗成的回马枪",师父带徒弟总会留一手,先别得意太早。其他人会从你对待师长的态度来判断你的人品,如果你给人这种不良印象,那么你的职场生涯就会举步维艰。

没人会专门花时间去了解你,所以你只能让别人看到你的表现来了解你,加深对你的印象。平时有事没事经常去其他部门和岗位转转,人事、财务等部门更是重点光顾对象,有事说事,没事混个脸熟,遇到个机会更要抓住不放,也许过不了多久,别人的成功就会给你带来机会。

(4)有诺必行。也许你会在不经意间许下一个承诺,也许别人对你的承诺寄予了太多的期望,而你却无法履行,也没有合理的解释。没有金刚钻,别揽瓷器活。在职场中千万别随便给人承诺,一旦承诺就必须全力以赴,特别是对于他人职责范围之内的工作更是要小心谨慎,一个只会说大话却从不做实事的人是会被人轻视的。

(5)尊重自己。尊重自己,用一句话来说就是"身在人上,把别人当人;身在人下,把自己当人"。很多人出于对自身职位和薪酬的考虑,对领导的指示不敢有异议,生怕意见相左,惹来领导厌恶,于是处处以领导的意志为转移,曲意奉承领导。会讨好领导的人固然可以一时得志,但从长远看,一个有处事原则的员工更让人信任。

大树底下好乘凉,没有领导庇护的人是可怜的,而与领导关系过密的人往往会成为炮灰的不二人选。所以还是要与领导保持恰当的距离,尊重领导,不把难题随意丢给领导,和领导保持充分的沟通,但也不要亲近得对领导的私生活一清二楚甚至四处炫耀,否则消息散布之日,就是你走人之时。不离不弃、光明磊落的关系正是领导所期望的。

身为员工,首先要对自己的职位负责,其次才是对领导负责。以为委屈自己的感受甚至是人格来博取领导同情和理解的想法是幼稚的,要知道领导最需要的是业绩,而不是顺民。

(6)"剩"者为王。我们可以看到拳击场上最后的胜利者,往往是经过博斗之后依然站立不倒的人。一个优秀的拳手首先要学会挨打,只有不被打倒,才能胜出。

职场中也一样,首先要学会面对打击和挫折,让自己坚强地站在竞争的舞台上,在经历了众多淘汰之后仍然留下的就是胜利者。人事关系和职务的调整,对我们而言是一次新的机会,那些在调整中屹立不倒的人往往有机会获得对资源的优先选择权。对一个科室、组织而言,"剩"者正是稳定人心,聚集力量的源泉所在,对于组织绩效的提升意义重大,所以会成为领导重用的对象。不倒翁的秘诀正在于它能够不断地自我调整,保持积极向上的姿态。

我们常常说"胜者为王",但现实中常胜将军是不存在的,几乎很少有人能在每一次竞争中都胜出。那么对于绝大多数人来说,就只有让自己成为久经失败的"剩"者,谁坚持到最后,谁就是胜利者。

第 **3** 课

投资自己，升值有望

"利率越低的时候，人力的报酬反而越高。"在知识经济时代，知识就是资本，投资自己，不断充电才会有更多的机会获得升值。为自己构筑安全保障，善待自己，才能让自己随时保持更好的精神状态，去面对未来的挑战。

3.1　积累"知本"

人一生的理财组合应该是由两个部分组成的：金融资产和人力资产。

有位台湾的理财专家曾经说过："利率越低的时候，人力的报酬反而越高。"年轻时不断投资自己，不断努力超越自我，对未来事业的发展和财富积累有着非常重要的意义。"打工皇后"吴士宏的例子是个典型。

吴士宏没有任何高深的背景，也没有受过任何正规的高等教育，曾经在北京椿树村医院做护士，获得自学英语大专文凭之后，通过外企服务公司进入IBM，从沏茶倒水、打扫卫生的小角色做起，凭借坚忍不拔的意志和精神，不断投资自己，给自己加码，终于成为中国首屈一指的职业经理人。

（1）知识就是金钱。改革开放前，知识分子与知识不多的人，收入上虽然略有差异，但差别并不太大。改革开放之初，在新旧体制并行，社会生产方式和经济结构尚未出现重大变化的背景下，出现了"撑死胆大的，饿死胆小的","造原子弹的比不上卖茶叶蛋的"的现象,有知识的人收入反而大不如没有知识的人。

20世纪90年代中后期以后,随着电子信息技术在各个领域的广泛运用和网络经济的迅速崛起,知识经济诞生了。随着改革开放的不断深入,中国经济逐步融入世界经济之后,越来越多的外资抢滩中国市场。这些外国企业在带来资本、技术、管理经验的同时,也为中国本土的人才带来了获取高薪的种种机遇。随着中国经济主体结构的多元化,国有独资企业、"三资"企业、股份制企业、民营企业在同台共舞中,为了生存和发展,为了战胜竞争对手,争相开展了人才争夺战。在这样大的背景下,知识和人才越来越重要。

时势造英雄,在靠知识打天下的时代,谁拥有最先进的科学技术和管理经验,谁就有了称雄市场的资格;谁拥有了现代科技专业知识,谁就拥有了拥抱财富的机遇和资格。年轻、知性的都市单身女性,恰好以自己的学历、知识、素养,顺应了这种历史发展的潮流。从而感染了市场,吸引了市场,这些白领的年薪也许比她们父辈劳作终身的收入还要多。

(2)学无止境。当然,高薪总是与高强的压力相伴存在。进入职场并不是意味着一切已经一帆风顺,相反,压力和竞争无时不在,而且有的人所做的工作并不是自己心仪的工作。对陌生环境的适应,对工作的适应,与同事和上司之间的关系等等,都会让刚进入职场的新人感到不适应。

也许你曾经以学历傲视群雄,可学历在飞速"贬值"的今天,找到工作就一劳永逸的体制已成为历史,如果你想单靠原有的文凭在职场立足几乎不可能。要在职场站稳脚跟,扎实的专业知识和与工作相适应的能力是必备的,而你现有的专业知识和工作能力往往并不适应工作的需要,因此就需要不断学习,以提高自身的业务水平。

职场有句话:"你永远不能休息,否则你就永远休息。"学无止境,要树立终身学习的观念。充电是提高专业知识水平、防止"贬值"的一种好方法,要让自己不贬值,就需要不断充电。

社会在不断发展,时代在不断进步,若想跟上时代,更加需要不断努力学习。只有把你现在有限的金钱拿来进行教育投资,转化成为自己身上的知识,你才能获得更多属于你的真实的财富。一个真正的成功者,在教育上投资多少金钱也不会后悔,因为世界上唯一不会后悔的事情就是接受教育。

良好的教育会使人成功,但 次教育并非终点,你必须为获得下一次成功而进行再投资。而有效的充电将会带给你更多的投资回报。

(3)充电也要看市场。随着"充电"一词越来越流行,许许多多的职业培训和技能培训如雨后春笋般兴起,让人眼花缭乱。如果糊里糊涂就报了一个培训班,结果却发现所学的并不是自己所期望的,那就有点得不偿失了。

目前赋闲在家,成为失业大军一员的李小姐就为自己的错误选择懊恼不已。1998年,理科出身的李小姐大学毕业之后就进入了一家世界500强公司,担任技术支持工作。几年的工作下来,李小姐的职业发展也算一帆风顺。可她不甘于现状,想有更大的发展,于是2001年离职去加拿大进修MBA金融学的课程。

为了申请到OFFER,她付出了很大的代价:放弃了本来不错的工作,起早贪黑地读书,还搭上了自己和家人多年的储蓄。独自在海外求学当然很辛苦,李小姐不但每天要读书,还要忙着到处打工以补贴生活费。但是,金融人才并不是加拿大紧缺的人才,而且李小姐没有金融工作经验,语言上明显处于劣势,所以尽管好不容易拿到了学位,李小姐仍然无法在当地找到合适的工作。

开始李小姐并不担心,因为她觉得自己是"海归",有着过硬的文凭和语言技能,回国之后在上海这个中国的金融中心,找到一份合适的工作应该没有什么困难。

然而事实却并不如人愿,跑了几家外资银行,李小姐都在初次面试后就被"刷"了下来。有一家银行的人力经理向她道破了实情:尽管她的语言和学历都过硬,但她没有任何金融行业的工作背景,而银行需要的恰恰是具有丰富实践经验的人才。

眼看进入金融业无望,李小姐只好重新回到自己的老行当,做技术支持工作,但她离开这个岗位已经有4年了。4年对于一个从事技术工作的人来说,意味着一切都要从头开始。更糟糕的是,HR看到她的简历中进修金融MBA的经历,对她的职业忠诚度产生了怀疑。尽管投入了大量时间、精力和金钱,李小姐的职业发展却依然困难重重。一次失败的培训投资不但没给她带来更大的职业发展,反而成为她前途的绊脚石,实在有点得不偿失。

由此可见,选择培训不可不慎重,一定要计算投入和产出,避免盲目和冲动。而培训的选择则是和职业生涯规划密不可分的。一个人在职场上的发展一般都要经历"探索期——立业期——成熟期——高峰期"这样一个过程。处在工作初期的职业女性,应该将培训计划的侧重点放在提高自己的专业技能上。在制订培训计划的时候,可以从自己的目标岗位来着手。

如果你现在所从事的是人力资源方面的工作,那么下一步的目标岗位就可以定为人力经理,看看人力经理这个目标岗位需要哪些方面的专业技能,而哪些又是自己所缺乏的,从而制订出具有针对性的培训计划。如果你的职业目标是到另外一家公司寻找相应的岗位,那么你有必要预先了解一下这家公司对这个工作岗位有什么特定的要求,例如,工作语言、企业文化的改变等等,从而有目的地通过培训提高自己在相关方面的能力。

很明显,充电和不充电的差别是不容忽视的,充电之后看问题的角度和高度都和以前有很大的不同,对事情考虑得更翔实,看问题也会更远。所以选择合适的培训,不仅有利于你的"理才",还能大大提升你的职场价值。

学习充电虽然一时辛苦,而且费用也不低,但从长远的角度看,还是值得的。也许,你并不想做女强人,但你也不应该甘于现状。每天都需要进步一点点。万一你发现自己认真努力以后,工作起来仍不快乐,便应该考虑换一个工作环境和换一份工作了。理想,可以让人有目标,朝着目标去奋斗,工作起来便有了激情。

3.2 自我保障

有调查显示:香港每人拥有7~8份保险,美国人每人拥有3~4份保险,日本人每人拥有6~7份保险,欧洲人每人拥有2~3份保险,而国内人均保险量只有 0.19 份。

1. 保险不可少

没有保障的生活是很危险的,随时可能发生的意外,不仅会影响现代女性的事业,更会影响健康。只有保障充分,人的心才会觉得安定,工作才会专心,生活才会多一些快乐。

而女性一生中可能遇到以下一些危险:

受伤,危险几率 1/3;

难产,危险几率 1/6;

车祸,危险几率 1/12;

乳腺癌,危险几率 1/2 500;

死于车祸,危险几率 1/5 000;

……

很多年轻的女性认为自己现在很阳光、青春、健康,疾病、死亡之类的离自己很遥远。但是"人无远虑必有近忧",也许你今天还很健康,明天却忽然患病,也许你昨天还开开心心上班,今天却忽然遭到飞来横祸……青春总有逝去的一天,人始终无法逃脱自然的规律,也无法预知未来会有什么灾难等着自己,所谓保险只是在不影响你正常生活的情况之下,为不可预知的未来增加一份保障,筑起一道防线,不至于让偶然的不幸影响到我们生活的质量。

2. 保险种类

随着保险的逐步发展,女性购买保险也有更多的选择。目前国内推出的女性保险主要有三大类:

第一类是针对女性为了美而做的付出进行赔付的保险;

第二类是对于女性特殊时期保障费用的赔付以及针对于女性易患疾病的保险;

第三类则是在人身保障的基础上,还可以参加保险公司的分红、分享保险公司的利润盈余的产品。

3. 有关保险的基本知识

不同种类的保险所保的内容和要求是不同的,这里做一个简单的介绍:

（1）人身保险。保险可以分为两大类，财产保险和人身保险。顾名思义，财产保险保的是财产及其有关利益，而人身保险保的是人的寿命和身体。对于人身保险来说，保险公司一般会按照合同约定承担以下情况的保险责任：身故、伤残、疾病或达到合同约定的年龄、期限。

人身保险按照保障范围可以分为人寿保险、健康保险、人身意外伤害保险。人寿保险简称寿险，以人的生存和身故为给付保险金的条件，一般包括生险、死险、两全险。

意外伤害险是指投保人和保险人约定，在被保险人遭受意外伤害并由此致残或者死亡时，由保险公司依照约定向被保险人或者受益人给付保险金的保险合同。具体一点说，保险公司一般针对被保险人因为意外伤害导致身故和因为意外伤害导致伤残两种情况承担给付责任。

健康保险是指被保险人发生疾病或者分娩以及由此导致伤残、死亡，由保险公司给付保险金或者补偿医疗费用的合同。疾病是导致保险事故的直接原因，因此，健康保险也称为疾病保险。具体来说，就是保险公司一般针对被保险人因患病发生医疗费用支出、患病不能工作而减少收入、疾病死亡、疾病残废等情况承担给付责任。

（2）商业保险和社会保险的区别。商业保险和社会保险之间的区别比较多：社会保险是政府行为，商业保险是商业行为；社会保险保障的是法律规定的劳动者，而商业保险保的是一切自愿投保的社会大众；社会保险采取强制的方式，而商业保险则采取自愿方式；社会保险由国家、企业和个人三方共同分担保险费，商业保险则完全由投保人个人承担保险费；社会保险以法律为依据，商业以保险合同为依据。

总的来说，社会保险保障的是基本生活需要，而商业保险则可以量入为出，你买得多，保障就高。

（3）人寿保险与银行存款的不同。买保险和银行存款是有本质区别的，主要体现在：买保险得到的不仅是自己所交的钱，还包括别人所交保费的分摊，而把钱放在银行只能得到本钱和利息；把钱存在银行有了风险只能依靠自身力量来解决，保险则可将自己的力量与他人的力量相结合来共同对抗风险。当然,如果你买了保险就不可能像把钱存在银行一样自由地使用了。

(4)分红保险和投资连接保险的区别。分红险的特点是客户可以与保险公司一起分享分红保险业务的盈余,如果保险公司经营得好,你就能得到红利。即便经营得不好,出现了亏损,也不会影响你的保证收益,也就是说你的保单现金价值是有保证的。

而投资连接保险是将客户的钱分为两个账号,小部分用于保障,大部分用于投资。投资连接保险完全把客户的利益和投资账户的收益捆绑连接在一起,客户依据投资账户的盈亏享受收益或者承担风险。

(5)保费自动垫交。保费自动垫交是保险公司针对某些险种为客户提供的一种服务。如果你投保的险种有保费自动垫交,万一你在保单过宽限期后因为一些原因没有交费,而且你当时的保单现金价值余额足以垫交当期应交的保险费,那么保险公司就会对你的保单进行保费自动垫交,以免你的合同失效。这项服务是对客户利益的一项保障,特别是针对在宽限期刚结束就发生保险事故的情况,这项服务显得尤其重要。

(6)退保金。保险法明确规定,投保人申请退保时,保险合同未交足两年保险费的按扣除手续费办理退保,交足两年保险费的按保单现金价值办理退保。

有的客户退保时,发现退保金比自己交的钱少了很多,认为是保险把自己的钱贪污了。其实,退保金并不是任何时候都少,只是最初一两年比较少,因为人寿保险合同的费用分摊比较特殊,虽然寿险合同长达几十年,但是它的大部分费用是在最初几年分摊的。随着保单年数的增加,分摊费用越来越少,退保金也会逐渐增加。

4. 购买保险需注意

要找到一款最适合自己的险种需要注意一些问题:

首先,买保险买的是赔偿的可能而不是一定要获得回报。也就是说保险给你的是一种安全的保障,而不是高额回报的投资。

人生有三大风险:意外、疾病和养老,最难预知的就是意外和疾病,保险的保障意义,在很大程度上就体现在这两类保险上。但是很多人感觉这两种保险的保费很多时候是一去不复返，或者回来得很少，很不划算，所以对这些最具保障意义的保险一直不够重视。

何小姐在大学学的是金融专业，毕业后在银行工作，手上有点积蓄。一位从事保险业务的朋友推荐她购买一种健康险和一种分红险。她认为自己年轻身体好，不需要购买健康险，而那种分红险不错，于是花了四五千元买了一份分红险，而没有买健康险。

这年夏天有段时间，何小姐感到腹部疼痛，去医院检查被告知肾上有一块阴影，医生建议她去肿瘤医院检查，结果确诊为肾癌。这对年轻的她和她的家庭来说，实在是个巨大的打击。何小姐想起自己买的保险，一翻看保单，大为后悔：她买的是分红险而不是健康险……

所以，科学的保险规划应该从意外、健康保险做起，有了这些最基本的保障，再去考虑其他的险种。

其次，保险是一项长期的投资，投保人必须对未来长期费用的承担有全面的考虑。

第三，投保人必须对险种有一个基本的了解，比如，保障责任、保障利益等等。

第四，对保险公司要有一定了解。各公司的险种没有绝对的优劣，但实力强的公司其领域比较大，网点多，其便捷度和服务附加值会相对好一些。

从理财的角度来看，越早买保险越划算，不同年龄段的保险金额差距很大，同样的险种、同样的保险额度，保险费会随着年龄的增长而增大。如果等到年龄大了，身体状况大不如前的情况下再购买保险，不但可能因为年龄和健康原因被拒保，而且即使通过了核保，还要支付巨额的保险费。现在很多险种是终身受益的，越早买，受益的时间越长。对于刚踏入社会的新人来说，消耗型支出较多，生活支出部分占收入的50%左右，所以保险的份额可以相应地减少一点，控制在10%左右。投保不是应急反应，也不是"亡羊补牢"的善后措施，无论什么时候，对抗什么样的风险，最好立足长远，早做打算为好。

3.3　享受生活

继 DIY 之后又出现了一个新的词"BIY",全称是"Buy It Yourself"意思是为自己买单,不用乞怜、讨好、伪装以及克制合理的欲望。女人爱钻石、爱购物本来是天经地义的事情,但如果要别人来买单总会不自由,买多了还会被称为"购物狂",还是花自己的钱爽快。做个 BIY 女人,充分享受生活,为自己买下的不仅是快乐和自信还有纯粹和自我。

闵洁是个"LV 狂人",先后拥有 3 个 LV 包。工作 4 年,月薪 6 000 元,在银行工作的闵洁不过是北京众多白领中的普通一员,却因为"LV"标签,在供职的银行里名声大振,连不认识的人都知道她"够 high"。

其实,对于她来说,一年攒钱买一个价值过万元的 LV 包都很辛苦,但闵洁有她自己独特的消费观念:衣服可以便宜,包必须是正货。穿一两百元的外贸货,拎着价值过万元的 LV 包,闵洁毫不掩饰自己对奢侈品的热爱:"品位就是从细节中体现的,而且我消费合理,攒足钱,不负债"。

爱美是女人的天性,刚刚踏入社会的职业女性,有了自己的收入,又正值花样年华,更要抓住大好青春好好打扮自己。人在职场,难免会有压力和挫折感,学会释放压力,享受生活是获得工作激情和取得工作成效的有效方法。无论你从事何种工作,无论你收入多么有限,也无论你时间多么紧张,你都有权力也有必要享受生活。

有一个《渔夫的故事》:一位富翁与正躺在海滩上晒太阳的渔夫对话——

"你怎么不出去捕鱼,而在这里吹海风,晒太阳呢?"

"捕那么多鱼干什么呢?"

"拿到集市上去卖啊!"

"卖了鱼之后呢?"

"拿卖鱼的钱建更大的房子呀!"

"然后呢?"

"然后就可以在一旁沐浴阳光啊!"

"我现在不正是在沐浴阳光吗？"

渔夫在捕到能够满足生存需要的鱼之后，就享受阳光和海滩，而有的人却在忙忙碌碌完成一个又一个目标的过程中错过了很多沿途的风景。作为职业女性，要工作，要追求物质，但是也要学会享受生活，否则就会错过人生很多美好的东西，沦为工作或者金钱的奴隶。

传统的中国父母一辈子辛辛苦苦劳作，节衣缩食地供孩子读书，等到孩子完成学业，又赶紧积攒钱财，准备资助孩子完成婚嫁，好不容易等到孩子成家了，又得积攒钱财，准备做爷爷奶奶，外公外婆。总之，他们已将全部的情感和全部的家当都倾注到了儿孙身上，而自己却劳碌一生，无怨无悔。

父母们伟大的奉献精神值得我们做儿女的尊敬和孝敬，但是作为受过教育的新一代年轻人，尤其是单身女性，有着自己的消费观念和生活方式。

在她们看来，钱不是万能的，但没有钱却是万万不能的。钱是生不带来，死不带去的，一个人如果死死守着自己那一丁点儿财富而吝啬刻薄自己，那是土财主的活法。她们不愿意像葛朗台一样，空有千万家产，却过着比只有几个先令的穷人还困苦的生活，所以她们努力赚钱，合法赚钱；轻松消费，创造消费；珍爱生命，享受生活。她们赚钱的目的是为了更好地享受生活，不是为了赚钱而赚钱。

享受生活并不是一种奢侈，而是一种生活的态度。最简单的方法有下面这些：

(1)保持愉快心境。乐观的人容易想到有趣的事，常到使自己快乐的地方，花点心思留意周围的事物，你会发现一些令人开心的事物，其实快乐无处不在。

记下每天的快乐心情，使你快乐的人物和地点，心血来潮时就拿出来重温快乐时光，留住生活中美好的回忆，千万不要将不愉快的情绪留到明天。

(2)出外购物。年轻女性不高兴的时候往往会拼命购物发泄自己的不快，购物确实也是一种放松的方式。感觉很累的时候，买一些东西，慰劳一下自己，看着自己精挑细选之后的收获，会很有成就感。当然，不要冲动购物，不然买完了之后钱包大出血可能会让你的心痛代替购物的满足感。

（3）感受积蓄的乐趣。买一个漂亮的小猪钱箱放在你的桌上，作为你旅游、买大衣或做善事的基金，每天喂它一次，会带给你如细水长流般的快乐。

尝试一段时间只在发薪水的那个星期才购物，过一下计划购物的生活，也许你会找到只有童年才有的那种拿到等了很久的零花钱才能买东西的回忆。

（4）整理房间。平时就应该做好休假的计划，利用周末整理房间，在干净整洁的房间里会很有成就感，而且说不定会有一些意外的收获。

（5）帮助别人。不论是扶老婆婆过马路、施舍一名乞丐、在公司里帮同事们一点点小忙，或是在办公室制造欢乐气氛，这都算是好事，并使你一整天都拥有一个快乐的好心情。

（6）出外旅游。有空的时候出外旅游一番，感受大自然的美妙、陶醉于古老的文化氛围之中，会让你身心放松，体会到生活的美好。给自己的身心放假，你会更有激情工作。

（7）美容健身。去美容院不一定能马上让你的皮肤变得很好，去健身房不一定能让你的身材立刻变得很完美，更多的时候我们需要的是心理的安慰，是享受这个过程。当你觉得状态不太好的时候，去美容院做个护理，或者去健身房流汗，之后看着焕然一新的自己，一定会觉得很开心。

（8）精神享受。有的人喜欢利用假日去听音乐会，不过现在多媒体很先进，在家里同样可以享受音乐。辛苦工作了一天后，利用短暂的休息时间，听听自己喜欢的音乐，陶醉在优美的音乐旋律中，就算是只有短短的十分钟时间，也能帮你松弛疲劳，带给你不可思议的美妙感受。

除了音乐，电视节目、杂志、书籍等等都能给你带来精神的享受。与朋友聚会，在增进友谊的同时，还能带给你身心的放松，同样也是一种享受生活的方式。

（9）自我增值。定期上不同且对自己有益的兴趣班和训练课程，体验一下不同领域带来的学习乐趣和成就感，只要忙得充实有意义，你的每一种兴趣都会带给你不同程度的成就感。

（10）享受天伦之乐。家人永远是你最重要的精神支柱，好好珍惜及培养和他们的关系,定期为自己安排喜欢的家庭活动,有了家人亲切的支持,做起事来必定更加起劲。不跟父母同住的朋友们,平日虽然不能常抽空见他们,下班后可别忘了打个电话问候一下。

努力创造生活,尽情享受生活,热情拥抱生活;让生命之花开得更美更灿烂;让生活更温馨、更精彩,这就是当代都市单身贵族女性所追求的"小资生活"、"精致生活"。

物质也好,精神也好,无论用哪种方式,只要自己快乐就好。会享受生活的人才会有工作的激情,才能把工作做好。笑口常开的人比较容易青春常驻,想要青春不老,就别忘了一定要经常保持乐观进取的态度,积极快乐地过好每一天。

第 *4* 课

安排收入，不做"负姐"

许多年轻女孩收入较高，却将每个月的收入都花得精光，没有成为"富姐"，倒是成了月底就要熬日子的"负姐"。享受生活不是一定要花光收入，合理安排收入可以让"月光"女孩们在手头宽裕的同时不降低生活质量。

4.1 收入安排的常见误区

"月光族"相信大家都听说过，也许你自己正是其中一员。每个月的工资也不少，但是到月底或者还没到月底就感觉捉襟见肘，钱不够用了，于是只好四处借贷或者一边紧巴巴地过日子一边眼巴巴地盼望发工资的日子快点到来。

郑小姐供职于电信部门，大学毕业已有四年，月薪 4000 元，每个月的薪水都花得精光。本来以为没有存款也没什么大不了的，身边的朋友也有和她一样的。但是到了结婚要买房的时候，她才发现自己参加工作后竟然一分钱也没存下来，连按揭买房最基本的首付款都付不了。

在一家电脑公司工作的邓小姐也是一位"月光族"，虽然工资比较高，但是她的收支一直处于平衡状态：每个月房租、水电、电话、手机费用、餐饮、零用等各类支出用去了薪水的一半,剩下的钱大部分用到了电脑配置和交际上去了,几乎没有什么结余。而且,她办了一张信用卡,经常控制不住要去透支。因为月月透支,月月还款,一到月底,她就发现自己很穷,眼巴巴地等着发工资的日子快点到来。更要命的是,由于公司经营不善,管理人员都调整了薪酬,她的薪水减少了四分之一;她的房东要求加租;大学同学来电请她去新居做客;她的信用卡透支额度已经接近底线……接踵而来的经济问题让邓小姐头皮发麻。

"负姐"们能拿高薪是因为有赚钱的能力,但赚一个花两个,当然会入不敷出。赚钱要靠机会和实力,往往不容易把握,但是花钱却是我们每个人都能把握的,这就需要我们合理安排收入。一般来说,收入安排包括必要支出和非必要支出。盲目购物陷入购物误区,会造成非必要支出。购物的误区包括以下一些:

1. 打折诱惑

看见打折就抑制不住想买东西,即使所买的东西不是自己急需的或者根本用不上。说到购买打折商品,几乎所有的女士都能讲出几点门道来。例如时令性打折,商家一般会将过了时令的商品低价处理掉,以便及时收回资金。而众多家庭主妇和一些白领女士们受其吸引,争相拣便宜货,以求实惠,便有了大热天买皮货、大衣,三九天买 T 恤、时装裙的反季节购物行为。除了时令性打折,还有"断码出货","样品处理"等等,这些都属于正常范围内的打折销售,但是也有一些真假难辨的打折,广大的女士们就不能轻易受其诱惑了。

有位服装店的店主进了两款式样、面料都不错的女装,开始店主挺本分,一款短袖衬衫开价 39 元,一款裙子开价 50 元,挂上架后接连三天无人购买。他的一位朋友代为操作,变了个花样:衬衫、裙子合在一起,原价 188 元,现对折出售,且去零为整,90 元一套,结果居然吸引了不少年轻女孩,没两天便全部售光。可见,一些爱买打折货的年轻女孩们,面对换汤不换药的所谓打折货,常常缺乏辨别能力。

如果弄清楚了商品的性价比,确认自己是否确有需求,且证实是货真价实后,再掏钱购买,那么面对商家"搬迁大甩卖"、"大出血"、"跳楼价"的牌子,或者喊着"原价198元,现价58元"、"原价1080元,现二折起售"等等口号,女士们就不会再轻易落入商家的陷阱。

2. 盲目轻信商家

男士购物目的性很强,要买什么早有计划,进了店堂,往往直奔柜台,买完就走。可女士购物就不同了,买前会相约多人同往,还常常会先向熟人、朋友讨教、咨询,进店后几个人会商议、评判一番,事后如果买得满意,又受人夸奖,还会成为商店和所买品牌的义务宣传员和推销员,劝自己的朋友也赶快去效仿购买。

3. 从众心理

走在路上,看到某个摊子或者某个店面很多人,就忍不住会好奇去看看,结果一看到很多人都在买某件商品,自己本来没打算买也会跟着买。

4. 攀比心理

看到办公室的同事都有名牌时装、包,自己要是挎个从地摊上买的包就很丢面子,所以哪怕是节衣缩食也要让自己光鲜。无端攀比,是不少女性购物的通病,尤其是一些爱美、爱时尚的白领们。

王小姐在一家外资企业做内勤工作,平时总喜欢和同事们关注时尚,经常一起逛街购物,形成了一个小圈子。而同样的小圈子,在公司里还有好几个,结果形成了暗自攀比竞争的局面:人家昨天穿了新买的意大利名牌服装,拎意大利品牌皮包,今天,王小姐一伙必定要穿上新买的法国名牌时装、拎法国产的皮包;今天,人家提前穿上了夏季连衫裙,明天王小姐她们一定要更超前,把刚买来的新式吊带裙穿上。就这么攀比来,攀比去,商家当然高兴了,货出钱进,只不过是多派发了几张贵宾卡而已,而王小姐她们可就惨了:皮夹里总是空空的,银行卡里也所剩无几。为了攀比而买来的时尚衣物,有的并不适合长久穿着,于是刚买不久的衣物要么压箱底,要么落得送人了之的结果,实在是得不偿失。

5. 会员卡情结

女性们对各种会员卡、打折卡可谓情有独钟,几乎每位时尚女性的包里都能掏出一大把各种各样的卡。许多情况下用卡消费确实会省钱,但有些时候用卡不但不能省钱,还会适得其反。有的商家规定必须消费达到一定金额后才能取得会员资格,如果单单是为了办卡而突击消费的话,就不一定省钱了;有时商家推出一些所谓的"回报会员"优惠活动,实际上也并不一定比其他普通商家省钱;还有一些美容、减肥的会员卡,以超低价吸引你缴足年费,可事后要么服务打了折扣,要么干脆人去楼空,让你的会员卡变成废纸一张。

所以"BIY"女人们在花自己的辛苦钱的时候还是要三思,不要一时心血来潮,做了"冤大头"。

4.2 如何合理安排收入

参加工作了,拿薪水了,是花光它们还是用来储蓄或者做别的事呢?

许多单身女性在为企业为社会努力创造财富同时,也获得了与自身智力投入基本匹配的相对较高的报酬。同时,她们也在付出金钱,努力创造消费、努力推进消费,并在消费的过程中获得了快乐。因为年轻、健康,她们的心灵总是充满了阳光,失业的痛苦、疾病的缠绕、不可预测的天灾人祸、人生意外、通货膨胀、物价上涨等等,似乎永远都不会找上她们的家门,离她们还远着呢,她们只想现在怎么快乐,没时间去想以后会有什么痛苦。

当然,也有一些单身女性比较有远见,信奉"预则立,不预则废"的信条,以理性的思维,超前的眼光审视着自身的财富创造力和消费持续力,在筹划着、忙活着将自己赚来的钱,每月省下一点点,每年积聚一点点,分别放到不同的篮子里,以备今后之需。这些女性,她们不但追求今天的富有、快乐,同时也在追求未来生活的富有和快乐。

相比之下,我们就可以看出,第二种女性更理性,她们才是真正懂得生活的人。没错,人的确可以在一定程度上改变环境,但是环境对人的影响往往更为巨大,更为实质。面对不可知的未来,我们只能现在做好准备,尽量减少不确定性因素。一个手头有积蓄的人肯定比一个身无分文的人更有安全感。所以"月光公主"们最好还是改一改每月花光的习惯,每个月发了薪水第一件事应该是将收入的一部分存起来,然后再对消费和日常开支作出规划。许多理财专家建议:"个人理财应该遵循'三分法'原则,即除去个人日常生活的必要开支,应该将剩余收入的三分之一存入银行,三分之一买证券,三分之一买不动产。"

赚钱的第一个目的是为了维持生计,为了解决吃、穿、住、行等生存的基本需要,为自己提供生活保障,然后余下的钱可以用来改善生活,提高生活质量。年轻人应该在不超出收入水平的基础上进行消费,根据现有的经济实力,形成自己能承受的生活方式。房屋、家具、衣着、娱乐等消费,都要符合自己的承受能力。

都市丽人们大多年轻、知性、健康,收入较高,上无父母要赡养,下无家庭子女拖累,因此抗风险能力较强。那么,在目前阶段,除了维持日常生活消费外,避险投资与消费的压力还不是很大,也不是很紧迫。所以都市丽人们在投资中应持进攻型策略,将自己省下来的钱尽可能投入到风险投资市场,以追逐私人资本的高额回报。

也许你会说自己朝九晚五地忙事业,任务重的时候经常忙得连周末和晚上也要加班。如果公司不太忙,下班之后也要忙健身,忙美容,忙逛街,忙着与朋友们泡吧、K歌、蹦迪、看明星演唱会、看进口大片,一个人的时候就看看韩剧,看看言情小说,看看业务书籍,玩玩电游,翻翻时尚杂志,根本没时间去做投资。

其实,只要你少逛几次街,少蹦几次迪,完全有时间进行投资。对于受过良好教育的年轻知识女性来说,学习投资知识根本不是什么难事,问题就在于你愿不愿意。如果你想拥有未来的财富,想在未来生活得更开心、更富有一些,那么你现在就得牺牲一点眼前的欢乐,多为将来做一些规划。

至于运用何种理财工具进入风险投资市场,就取决于自己对不同风险投资市场、理财工具以及对这些市场运行规律的认知和把握。如果你对股票投资有兴趣、有信心，并且资金也比较充足的话，你可以在股票、证券投资基金、股票期权和投资联结保险方面投资。如果你对古玩中的一个门类比较感兴趣，喜欢收藏，那么你可以在这方面多下些工夫。

总的来说，合理安排收入就是要在满足基本生活需要的基础之上，尽量有节余，并用这些节余的钱来"开源"，使钱能生钱，从而更好地提高生活质量。

第 **5** 课

有钱不花，过期加倍

不储蓄的人，最后能够拥有的只是债务；而储蓄的人除了可以拥有利息，还能获得安全感和自尊，因为一旦碰到急需用钱的情况，有储蓄的人可以不用求别人。而且选择合适的银行和存款方式还能让你在利率低的情况下获得更好的收益，又何必一定要坚持做"月光族"呢？

5.1 养成强制储蓄的习惯

每个月收入几千块，对于刚参加工作的人来说的确是一笔巨额财富，再加上爱美、爱玩的天性，年轻的职场女性很容易成为"月光族"。

这个时候没有养家的责任，精力充沛，玩心也比较重，想做什么就做什么，想买什么就买什么，没有储蓄意识，或者说想到要储蓄，结果无意中看到了一个很久以来一直想要买的东西，于是毫不犹豫买了。总想着下个月工资一定要存起来，下个月也许又有别的什么事情打断了你的计划，结果手里的钱很快就落入了商家的口袋。所以刚取得经济的独立，手头也没有多少积蓄又有志于理财的女性，要做的第一件事就是强制储蓄，告别"月光族"。

王小姐在广州一家公司做化妆品销售工作，由于业绩突出，她每个月的工资加上提成还有奖金接近 5 000 元，并且还升职做了业务经理。但是王小姐交友比较广泛,平时经常和朋友们逛街、吃饭、打牌,所以每个月的收入总是花光光。开始王小姐还觉得这样的日子很惬意,但是一个偶然的事情使她转变了观念。

有一次,王小姐去买水果,因为价格问题和卖水果的老板争执起来,结果老板嘲笑她是外地人,告诉她买不起就不要买。她在气愤的同时就发誓一定要买一套房子,成为广州人。她盘点了自己所有的积蓄,却发现工作了两年手头的积蓄还不到1 000元,倍感打击的同时,她决心一定要把买房的首付存起来。王小姐开始拼命储蓄,每个月的工资一发就赶紧存钱,能省的开支就尽量省下来。告别了"月光族"的王小姐,经过数年的努力终于存够了首付,通过银行贷款买了一套属于自己的房子。

传统的中国人都把储蓄放在第一位,因为储蓄安全可靠,储户的存款完全归自己支配,任何人和机构不得侵犯,就算银行倒闭也要先支付个人储蓄本金和利息。与股票相比,储蓄收益稳定、风险小、安全性高;与债券相比,储蓄存取灵活方便、变现力强、种类繁多、没有存取数额限制等优点,因此,储蓄是个人理财首选的投资渠道。

有的人会说"等我收入够多,一切便能改善"。但事实上,我们的生活品质和收入会同步提高,你赚得越多,需要也就越多。不储蓄的人,最后唯一能够拥有的就是债务。从现在开始储蓄,根据自己的收入和必要支出情况来制订强制储蓄计划。每个月先拨出固定数额的收入来进行储蓄,并且不要轻易动用存款,这样积少成多,集腋成裘,过一年半载你就会发现账户上的数字已经足够让自己惊喜了。

养成储蓄的习惯,并不表示会限制你的赚钱能力,正好相反,当你应用这项法则之后,不仅将把你所赚的钱有系统地保存下来并产生利息,还会使你获得信心,让你拥有更多的机会。

5.2　选择合适的银行

张小姐居住的小区附近有一家储蓄所,她一直在这里储蓄,非常方便。

可是最近这个储蓄所搬家了,好在还有一个 ATM 机,因此工作繁忙的张小姐也没觉得有什么不方便,但前两天一张在该储蓄所的定期存单到期了,非要到这个储蓄所取兑,张小姐不得不花费了很多时间才找到这个储蓄所,实在是很无奈。

商业银行为了追求利润最大化和实现集约,撤并迁址营业网点是很正常的事情,但却会给储户带来一些麻烦,对于工作繁忙的上班一族来说更是很不方便。因此,如何选择一家安全、方便,服务设施、服务功能齐全的银行存钱还是需要考虑的。

首先,从安全、可靠的角度讲,可以选择有精英金融业务许可证,联网网点多而且地处市中心的大中型储蓄所。

其次,从方便存款的角度考虑,可以选择能够参加同城、异地通存通取,并且离家或者单位很近,或者上下班要经过,或者营业时间适合自己存取款的储蓄所。从地理位置来说,最好选择那些具有区域优势,规模大以及周边储源丰富的银行网点存钱,因为这些银行不会轻易搬迁地址。

再次,为了解除后顾之忧,最好去银行柜台上存取款。现在许多银行推出了上门收款服务,确实方便了储户,但存在手续不太缜密、缺少有效监督等不足,极易引起纠纷,还容易被一些不法分子钻空子。因此,如果有时间,最好还是亲自去银行柜台交易,并且选择有电子监控设备的银行:一来可以增进储户与银行柜台工作人员彼此之间的透明度,一旦发生账面纠纷例如长短款、伪钞等也有录像为证,有据可查;二来如果储户存单、存折或者现金被窃或者被他人冒领,可以借助电子监控设备查找冒领人,为警方破案提供线索。

某地曾经有一个储户带着5 000元现金去银行存款,没想到被两个"热心"帮助其填写存款凭条的窃贼给偷走了。幸亏银行配置了电视监控系统,录下了小偷作案的全过程,公安机关据此很快将案犯抓获,为储户挽回了经济损失。一旦存单失窃后被人冒领,监控录像便会协助警方查找到冒领的人,这无疑为你的存款安全把住了最后一道关。同时,在发生存、取款差错时,监控录像也可以查找弄清责任人。

第四,有的商业银行为了吸引众多中小存款人,会把不收费作为竞争手段,所以储存活期可以选择这些不收费的商业银行,减少年费的支出。

近年来,各银行还推出了网上银行、电话银行等新业务,可以使你不登银行的门,照样享受银行的优质服务。

(1)网上银行。随着网络技术的发展和金融电子化水平服务的提高,四大银行和招商银行、光大银行等金融机构相继推出了网上银行业务,其中网上汇款和网上支付业务很受青睐。过去要到银行或者邮局才能办理的烦琐汇划业务,现在通过网上银行就可以轻松搞定。

办理网上银行的手续非常简单,只要携带本人身份证和需要注册的信用卡或者储蓄活期存折以及配套取款卡,到银行柜台填写相关申请表进行注册,开通网上银行账户后,便可以享受包括网上汇款、网上支付、网上查询等服务。比如,如果你想将本人账户资金汇往他人账户,或用于支付网上购物款项,只要知道对方的信用卡或者活期存折账号,登录后轻松点击鼠标,就可以迅速将资金划到对方账户。

(2)电话银行。各家商业银行均设立了电话银行客户服务中心,如工行95588、中行95566、招商银行95555等服务电话,均可以为客户提供24小时金融服务。

申请电话银行开户需要持本人有效身份证到银行开立活期或信用卡账户,然后在网点填写《电话银行开户申请表》即可。电话银行开通后,根据需要,可以办理以下业务:查询活期账户、信用卡等账户余额和历史交易,以及办理信用卡、存折等账户的临时挂失;进行资金划转和银证转账;自助交纳手机费、电费等多种费用;传真服务用户,使用音频直拨电话可以得到信用卡对账单、住房贷款利率表等各类传真表。需要注意的是,电话银行的密码应该严格保密,客户每次使用电话操作后,放下电话再重新按任意数字键,防止他人在你使用过的电话上获取资料,盗取存款。

(3)手机银行。如果你需要经常在外面跑,网上银行和电话银行还是不能很好地保证随时随地管理银行资金,那么你可以选择由银行与移动通信部门联合推出的手机银行。使用手机银行,无需携带现金或者银行卡,只要身带手机就可以开启你的电子钱包,轻松支付,享受"无线、无限、无现"的生活乐趣。

只要携带身份证件到移动通信部门将 SIM 卡换成 STK 卡,然后到银行办理登记手续就可以开通手机银行。使用手机银行除了可以办理支付业务以外,还可以即时办理账户查询、账户挂失、功能设置等业务。

(4)银证通。"银证通"是银行的储蓄系统和证券公司的委托交易系统实时联网,实现家庭银行活期储蓄账户与证券保证金账户合而为一的一种储蓄方式。银行负责资金的管理和划拨,券商负责股票的交割和清算。

客户持有银行活期存折或借记卡即可到银行网点办理"银证通"开户手续。使用"银证通"可以进行上交所和深交所的新股配售和股票买卖,查询股票和资金余额以及成交情况、股市行情等,并能传真打印股票交割单。同时,炒股资金存放在银行,免去了银行、券商之间转移资金的麻烦,提高了资金利用率,达到了储蓄、炒股两不误的目的。

选择哪家银行需要根据个人的具体情况,但总的原则是:安全、方便、有利。

5.3　选择适合自己的信用卡

目前银行推出的银行卡品种非常多,借记卡、贷记卡、智能卡等等,选择哪一种呢?

与移动通信卡一样,不同类型的银行卡也是为了不同消费需求的客户设计的。一般来说,还没有工作的学生适合用借记卡,上班族可以使用信用卡。

1. 信用卡与借记卡的比较

1988 年中国银行率先在全国发行信用卡,名称定为"长城信用卡"。以后一两年间,工行、建行、农行逐渐开始发行信用卡。我国当时发行的信用卡,可以消费、取现,但是透支收利息,而且没有免息期。在门槛如此高的情况下,要办一张信用卡并不是件容易的事情。因此,那个时候的信用卡是实力、身份的象征。

准贷记卡在国内推广后,由于没有先进网络技术支持,风险防范能力比较薄弱。准贷记卡持有者如果要进行大额消费,必须有银行人员的授权才行。在个别恶意透支者肆意透支的同时,一些不符合银行贷款条件的个人、企业,利用该卡从银行取出了成百上千亿的资金。1996年央行颁布《信用卡管理办法》,在彻底杜绝了"协议透支"、"透支便利"的同时,也基本取消了准贷记卡的信用功能。

此后,金融电子化成为热潮,各行都在加大网络基础建设。在网络化的平台上,"借记卡"应运而生,并以申领方便、全国通行、商户消费、没有风险的优势得到各家银行的青睐。借记卡开始铺天盖地地推广,短短五六年就基本垄断了银行卡市场。各行基本上都停止了发行信用卡,转而推广借记卡,准贷记卡业务逐步淡出市场。

1999年央行出台了《银行卡管理办法》提出了贷记卡的概念及有关规定,正式为标准信用卡正名。为与各行原来的信用卡有所区别,直接称为"贷记卡",同时将原来的产品叫做"准贷记卡"。但"准贷记卡"已处于辅助地位,并且面临退市。

随着信用卡和借记卡使用越来越广泛,很多人在信用卡和借记卡之间作出选择,这两种卡各有自己的优缺点:

借记卡在自由刷卡的同时享受活期存款利率,办理各项代收代付业务轻松自如;而信用卡由于不提倡存款消费,其中的一切存款不计利息。持卡人利用借记卡办理各项代表收代付业务轻松自如。目前各大银行推出的代收代付业务有:代发工资,代收各类公用事业费,例如,水、电、煤气、电话、移动电话等等。所以使用借记卡既安全可靠又节约时间,比如目前的招商银行的"一卡通",具备一卡多户、通存通兑、约定转存、自动转存、电话银行、手机银行、查询服务、ATM提款、CDM存款、自动转账、代理业务、自动缴费、证券转账、酒店预订、网上支付、长途电话服务、外汇买卖等等功能。

不过信用卡的优势则是可以先消费、后还款以应急,对账单可以对本月的支出一目了然,每逢月末或者月初,银行将持卡人本月支出的详细账单邮寄上门。借记卡是改变一种消费方式,信用卡则是从财物运营的角度帮助持卡人理财,运用得当,可以剩下一大笔利息甚至免去银行贷款的麻烦。例如,它低至3 000元高达5万元的信用额度,可以让持卡人在薪水青黄不接的时候从容应对,也就是说持卡人可以轻松获得一笔额度不等的银行贷款。

2. 使用信用卡的技巧

虽然信用卡能够给我们带来很多方便,但是如果使用不当,也会带来不小的财富损失,所以信用卡使用也要讲究一定技巧。

第一,用足免息期。免息期是贷款日至到期日证件的时间。因为客户刷卡消费的时间有先后,所以所享有的免息期长短不同。

第二,使用好信用卡的循环额度,当持卡人透支了一定数额的贷款,而又无法在免息期内全部还清时,可以先根据所借的数额,缴付最低还款额,最后持卡人又能够重新使用授信额度。不过透支部分要缴纳透支利息,以每天万分之五计息,好像是一个很小的数字,但是累积起来可能要比贷款的成本还高,所以要合理利用透支权力。

第三,获得较高的授信额度。信用卡的透支功能相当于信用消费贷款,授信额度相当于持卡人五个月工资的收入,如果持卡人想要申请更高的授信额度,可以提供相关资产证明,比如银行存款证明,银行对工作稳定、学历较高的客户比较"偏爱",授信额度也比较高。

5.4 选择最划算的储蓄方式

大部分人都知道储蓄会有利息,储蓄期限不同利率也不相同。

有的人为图方便,把大量资金存入活期存款账户或者信用卡账户,目前许多企业都委托银行代发工资,银行接受委托后会定期将工资从委托企业的存款账户转入该企业员工的信用卡账户。持卡人随用随取,既可以提取现金也可以刷卡购物,非常方便。但是活期存款和信用卡账户的存款都是按照活期存款利率计息,利率非常低。如果存上几个月或者更长时间,利率损失就不是一个小数目。

而自 1996 年 5 月 1 日起,中国人民银行已经连续五次降低利率。一年期存款利率从 10.98％下降到 2.25％,下降了 8.73 个百分点,五年期存款利率从 13.86％下降到 2.88％,下降了 10.98 个百分点,两者幅度均接近80％。存款利率最高时曾达到 17.1％(8 年期,还不包括保值贴息),2007年定期存款利率有所上调,不过利息税还是免不了的。在这种情况下,要想达到保值并获得利息的目的,就要注意一些方法。

1. 了解储蓄相关概念

储蓄之前先要弄清楚下面几个概念:

(1)法定利率。法定利率又称为官方利率,是由中央银行直接规定的各种利率,其确定和变动由中央银行负责,其他机构无权作出变动。法定利率一般包括三个部分:一是中央银行对其他金融机构的再融资利率,如贴现率和再贷款率的银行利率;二是商业银行存款、贷款的利率;三是债券、国债等有价证券的发行利率。法定利率的变动会影响到贷款者对市场的预测,确认借贷的总量,从而影响到社会资金的供求量。因此,法定利率的变化可以起到控股投资的规模,调节社会资金的流向和流量,从而达到抑制通货膨胀的目的。

(2)分段计息。分段计息是存款人或者借款人在存(贷)款期内遇到国家调整利率,从调整日开始按照调整后的同档次计付或计收。如再有调整,同理类推。它是银行的计息专用术语,它适用于本外币的活期存款、外币的浮动利率流动资金贷款、人民币的定期存款等等。

(3)基准利率。基准利率是在整个利率体系中起着主导作用的基础利率,它的变化决定了其他各种利率的变化。在以计划经济为主导的国家,基准利率由中央银行制订;在以市场经济为主的国家,一般是以中央银行的再贴现率为基准利率。在我国,人民银行作为国家金融管理部门,对国家专业银行和金融机构规定的存款利率即是基准利率。此外,我国的利率是以一年期的存贷款利率为基准利率,其他存贷款利率均在此基础上计算确定。

(4)自动续期。自动续存期就是存款人与银行约定在款项到期时,若没有新的协定,原签订的存款合同继续生效。但是第二期的本金是第一期的本利和,第三期本金是第二期的本利和,如此类推。其实质是存款人与银行约定,在款项为提取以前按约定的存款复利计算利息。

2. 认识储蓄品种

常用的储蓄品种有以下一些:

(1)定活两便储蓄。定活两便储蓄顾名思义就是定期、活期两方便。它是储户在存款时出于各种原因不能确定具体存期,但一时又用不着,要购物时可随时提取,而利率又可以随存期的长短而变动的一种储蓄。办理定活两便储蓄存款有两种形式:一种是固定面额存单形式,不记名、不挂失,存款面额分为五十元、一百元、五百元三种;另一种是面额不固定,从五十元起存,多存不限,采取记名式,可以挂失。

(2)定期储蓄。定期储蓄存款分为整存整取、零存整取、存本取息、整存零取、大额存单、积零成整六种。其具有金额比较大、利率比较高、存期比较长、存款比较稳定和利息相对较高的特点。

(3)零存整取定期储蓄。零存整取定期储蓄是一种每月按约定数量的款项存储,按约定时间一次提取本息的定期储蓄,零存整取定期储蓄适应工资收入较低,每月节余有限或者又计划每月存进一些钱的储户。零存整取的存期分为一年、三年、五年;每月固定存入一定数量;五元起存,多存不限。

(4)活期支票储蓄。活期支票储蓄是活期储蓄的一种形式,是以个人信用为保证的活期储蓄。目前,国内只有少数大城市办理活期支票储蓄业务。储户需要开立活期支票储户的,可以由单位出具证明向银行申请,经银行审核批准后即可开户。开户时五百元起存,多存不限,续存续取不受金额限制。储户开出的支票有效期限一般不超过 3～5 天,签发日除外,到期日如果是假日就顺推。储户如果需要购买商品或者支付劳务费、公用事业费、医药费等可通过支票办理结算。

(5)旅行支票储蓄。旅行支票储蓄是活期储蓄的一种形式,它是为了方便个人旅行以及采购需要,不用携带大量现金,在我国境内部分异地专业银行系统内签发的一种支票。储户由甲地到乙地出差、旅游、采购等,可以先在甲地凭证申请旅行支票,在有效期内到乙地凭支票以及本人合法证件即可在指定机构内兑换现金。

（6）人民币特种存款。人民币特种存款是一种为适应居民和非居民在中国境内支付需要而开办的特殊储蓄业务。这种存储户的存款是由外汇转存为人民币，且可以根据存储户需要按现行牌价将存款本息换成外汇汇到境外。存储户的存款必须是可以自由兑换的外币，存储户要求开立此种账户必须经存款银行对存款对象以及外汇来源审核无误以后才能为其开立账户。人民币特种存款分为支票户和存折户两种：支票户可以使用支票存款但不计利息；存折户凭存折支取存款时，必须先填写取款凭条支取，并按照人民币活期存款利率计算利息。

（7）整存零取定期储蓄。整存零取定期储蓄是一种一次将一笔较大的整数款项存入银行，分期按本金平均支取的储蓄存款。这种储蓄适合有较大的款项收入，而且准备在一定时期内分期陆续使用的家庭储蓄。储户开户时将本金一次存进，起存额为一千元，多存不限，存款期限分为一年、三年、五年期三个档次。支取本金期可以分为一个月、三个月或者六个月支取一次，支取期限由储户选择和确定。

（8）通知存款。通知存款是西方国家银行存款的一种形式，这种存款兼有活期存款与定期存款的性质，没有固定期限，但存款人要提取存款必须提前通知银行，通知期限分为三天、五天、七天、十天等。按月计息，利率视通知期限的长短而定，一般较活期存款高，但又比定期存款低。如果已经通知了银行约定了期限而未来提取的款项不计利息。目前开办的通知存款，是有固定存期的，分为七天、十五天、一至十二个月、两年、三年等共有十六个期限利率。

（9）支票。支票是活期储蓄存款的存储户向银行发出的一种从其活期存款账户中支取一定金额的凭证。支票经过在背后签章，也就是确定了法律责任后，可以流通转让，单位和个人都可以使用。储户在银行开立存款账户，留下印鉴或背书式样，并存储足够的款项，银行就发给空白支票簿储户只要是在存款限额范围内并按约定的印鉴或背书式样签发支票，银行就会按照支票内签注的金额付款给持票人。支票的形式有两种：第一种按照要不要写明收款人姓名计为记名支票和不记名支票。第二种以是否支付现金分为划线支票和非划线支票,划线支票是指在支票左上角划上两条斜平行线。划线支票只能委托银行转账,不能直接支取现金;非划线支票则可凭借支票支取现金。

(10)大额可转让定期存单。大额可转让定期存单储蓄是一种固定面额、固定期限、可以转让的大额存款定期储蓄。发行对象既可以是个人也可以是企事业单位。大额可转让定期存单无论单位还是个人购买都使用相同样式的存单,分为记名和不记名两种。两类存单的面额均有 100 元、500元、1 000 元、5 000 元、10 000 元、50 000 元、100 000 元、500 000 元共八种版面,购买此项存单起点个人是 500 元,单位是 5 000 元。存单期限共分为3 个月、6 个月、9 个月、12 个月四种期限。

(11)大额存款。大额存款是国外银行很早就开办的一项业务,一般来说是为吸引巨额存款用户开办的,用存单的形式,利率由存款人与银行直接商定,存款确定,不计复息,订单未到期一般不能提前支取,除另有协议外,遇到利率调整仍然按照原定利率支付利息。存单记名,可以挂失,面额不确定,这种形式类似于协议存款。

3. 选择储蓄方式

要在这么多的储蓄品种中选择最有利于自己的,需要进行多方比较。

(1)活期存款如果遇到利率调整,不分段计息,而以结息日挂牌公告的活期存款利率计息;定期存款如遇利率调整,则不受影响,仍然按照存入日公布的利率调整计算。

(2)定期存款如果部分提前支取,提前支取部分按照支取当日的活期利率支付,所以如果急需资金提前支取定期存款,最好不要全部支取。

(3)定期存款到期未取的,从到期之日起至支取日期间的利率,按支取当日挂牌公告的活期存款利率计息。如果存款到期后不久利率下调,没有约定自动转存的,再存时就要按下调后的利率计息,所以定期存款最好办理自动转存业务。

(4)如果有一笔钱,确定一段时间不用,最好选择同期的大额可转让定期存单,这个储蓄品种的利率比同期定期储蓄利率高 5%。不过这个储蓄品种一般未到期不能提前支取,到期后也不加计利息。

(5)整存整取的定期储蓄是期限越长,年利率越高。不过近几年经过多次利率调整,存款期限长短对于利率的影响已经不大,所以选择短期存款应变性要强一些。

(6)每笔存单的金额或者存单到期的期限不能过于集中。有的银行规定了存单质押贷款的上限,如果存款过于集中,在急需用钱的时候就会因为贷款金额的限制,不能贷到足够的款项。存款到期的时间也不应该过分集中,可以采取循环周转法,比如每个月从工资中取出 200 元,均存定期一年,这样一年后,所有的存款都可以享受定期利息,并且每个月都有到期存款可供使用,比把钱积累到一定金额再存定期要划算。

总之,巧妙利用存款组合,选择储蓄的时间和期限以及储蓄的品种等等,都可以帮助你在利率低迷的情况下获得更多的储蓄收益。

第6课

看好钱袋,理性消费

时尚的脚步是永远也跟不上的,所以我们完全没必要跟自己的荷包过不去,而盲目地跟人家"拼"穿戴。不过最新流行的"拼消费"的行为,倒不失为一种省钱又提高生活质量的方式。

6.1 赶不完的时尚,淘不完的衣

人靠衣装,三分长相,七分装扮,合适漂亮的衣服会给青春增添无限光彩。在人生中最美丽的季节,谁都不想让自己显得很老土。年轻女孩,都有追逐时尚之心,然而时尚的脚步实在很难赶上,今年买了新款,到下一季又会有新的服装款式、面料和花色,时装设计师们永远都在制造不同的流行,每一年都有不同的流行,各个季节的流行也不相同。

每到换季的时候,女孩子们都会在服装店流连忘返,在商家的蛊惑和新款时装的诱惑下一掷千金。等到钱包瘪了,面对塞满过时的衣服的衣柜的发愁的时候,才后悔当初不该买那么多没用的衣服,所以买衣服还是大有讲究的。

首先,要购买生命周期长的衣服。经常浏览时尚杂志,充分了解时尚的趋势,掌握时尚的精髓所在。在购买服装的时候,要挑选那些经典、不易过时的款式和花色,然后添加一些时尚的元素,这样既不会显得落后也不会让你为时尚付出太多代价。

第二,注意服饰的搭配性。丽丽买了一双漂亮的靴子,回家把所有的衣服都试遍了还是觉得不搭配,她只好再去商场买了一件外套,发现如果再有一件裙子就比较好,于是买了一件新款的裙子,紧接着又配了一条围巾、一顶帽子、一个包,这才感觉整体效果比较好,只是这样一来,靴子只花了两百多,而其他的配件加起来却总共花了两千多。买了马鞍又买马,相信丽丽的经历是很多人都碰到过的。所以在穿着方面,除了单件服饰的精致,总体的搭配也非常重要,既要求风格协调,又要体现自己的特色和品位,那么在购买服饰的时候,就要事先想好是否与自己已经拥有的服饰的相搭配,最好选择那些容易搭配的服饰,尤其是那些与不同风格的衣服搭配能够起到不同效果的衣服或者首饰,这样能够让自己的衣服穿起来看着有很多品种,自然就可以降低购买的数量了。

第三,选择购买的时机。一般来说女装的时效性特别强,每个季节新款上市时价格一定很高,等到季末的时候,就降价声一片了,到处都在打折,用一般甚至更少的价格就能买下完全相同的产品。

刘小姐冬天的时候,看中了一双靴子,但由于是在当季,所以价格比较高,标价是680元。虽然款式和颜色都很满意,试穿之后觉得也很合脚,但她还是没有当时买下来,因为她知道这双靴子不是流行的款式,而是经典的风格,如果能在季末打折的时候购买一定会省下很多钱,于是她就耐心等。果然,初春再来专柜,她惊喜地发现这双原价680元的靴子已经因为号码不全而降价到了200元,而她所需要的号码正好有。于是刘小姐毫不犹豫地买下了这双以后几年都不会过时的靴子。两个月的等待让刘小姐省下了480元,足够买一件新款的春装了,实在是超值。

第四,学会砍价。除了被动等待商店的打折活动,还必须学会主动砍价。你如果自己不开口商家可不会自己给你便宜。不要怕丢面子,没人会笑话你,要知道你跟商家磨一会省下的可是自己的银子。下面是逛街族的经验之谈。

（1）结伴购物，人多力量大。一个人逛街很容易被商家蛊惑，如果能够与几个朋友结伴逛街就可以彼此配合，一个拿着衣服挑三拣四，一个对店家软言软语，既不能让人家生气不谈生意了，也要让店家明白自己不会上当。等到磨得差不多了，就说出比自己的心理底价稍微低一点的价格，卖方稍微提高一点就成交。

（2）逛大商场也要适当砍价。很多人习惯去大商场买衣服，因为不想跟小店老板讨价还价，认为大商场的价格透明，没有杀价的余地，所以干脆不考虑砍价的问题。事实上，现在的商家基本都是与厂家联营的，而导购小姐的收入也是由厂家发放的，厂家为了增加销量也会给导购一定的降价空间，因此不管商场里是否有促销降价的活动，都应该跟导购小姐要求折扣。

陈小姐看中了一件外套，在营业员主动给她打折以后满心欢喜地掏出600块钱买下了。这时候，来了两个女顾客，同样看中了陈小姐这种款式的外套，把营业员拉到旁边，说了半天，几个人终于喜笑颜开，衣服也开始熨烫了，但是两人却迟迟不开票交钱。陈小姐觉得很纳闷，营业员还算老实告诉陈小姐，卖给那两位小姐只要450元，怕陈小姐不高兴，准备等陈小姐走后再付钱。陈小姐气急败坏，终于明白原来大商场也是可以还价的。

（3）开口就问最低价。买东西先要问老板最低价，先了解店家的心理承受力，以及商品真正的价格。这个战术的关键是开始要一个劲儿地喊价高，让老板再便宜一点，等老板一点一点把价格降下来，降到他告诉你最低价的时候，再补砍一下。如果遇到女老板，一次就从400元砍到150元，她多半不会承受的，而一点一点的磨价则比较合适。

（4）多走几家。同样风格的衣服这家店里有，另外的店子里肯定也有，价格会有一些不同。这就需要腿勤还有对于此类的衣服，可以多在几家商店逛逛，若其中有店主流露出想和你商量商量价格的意向后，你也不必急着和她开始口水仗。你可以很轻松地说在别家店也看到过这样的衣服，质量不见得差，价格比你低一半，即使你以前根本就没有问过价钱，不是都说兵不厌诈吗？此时，小店老板们会很急切地表明你不识货，以那样的价格绝对买不到。当然，你可以很轻松地说一句去别家再看看，即使没有买到衣服，起码也摸清楚了行情。来到下一家店和老板理论的时候就有了心理准备，还下来的价钱也差不到哪里去了。

买衣服要"淘"，擦亮眼睛，宁缺毋滥，不要被所谓的跳楼价冲昏了头脑，买了一些可能只能穿几次的衣服。与其买今年能穿明年就过时的衣服还不如多花点钱买经典不易过时的衣服。

6.2 包不在多，有用为贵

走在街头仔细观察一下，会发现几乎所有的女性都会挎包。上班也好，逛街也好，出门必带的一定会是包，手机、化妆品、证件以及日常用品一股脑儿全塞进包里。

对于职业女性来说，包也是一种身份、地位的象征，是个人品位的体现。也许你自己没有注意，但是周围人却能从你用的包这个细节，体会到你的个人品位。尤其是需要给人有良好印象的女士们，在搭配上，包是非常重要的一环。有的人衣服可以穿普通的，但是包一定要用好的，因为整天挎着个水货包是件很丢面子的事。

包既是一种工具也是一种装饰，你每天出门都要带着它。如果一天到晚就一个包，显然无法满足不同服装搭配的需要。包与衣服搭配不协调同样会让自己觉得很没面子，而且也很单调。所以不同的衣服、不同的场合需要有不同的包来搭配。但是每一套衣服都选一个包搭配显然也不现实，而且也很浪费。款式和质量较好的包是耐用品，既为你提供了方便和美丽，也为你省下来不少银子，所以选包最好还是选择经典一些的，能够和更多服饰搭配的。

最好每种风格都有一个或者两个包搭配。比如说休闲风格的包，可以在出外游玩的时候背；平时上班可以选择一两个稍微大一点、实用的包；如果经常出席晚会还要有和礼服相配的小巧精致的包。所选的包要少而精，最好是选款式和颜色经典一些的品牌包。

市面上常见的包，大致分为手提包、单侧背包、背包、挎包、腰包等。选购皮包时，除了选择自己喜欢的颜色、花样、款式、功能性之外，最重要的是注意包的携带模式,不当的携带模式会伤身体的倾斜度,时间长了会引起腰疼、肩膀疼等问题。品牌包如恩曼琳,POLO 等,充分注意人体构造,设计时加入了人性化的考虑。

制作包的材料有天然皮革、合成皮革、进口 PU、国产 PU、塑胶、布类、动物毛皮等等。生产最多、用途最广的皮革素材料是牛革。牛革最耐用,二至三岁以上的牛皮最好,其他的如猪皮、山羊皮、蛇皮、鳄鱼皮等也是很耐用的。真牛皮的包,以头层皮为上等。有的包是配皮的,就是以胶料为主,内含牛皮,质量非常过硬,不易坏不易变形,抗重能力强。

选购包时要先查看是否容易走线,车缝线有无松脱、歪斜,皮是否有皱纹,手把、扣环等是否坚固。

皮包的保养方法也是很有学问的,不管什么样式的包,如果保养得当,用上好几年不成问题。品牌包,保养尤为重要,擦拭清洁的工作不能马虎。

一般皮革:可以用干的软布擦拭,严重时,可试着用橡皮擦或者用皮革专用清洁剂去除难擦的污垢,比如圆珠笔划上的痕迹。

合成皮:可以用软布沾着稀释后的中性去污剂擦拭。

亮皮:需要特殊保养。为了使它能够保持亮度,最好用细致的布和亮皮专用膏擦拭。

布制品:保养相对容易一些,先用塑胶软毛的刷子刷掉污垢,再用中性去污剂清洗。

网状或有珠饰类的皮包:这一类的包不能随便擦洗,最好用软刷子,例如废弃的眉刷、腮红刷,轻轻刷掉灰尘就可以了。

选择价格适中的品牌包,既实用大方又能增强自信,保养得当还能延长它们的使用寿命,所以对于爱美的女性来说,品牌的包也是理性消费的不错选择。

6.3　爱"拼"才会赢

"挤公交车太累,自己买车太贵,打的不实惠,还是拼车最有味","挣多少钱就过多少钱的日子,一个人消费不起的时候,我就找人一块儿分担。"这话道出了"拼一族"的心声。拼车、拼卡、拼饭、拼购、拼杂志……无不可"拼",这就是都市新的"拼一族"的生活。

如何以有限的工资保证"足金足量"的生活品质?现代都市中,三五成群地搭伙吃饭、打的、购物等成了很多年轻人首选的生活方式,"拼一族"以"拼消费"践行着精明而时尚的生活理念。

"拼饭"的消费方式在一些年轻的工薪阶层中最为流行。对大多数单身的上班族来说,吃饭是一个难题。总吃盒饭没胃口,一个人去饭店钱包不允许。怎么办?找人一块下馆子。张小姐喜欢和三五个单身同事一起到饭店里"拼饭"。不管点了几个菜都是大家 AA 制,个人负担不重,每天品尝不同的菜式,又热热闹闹地打发了午餐时间。

上下班的交通难题经常困扰着很多都市白领。互联网上,不断出现的"拼车俱乐部"提供了各种"拼车"上班的方案。把上班目的地设计成一条行车路线,几个人结伴租车上下班,根据路程远近按比例分配出租车费用。用比乘坐公交车多一点的费用享受私家车的潇洒,"拼车"与买车、坐公交车相比,实惠方便得多。

时尚杂志是都市女性把握潮流新动向的重要工具,几乎每一位白领家里都有一堆时尚杂志。不过报亭里花花绿绿的时尚杂志太多,如果一口气买下来实在太不划算。

江小姐是一位白领,喜欢看时尚杂志,但书报亭里各种杂志琳琅满目,价格不菲,一个月买下几本就是一笔不小的开支。于是,江小姐找来志同道合的姐妹们,每人买一本,大家轮流看,不仅省钱,还丰富了谈资,增进了感情。最近,江小姐又与不同的朋友拼起了美容卡、健身卡,办一张卡要几千元,两三个人"拼卡"轮流使用,省了钱,又让这些卡"物尽其用"。

目前,"拼购"在很多年轻人中也非常流行。一到节日,各大商场纷纷推出返券优惠,有时候为了返券买了一堆东西凑够钱数,结果发现买非所用。于是,精明的都市人开始实施"拼购"对策。在某公司上班的许小姐就经常以"拼购"的方式得到实惠。2007 年"十一"黄金周,一家大商场化妆品销售推出买 800 送 300 的活动,许小姐就约了两个同事,每人买了一件早就看中的化妆品,凑够了 800 元,然后又把 300 元返券一分为三买了些小礼品,大家皆大欢喜。

"拼生活"的方式不仅让人们更懂得了珍惜和节约,也加强了人与人之间的合作与沟通。"拼一族"进行的各种"拼消费",提供了一种节约的形式,在追求高品质生活的同时又节省不少的银子。比如说,"拼车"可以节省 50% 以上的车费,"拼饭"可以多尝几倍于自己餐费的美味。另一方面,大家在"拼"的过程中,分享了很多快乐。

"拼消费"体现了中国勤俭节约的传统美德,同时也节省了资源的浪费。"拼消费"不仅让大家都得到实惠,而且也增进了彼此的信任和友谊,起到了双赢、多赢的作用。

这是一种聪明的生活理念,"拼"得让人愉悦。在"朝九晚五"的生活定势中,蜗居在高楼大厦的都市精英们,即使每天都能在电梯里相遇,也很难给彼此一个深入交流的借口。"拼生活"的出现,让背景相似和有共同兴趣的人聚集起来,促进了人际的沟通和交流,也拓展了都市人的生活圈子。

"拼生活"不同于盲目攀比和超前消费,而是一种理性的生活方式,也是一种理财方式。但是,由于大多数"拼消费"是属于随机行为,没有明确的规定,一旦引起纠纷将会很难处理,所以"拼一族"应该注意了解所"拼"的消费的具体情况,擦亮眼睛,谨防受到蓄意欺骗。

第 **7** 课

节省开支,做"啬"女郎

很多富翁在购物之前都会准备一张详细的购物单,并且会使用优惠券。单身女孩们就算收入不少,也没有理由在消费上浪费更多的金钱。试想想一天节省一元钱,一年、十年,你该节省多少呢?

7.1 节省开支有秘诀

你是否有每天记账的习惯?购物是否从来没有或者很少有预算?

仔细盘点一下自己每个月的开支就会发现其实有很多是不必要的。就算是必要开支也有可圈可点之处。如果把每天的消费和支出都记录下来,每个月进行比较总结,看看哪些钱是该花的,哪些钱不该花,下个月的消费中就会注意,从而节省开支。

节省开支不是吝啬,该花的钱确实要花,可花可不花的还是考虑清楚再花,能够少花钱的坚决不多花。

林小姐是一位白领,一个月收入五千左右,但是她每个月光打车都得七八百元。而在某公司任企划部副经理的魏小姐一个月的打车费用却很少超过两百元。她的想法是公司楼下就是公交车站,乘大公交车出行方便,如果赶发布会,估计到酒店还有两三公里路的时候,她就下来打一辆车,一个起步价就到了发布会现场,走下来的时候一样风风光光,又何必要多花那么多冤枉钱呢?

对于女性来说,最容易超支的就是购物,下面介绍几个实用的购物省钱招数:

(1)经常注意超市和报刊的有关广告。商场推出特价购物时,打折销售某些商品,物美价廉非常划算。

(2)关注一下超市入口,一般情况下,商家都喜欢把打折商品摆放在那里。

(3)随时计算自己所买物品的钱数,随着钱数的上升,也许可以促使你剔除那些并不急需或者可买可不买的东西。

(4)实用的日用品和食品不是值得珍藏的书籍,千万不要被那些花花绿绿的包装迷惑,因为精装比简装的东西要贵许多。

(5)购物时,注意力要放在你想购买的东西上,而不是和它捆绑销售或者附赠的物品上。

(6)方便的半成品,如已经洗净、切好的鱼,肉和蔬菜等,甚至是已经加拌的肉丝、肉片等反而更实惠。

(7)购买便宜货时,首先要考虑自己的需要,虽然便宜但是并不需要的东西买后积压在家最不划算。

(8)别在饥肠辘辘的时候进超市购物,那会使你比平时多买 17% 的东西。

除了出门要节省,坐在家里也可以合理地节省开支。

比如说电脑,现在大部分年轻人都拥有自己的电脑,既可以办公又可以娱乐。虽然电脑并不算是大功率电器,但是如果不注意也会造成用电浪费。电脑在"睡眠"状态下也有 7.5 瓦的能耗,即使关了机,只要插头还没拔,电脑照样有 4.8 瓦的能耗,所以不用电脑时最好拔掉插头。再比如电视机,很多人看完电视后用遥控器将电视关掉就万事大吉,这样做其实只是使电视处于待机状态,而家电在待机状态下耗电一般是开机功率的 10% 左右,电视每天待机时间大概为 18～22 小时,以 21 英寸彩电为准,一个月会因为待机而损耗 4.23 度电,日积月累也不是个小数目,所以出门之前一定要检查电器的插头是否已经拔掉,或者电源是否已经断开。

夏天大家都愿意待在空调房里享受清凉,但是空调的耗电量大也是有目共睹的。一般来说,空调的耗电量是电冰箱的几倍甚至十几倍,连续使用一个月的空调,你的电费就会暴涨。所以买空调的时候要以自己的居住面积为参考,选择合适又省电的空调产品,在使用的过程中更是要考虑如何节能。下面是空调节能的几种方法:

(1)注意细心调节室温。制冷时调高 1 摄氏度,制热时调低 2 摄氏度都可以省电 10% 以上。

(2)定期清扫滤清器。灰尘会堵塞滤清器网眼,降低冷暖气效果,应该半月左右清扫一次。

(3)空调不用时,随手关掉电源。开启时,尽量少开门窗,减少房内外热交换,这样做可以省电。

(4)配合电扇使用,将使室内冷空气加速循环,冷空气分布均匀,而达到较佳的制冷效果。

(5)使用空调的睡眠功能,可以起到 20% 的节电效果。

(6)选择适宜出风的角度:冷空气比空气重,容易下沉;暖气流则比较轻,容易上升,所以制冷时出风口向上,制热时则向下。

(7)不要加装稳压器。因为稳压器是日夜接通线路的,即便不用空调也相当耗电。

这些钱都是些小钱,浪费了好像也不会觉得心疼,但是如果节省下来,时间长了,你就会发现是一笔不小的额外收入,长期坚持下来会很有成就感。

7.2　抵抗超市诱惑

超市已经成为人们购物的主要场所,宽松舒适的购物环境、实惠的价格、种类繁多的促销打折,使我们对超市的依赖性越来越强。不过超市里琳琅满目的商品也极度诱惑着我们,常常这也想要,那也想买,往往付完账才发现购买了很多并不是急切需要的东西。

为了避免成为超市购物狂,还需要做一些必不可少的工作:

1. 有目标地购物

列出所要购买的物品品牌和数量,定期去超市购买生活必需品,一次性买齐,从而减少去超市的次数。

2. 关注促销商品

一般周末或者节假日,超市会有一些促销活动,平时价格不菲的商品这个时候会变得让你觉得很划算。如果碰上生活必需品促销就不要犹豫,一次性多买一点,累计起来省下的钱也是一笔不小的数目呢。

要想买到实惠的商品需要注意以下几点:

(1)许多卖场会把可乐、洗发液一类的生活常用品的价格定得比较低,因为这些商品的市场价格百姓都很了解,如此定价的目的,就是为了让顾客认为这家大卖场的东西很便宜。对此类日用品的低价格不必太在意,因为这类商品各家超市的价格不会有多大差别,低也低不到哪里去,真正需要注意的是,自己所要购买商品的价格和品牌,并注意比较。

(2)大卖场喜欢在节日期间搞些促销活动,推出一些写着"降价销售"等字眼的商品。我们经常误以为,在促销期间购买商品一定比平时便宜,其实并非如此。有些商家为了冲减促销费,往往把促销商品略略提价,但还要披上降价的外衣。在活动期间,商家还会以诸如抽奖之类的方式,送出价值不等的产品,如彩电、微波炉、冰柜等家电,当然这些抽奖都是要求消费者必须达到一定的消费额才有机会。

(3)实际上,大卖场里大多数产品价格和市场行情相差无几,只有上了大卖场推荐牌的,才可能真正有价格优势。如果有时间的话,可以将近期打算购买的货物列一个清单,然后在大卖场寄来的降价单页上仔细查找,哪家如果作为推荐商品销售就去哪家买。实际上,同样的商品有没有上降价单页,平均价格可相差6%。虽然这样做有些麻烦,但时间久了的确能省下不少钱。

(4)有些商品是不宜在大卖场里买的,比如电子产品和日用杂品。虽然多数大卖场都设立了电子产品销售区,但销量一直上不去,其主要原因就是价格昂贵,尤其是数码相机、数码摄像机、手机、MP3之类的产品,要比专卖店贵10%甚至更多。至于扫帚、拖把、簸箕之类的日用杂品,价格也比普通日用杂品店要贵。

(5)找到新鲜食品,到大卖场冷藏柜台买东西,一定要仔细查看保质期。我们买东西,总是习惯性地拿放在最外面的,而且也认为最新鲜的东西应该放在最外面。事实上,大卖场的做法却恰恰相反,他们一般会把最不新鲜的东西放在最外面,这样不至于商品快过了保质期还没人碰。另外,尽量不买那些临近保质期的食品。很多食品的生产日期,实际要比打印日期早一两天,所以保质期也要相对提前一到两天。

(6)大多商场都实行会员制,当会员卡积分达到一定点数时,商场就会赠送一些礼物,但大都有期限限制,所以一定不能过期,否则失效后就没有礼品可领了。另外,商家在销售一些商品时,往往会搭送一些小件,顾客不问的话,销售员往往嫌麻烦就不给了,所以,一定要问他们是否有赠品。

(7)耳根不能软,许多厂家都在大卖场安排自己的促销员,这些促销员经常只是介绍自己厂家的产品。我们往往并不知道这些商品的优劣,容易盲目购买,所以听了介绍一定要有比较地选择,最好能多找几个不同品牌的促销人员来比较,这样有助于选择。另外,经常有食品厂家直接到大卖场门前摆台子促销,活动很具有诱惑性,让人觉得不买就像吃了大亏似的。这时,就需要保持冷静,认真想一下,此特价商品是我所需要的吗?商品的保质期到哪天?如果贪一时的便宜,把许多特价食品买回家,保质期一过,非但得不到便宜,还造成了很大浪费。

3. 购物最好用提篮

很多人进超市,习惯用手推车,一方面可以放更多物品,另一方面又不容易累。但是大容量的手推车如果只装了两三样商品,自己都会觉得很别扭,于是拼命想把它填满,不知不觉中就会买了很多其实并不需要的商品,所以如果需要购买的东西不太多的话最好还是用购物篮,这样就会无意中控制购买的物品数量和重量。

4. 不要太相信广告宣传的新品

这里主要指的是不知名品牌的商品。不是盲目崇拜大厂家,也不是无端歧视小厂家,有的人往往被包装宣传所吸引而慷慨解囊,可是这些小厂家的新产品,给人失望总是要比希望大。对知名品牌的新产品,经常试试也无妨;但对没听说过的新产品,最好还是品尝后再作决定。

5. 理性对待购物抽奖

有的超市经常举办一些满多少元就可以抽奖的促销活动。商家刺激的是购物热情,买家在诱惑之下应保持一颗平常心。买该买的东西,抽个奖、拿个小赠品,当然皆大欢喜,但千万不要为了抽奖而盲目凑钱,最后奖品没有抽到,不需要的商品倒是购买了一堆,就得不偿失了。

6. 核对账单

其目的是为了避免由于收银员的疏忽,而将所购物品的数量打错。当场核对,虽然不是太"酷",但发现问题可以当场解决,省得回家后,再跑一次不值得,更何况离开柜台也说不清了。

会挣钱也要会省钱,积少成多也是不小的收获呢。

7.3 旅游也要精打细算

假日外出旅游是很多年轻人享受生活的一种理想选择,但是要想玩得尽兴又少花钱还得好好盘算盘算。

1. 选择好出游时间和路线

节假日外出旅游的人比较多,而且大家一般都是到热点景区去,这些景区的旅游资源和服务费用也会上涨。如果这个时候去这些景区就会增加很多费用。因此不妨避开热点景区,选择一些新线路。这些新线路一般是目的地旅游局出资,航空公司、旅行社让利的方式共同推出的优惠线路,对于旅游者来说实在是物超所值。

2. 不打无准备之仗

出外旅游事先一定要有充分的准备,查资料、分析路线、分析出行方式等。很多景点学生证、记者证、导游证等都有半价甚至免票的优惠,因此如果你有这类证件最好带在身边。同时应该准备好一部分出游物品,尤其是胶卷和电池,因为景点的这类物品一般售价较高。

3. 选择出行方式

如果到边远地区旅游最好跟团,这样既省钱又比较安全。因为很多项目,像车船、旅馆、机票、门票等都能享受团体优惠。若是在城市里,就可以选择自助游。在自助游的开支中,交通和住宿所占比重最大,所以要想节省开支,就要在这两项上多花些心思。

自助游的花费中交通费用所占比例较高,一般占一半左右,所以建议大家淡季出游,此时的机票折扣很高。选择航班也很有技巧,比如买机票时可以参加团队,但到了目的地就自由行,不会影响旅行质量,而且团队机票比散客机票至少便宜20%。

如果提前一周订购机票,比较容易拿到最低折扣。比如说,舱位5折的票有20张,等这20张票售完,票价自然就会上涨到5.5折,5.5折的票售完,票价就会按照航空公司预先制订好的标准上涨到6折甚至更高。

机票提价后,各航空公司为了招揽客源都制订了各种优惠,可以好好利用。比如教师、学生等特殊消费群体在乘坐南航国内航班时,会有长期优惠,不再限制在寒、暑假之间,但在黄金周期间学生与教师的优惠将受到票额的限制。

选择早晚航班的机票要比正常时段便宜很多,而选择周末航班价格往往会贵一些。如果是出国游的话,在国内购买返程机票比到达目的地国家后再购买当地航空公司的机票便宜。

4. 筛选景点

在对目的景区有一定了解的基础上,筛选出这个景区最具特色的地方,这样旅游时就可以有的放矢,玩得更尽兴。现在去旅游,常常会有许多这"宫"那"洞"的来迷惑你,其实这些人造的"景中景"实在没有多大必要去,他们的收费有些远远超过景点的"门票费"。出来玩是为了活动筋骨的,花几十元去搭乘索道、缆车就违背了本意,如果身体条件允许还不如去爬山,既可以锻炼身体,又可以体会路在脚下的乐趣。

5. 吃住行讲究实惠

旅游景点的饮食一般都比较贵,在酒店里点菜吃饭,价格更是不菲,最好的方式是去吃风味小吃,不仅可以省钱还能领略不同风格的饮食文化。

很多旅游地区的酒店都是"海鲜价"——经常变化,所以选择淡季去,住宿费用会比较便宜。住宿不一定要住星级宾馆,选择那些价格相对较低、条件适中、服务不错的旅馆比较实惠。若能住进一家便宜又卫生的农家院,还能体会一番"睡大炕"的滋味,当然最关键的是要能休息好。

如果时间允许的话,最好乘坐火车或者汽车出行,这样不但可以省下一笔车费,还能领略沿途的风景,不失为旅途的调剂。

6. 旅游购物不可盲目

旅游购物要仔细考虑,除非是非常有纪念意义的东西,否则最好还是看看这些纪念品是否物有所值,对一些各地都雷同的小工艺品不要滥买,节省不必要的开支。购买旅游纪念品以及旅游中的食物、当地土特产,最好去夜市购买,这样既可以买到物美价廉的商品又可以欣赏"市景"。

7. 带上银行卡

一般异地刷卡消费不收手续费,但异地取款是要收取手续费的。浦发银行发行的东方卡是目前国内银行中唯一异地取款不收手续费的。持有东方卡在全国任何一台带有银联标志的 ATM 机上取款都不收手续费。也就说,无论是在当地还是出差到外地,用东方卡取款都是免手续费的,而且还不收任何年费和工本费,所以外出旅游带有这样一张卡既方便又省钱。

开源投资，为富奋斗

　　理财的目的是为了让你手中有限的资金增值，节省只是理财的一个部分，也就是节流。通过节流，也许你会让手中的100元，变成1 000元，但是投资却有可能将它变成10 000元甚至更多，所以只有开源才是实现资本加倍增长的最根本途径。

8.1　雪茄和百货公司的故事

　　卡恩站在百货公司的柜台前面，目不暇接地看着形形色色的商品。他身旁有一位穿戴很体面的绅士，站在那里抽雪茄。卡恩恭敬地对绅士说："您的雪茄一定很香，价格还不便宜吧？"

　　"两美元一支。"

　　"好家伙……您一天抽多少支呀？"

　　"10支。"

　　"天哪！您抽多久了？"

　　"40年前就抽上了。"

　　"什么，您仔细算算，要是不抽烟的话，那些钱就足够买下这幢百货公司了。"

"那么说,您也抽烟了?"

"我才不抽呢。"

"那么您买下这幢百货公司了吗?"

"没有啊。"

"实话告诉您,这幢百货公司是我开的。"

卡恩的智慧是小智慧,绅士的智慧才是大智慧:钱是靠钱生出来的,不是靠克扣自己攒下来的。金钱需要人们主动争取,如果守株待兔,什么也不去做的话,是办不成任何事的。

毋庸置疑,节省和积蓄能够让你手头可供支配的金钱增加,但是仅仅如此就够了吗?

如果你有一只母鸡,每天都下一只蛋,你把这些蛋都积攒起来,从来不吃也不卖的话一年就有365个蛋,不排除有的蛋会坏掉。但是如果你把这些蛋孵成小鸡,再把小鸡养大,一年的时间不到,你所获得的鸡蛋数量就会翻数倍甚至数十倍。虽然也存在着小鸡无法孵出或者意外死亡的因素,但是总体的数量绝对会比你只是积攒鸡蛋要多得多。所以,要想让你的财富不断增加,开源是很重要的,投资能让你的财富大幅增长。

有一个落魄的中年人,每隔两三天就到教堂祈祷,而且他的祷告词每次都相同。

"上帝啊,请念在我多年来敬畏您的分上,让我中一次彩票吧!阿门!"

几天后,他又垂头丧气地回到教堂,同样跪着祈祷:"上帝啊,为何不让我中彩票? 我愿意更谦卑地来服侍您,求您让我中一次彩票吧! 阿门!"

又过了几天,他再次出现在教堂,同样重复着他的祷告。如此周而复始,不间断地祈求着。

终于有一天,他跪着说:"我的上帝,为何您不垂听我的乞求? 让我中一次彩票吧! 只要一次,让我解决所有的困难,我愿意终身奉献,专心侍奉您……"

就在这时,圣坛传来一阵宏伟庄严的声音:"我一直垂听你的祷告。可是,最起码,你也该去买一张彩票吧!"

天上不会掉馅饼,即使掉下来也需要你弯腰去捡,所以投资的行动是很重要的。

8.2 开源得当,钱能生钱

穷人通常是上班挣钱、纳税,然后花掉余下的钱。有的人收入并不少,但却把钱都用在了购买最新的奢侈消费品上或者吃喝玩乐上,日复一日重复着这样的生活,自然是两手空空。

真正的有钱人虽然也是工作挣钱,不过他们会将一部分钱用作资本积累,而余下的钱才缴税。富人通常缴税不一定比穷人多,因为他们知道钱是如何运作的。

穷人通过上班挣钱,一旦失去现有的工作,经济上的保障也会随之而去。失业意味着财产根基也会动摇。如果你工作的目的就是为了挣钱,那么你就是为税务局在工作。如果你还有抵押贷款或者其他形式的消费贷款,那么你就是在为银行工作。有钱人利用资产为自己工作,而没钱人则是在为资产工作。

理财的方式是让钱生钱,无论储蓄还是投资股票或者房地产,最终目标都是为了使自己的资金增值。但是投资都有风险,不是任何人投资都可以成功的。如果事先不学习一点投资技巧,盲目投资反而会得不偿失。所以投资理财之前,要注意以下几点:

1. 根据自己的性格来确定投资方向

如果你的性格是属于冒险型的,并且心理承受能力比较强,那么你可以选择炒股。如果你的性格比较保守和谨慎,那么你可以选择储蓄、国债或者保险。

2. 保持风险意识

投资需要自己好好研究所要进行的交易,不要人云亦云、盲目跟风。不要低估投资的风险,在选择一项投资之前,不要先问"我能赚多少",而要问自己最多能亏多少。

以炒股为例,进行股票投资不要期望过高,不要指望短期内能够得到很高的回报,公司股票和公司是有区别的,不要被虚涨的股票所迷惑,应该多向理财专家询问股票的安全性。

在不知道自己该买哪一支股票或者为什么要买这支股票之前坚决不要买。不要轻信债务大于资本的公司,这些公司通过发行股票或者借贷来支付股东的红利,但是最终还是会陷入困境。不要把所有的资金都放在一家或者两家公司上,一旦亏损损失是非常大的。除了盈利没有任何其他标准可以用来衡量一个公司的好坏。一旦你对某一支股票产生了怀疑,立即放弃,不要再坚持。

3. 承担风险但不是赌博

任何人对风险的承受能力都是有限的,超过了限度会让身心都受到伤害。所以投资者还需要采取适当的风险管理办法和技巧,有效地规避风险,减少损失,提高回报率,应该做到以下几点:

(1)预防风险,根据自己的实际资产状况制订客观的财物收支计划,明确可以进行投资的数目。

(2)规避风险,对各种可供选择的投资项目进行权衡,选择风险较小的项目进行投资。

(3)转移风险,投资者可以通过参加保险,或者要求资金投入方参加保险,将风险转嫁给保险公司。

总之,在进行投资之前要审时度势,随时注意经济发展形势,从日常生活中捕捉投资信息,不要盲目从众,不明行情不要急于入市。

8.3　管理好小资金

每个月给你100元,能用来做什么?下一次馆子?买一双皮鞋?100元恐怕还不够吧?

但是,如果每月能省下这100元,你就有可能成为百万富翁呢。不相信吗?那我们来计算一下。如果每个月定期将100元固定地投资于某个优质的投资项目,年平均收益率达到15%。坚持35年后,你所对应获得的投资收益绝对额就能达到147万元。

目前,银行理财产品的门槛偏高,人民币理财的认购起点金额是5万元,外汇理财为等值5 000美元,很多资金量不多的投资者因此被拒于银行理财之外。据了解,低于理财门槛的资金投资渠道整体有限,但运用得当,也能获利不菲。

人民币低于5万元,可以选择国债,或者购买货币市场基金,中信、招行和光大目前推出了同货币市场基金相匹配的理财月计划,门槛只需人民币5 000元,能获得比一年期定期存款还高的收益。另一方面可以投资于银行发行的纸黄金,认购起点只需要1 400多元,但其中蕴涵的风险也比较大。如果你手中外币资金少于5 000美元,除了普通定期存款外,目前市场上尚无保本高收益的投资产品。

其实,各种投资工具无所谓好坏,关键是要看是否适合以及个人的偏好问题,看你更在乎风险或者回报,还是资金的变现能力。只有把握了各项投资工具的特性,才能搭配出适合自己的投资组合。

工作不久的年轻女孩收入有限,但又想让手中有限的小资金增值,那么就需要选择合适的理财产品。相比较之下,投资门槛比较低的基金是个不错的投资选择。

1. 基金理财本小利大

基金是"集合众多小额资金"进行投资。在美国、欧洲,买基金是相当普及的投资方式。

基金的门槛比较低,有的基金单笔申购下限仅为100元,有的定期定投的基金每个月也不过两三百元,对手中余钱不多的年轻人来说,基金投资是不错的选择。而年轻人要在保证生活质量的前提之下,最大限度地控制不必要的开支也不是容易的事,但是定期投资基金不但可以帮助你强制储蓄还能实现增值。

秦小姐工作已有三年,月薪3 500元左右,本来以为每个月存些钱没什么问题,可是每个月的工资基本上都被花光,遇到大笔支出还要父母支援。秦小姐其实知道自己每个月的收入具体都花在了什么地方,但就是无法控制消费,到头来每个月还是存不下钱。

于是朋友们劝秦小姐在每个月工资到账之后,先花500元购买股票型基金,其余3000元收入留出1500元作生活费,剩下的1500元认购货币市场基金,货币基金的主要投资目的是保值和储蓄,同时可以减少秦小姐手中的现金,客观地控制消费。而且由于货币基金的赎回相对比较方便,也没有交易成本,所以不会影响秦小姐的日常生活。经过几个月的适应,秦小姐逐渐习惯了每月3000元的生活,而检查一下自己的股票基金账户,还发现投资收益相当不错。如果每个月投资1000元进行定期定额的基金投资,按照国际成熟市场上开展基金定投平均每年10%的收益率计算,10年以后,秦小姐的资产会增值为20余万元。

每个月用固定的金额投资基金比较适合于"月光族",投资门槛比较低而长期收益比较高。采用定期定额投资的方式,一般可以通过银行强制扣款,所以积蓄的稳定性更好,而且定期定额投资基金具有不必费心选择进场时机和充分运用时间复利两大优势,不必过于操心,既不影响生活也不耽误工作,是进行基金长期投资的良好选择。

2. 基金的优点

一般基金公司的注册资金都在1亿元以上,由券商、信托等公司参股成立。随着外资进入,合资基金公司越来越成为近年的主流。诸多证券营业机构挪用客户保证金的梦魇至今让人避之不及,所以拿钱投资基金,首先要考虑的就是信任问题。

不过,基金和券商不相同,基金的资产,也就是投资者的钱,和所投资的证券并不放在基金管理公司名下,而是在托管银行开立基金托管专户来保管,并聘请独立的会计师定期核查基金的财务情况。基金公司只负责基金的管理和操作,下达投资买卖指令给证券经纪商,并不直接接触资金和证券。

此外,证监会还规定基金公司须定期公布基金持股和操作情况,基金的投资咨询,交易过程、账目明细都受到严格的监督,所以投资基金除因行情起伏或基金经理操作好坏会有盈亏之外,原则上投资者不必担心资金的安全。投资前如果能选择声誉良好、长期投资表现稳健、重视投资者服务的基金公司,就更能降低投资风险,让自己的资金更有保障。

基金是投资者将自己的资金,交给专业机构操作管理,被称之为一种"集合资金、共担风险、共同分享投资利润"的投资方法。它跟股票最大的不同,就在于基金是一篮子投资组合。如果股票是一个鸡蛋,基金就是一篮子的鸡蛋,这样的结果,基金可能不会像某支牛股有突发行情,但也不会因为抱住了一支熊股,而做个三年的"套中人"。

当然,这里跟股票做比较的只是股票型基金,实际上,基金的投资标的还包括债券、权证、存款等。正因为是进行资产配置、组合投资,和银行存款、黄金、外汇、债券等其他投资品种相比,基金在投资三要素方面也有鲜明的特点。

3. 基金种类

根据是否可赎回,基金分为开放式基金和封闭式基金。

(1)封闭式基金。封闭式基金,指基金规模在发行前已确定,在发行完毕后和规定的期限内,基金规模固定不变的投资基金。

(2)开放式基金。开放式基金,是基金发展的主流,其基金规模不是固定不变的,而是可以随时根据市场供求情况发行新份额或被投资人赎回的投资基金。

目前国内的基金产品多属于开放式基金,主要分为股票型、债券型、股债平衡型、货币型四大类。

①股票型基金:投资标的主要为上市公司股票,基金净值随投资的股票市价涨跌而变动,风险较债券基金、货币市场基金高,相对期望的报酬也较高。

②债券型基金:属于适度保守型投资品种,基金主要投资于国债、金融债券、企业债券和可转债等,收益率相对比较稳定。

③股债平衡型基金:属于适度积极型投资品种,有一定的比重投资股票,追求高报酬,其他部分则投资于固定收益工具,如债券等,通过灵活配置来获取稳定收益。

④货币型基金:属于保守型投资品种,基金投资于安全性高又具有流动性的货币市场工具,年收益率较低,但风险也很低。

(3)两者的区别。两者买卖方式不同。封闭式基金发起设立时,投资者可以向基金管理公司或销售机构认购,当其上市交易时,投资者又可委托券商在证券交易所按市价买卖。而投资者投资于开放式基金时,他们则向基金管理公司或销售机构按照基金净值进行申购或赎回。

此外,还有一些特殊种类基金,如可转换公司债基金、指数型基金、伞型基金等等。将不同类型的基金作比较是不科学的,比如货币基金,永远都不可能像股票基金那样1年涨10%,这是由该基金的特性决定的。

当然,同类型的基金也未必就有一致的表现。比如股票基金,一年下来,基金之间的回报率可能相差有三四十个百分点。即便是收益相对平稳的债券基金,冠军与倒数第一之间的差距也可能达到10个百分点,这些与基金管理人的分析研究和投资能力息息相关。

4. 基金收费

基金可以给你带来收益,但同时也是有收费的。具体来说,包括每年都需缴纳的基金营运费用,包括管理费、托管费、证券交易费、其他费用等等,直接从基金资产中扣除,其中主要又以管理费为主。

(1)申购费。投资者购买基金需支付的费用。如果申购费是在购买基金时收取,称为前端收费;在赎回时收取,称为后端收费。有些后端收费在持有基金到达一定年限后可免除。目前此项费率水平约为1%～2%。

(2)赎回费。投资者赎回基金时支付的费用。目前的费率水平在0.5%左右。

(3)转换费。投资者在同一个基金管理公司管理的多个基金品种间进行转换产生的费用。不要小觑基金的投资费用,以一只前端收费的股票基金为例,申购费1.5%,赎回费1%,进出成本就在2.5%。还不算基金资产本身征收了1.75%的管理费率和托管费率。

(4)管理费。管理费也就是基金管理公司向投资者收取管理基金的报酬,由基金管理公司从基金资产中扣除。目前国内封闭式基金管理费率为

1.5%,开放式的股票基金约为1%～1.5%,债券基金管理费率通常低于1%,货币市场基金最低,为0.33%。

由于基金管理人的佣金来自于基金规模,而非业绩,所以无论你所购买的基金是否亏损,你都得缴纳基金管理费。目前已有几只基金开始设置"生存线",即当基金净值跌到线下时,管理人就停征管理费,算是一种折中的做法吧。

再好的鞋子,也要看合不合自己的脚。用到选择基金上,也是同样的道理。如果你是比较保守的投资者,稳定收益的平衡型或债券型基金会比较适合你。如果你追求高收益高风险,可以考虑成长型或股票型基金。只有选择适合自己的基金品种,才能尽量减少投资风险。

5. 选择合适的基金

年轻人拥有持续赚钱的能力,即使失败也总能站起来。大多数年轻人家庭压力也小,风险承受能力比较强,可以选择风险较大的基金,以求获得较大的收益,为将来打下良好的经济基础。比如说,以股票为投资对象的股票型基金以及以追求长期资本增值为目的的成长型基金。

无论选择哪类基金,在进行投资前,都必须预设最高获利点和最低亏损点,并切实执行。一方面确保获利成果,另一方面可以控制亏损进一步扩大。

投资前首先要明确你的投资希望达到怎样的目标,比如说,你想用这笔钱做什么?什么时间用?有了投资目标之后,才能有的放矢,找到自己合适的基金品种。如果你手中的资金只是短期资金,那么最好投资于风险较低的存款或债券,中长期的资金才比较适合于基金。不要将资金都用于投资股票型基金,因为股市中总有难以预料的风险。

6. 巧买开放式基金

如今,开放式基金日渐受到广大投资者的青睐,但也有一些人对基金公司收取不菲的申购、赎回费用难以接受,影响了购买开放式基金的积极性。其实,投资开放式基金有很多省钱之道,掌握了这些减免手续费的窍门,你的投资顾虑可能就会烟消云散。

后端收费比前端收费省钱。基金发行时就收取认购费的方式叫前端收费,后端收费是指认购新基金时暂不收费,而在赎回时补交费用的发行方式。后端收费的补交费用会随着持有基金时间的延长而减少。例如,有一种基金,如果投资者选择前端收费,认购费率为 1.0%,而选择了后端收费,只要投资者持有时间超过 1 年以上,赎回时补交的认购费率只有 0.8%;持有三年以上认购费率只有 0.4%,并且赎回费全免;如果持有期超过 5 年,则认购费和赎回费全免。

开放式基金也能团购。按照基金公司的规定,认购、申购数额越高,手续费越低。比如,某基金申购金额低于 50 万元时费率为 1.5%,高于 500 万元时费率仅为 0.5%,二者相差数倍。根据这一规定,同事、朋友、网友们可以"团结"起来,使一次性购买基金的额度达到享受手续费优惠的金额,这时再与基金公司或代理银行协商优惠和个人账户分配等事宜,便有可能节省一大笔费用。

另外,目前国内出现了专门的基金团购网,办理该网站指定银行的银联卡,开通"银联通"业务,然后就可以在团购网的指导下购买相关基金,享受团购费率优惠。比如,购买"华夏宝利配置"基金,普通的申购费率是 1.2%,选择团购就可以享受 0.48% 的优惠。

认购比申购费用更低。同样一只基金,发行时认购和出封闭期之后申购,费率是不一样的,基金公司为了追求首发量,规定的认购费率一般低于申购费率。比如认购 5 万元某基金的费率为 1%,出封闭期后的申购费率则为 1.8%,二者相差 0.8% 个百分点。如果单从节省手续费的角度考虑,看好某一只基金,应尽量选择在发行时认购。

网上买基金既方便又能省钱。过去认购、申购开放式基金只能到证券公司或银行网点才能办理,现在工行、招行等金融机构都推出了"网上基金"业务,因为通过网上交易节省了人力费用,所以银行对网上基金交易都有一定的优惠政策。从网点开立基金账户一般要缴纳一定的开户手续费,而在网上自助开立基金账户则是免费的;网上认购、申购开放式基金可以享受一定的手续费折扣,比如,通过某银行"银基通"购买开放式基金,申购费最多可以打4折。最关键的是网上购买基金可以节省大量的时间,节省时间就等于创造金钱。

选择红利再投资可以节省申购费。基金投资者可以选择两种分红方式,一种是现金红利,另一种是红利再投资。为鼓励大家继续投资,基金公司对红利再投资都不收取申购费,红利部分将按照红利派现日每单位基金的净值转化为基金份额,增加到投资人账户中。这种方式不但能节省再投资的申购费用,还可以产生"鸡生蛋,蛋又生鸡"的复利效应,从而提高基金投资的实际收益。

投资后定期检查基金绩效关心自己的投资,定期检核所投基金的绩效,确保自己的投资成果。

8.4　尝试创业

如果你得到几千元的工资,那么你就要为老板创造几十万、几百万的价值,因为你是雇员。但如果你是老板,那么你所做的一切都是在为自己赚钱。

1. 创业加速你的成功

创业者需要有自己的思想,按照自己的方式做事,敢于冒险,喜爱自己将要从事的事业,坚持开创不同的道路并全身心地投入。

江琪是一个有理想有抱负的女孩,刚大学毕业,没有像其他人一样找一份稳定的工作,而是大胆选择自己创业,并且成功了。开始上大学的时候,她就为自己的将来做好了打算,寒暑假总是留在上学的城市打工,提高自己的实践能力,晚上没事就到图书馆看书,不断给自己充电。她最爱看的就是那些已经功成名就的创业者的成功之道,因为她希望有一天自己也能够轰轰烈烈干出一番事业。

毕业后,江琪回到了老家。父母早为她安排好了工作,但好强的她并没有接受,而是决定自己创业。父母知道她的脾气,只好同意。可是江琪心里并没有底,因为她甚至都没有想好要做什么。有一天,6岁的堂弟来家里玩,手里拿着一个电动玩具,兴奋地拉姐姐和他一起玩,这是一个遥控小汽车,在堂弟的指挥下满屋子钻。江琪随口问了堂弟一句:"你的玩具不错,多少钱买的啊?"堂弟高兴地说:"妈妈花了100块钱从城里给我带来的,你也喜欢吗?"江琪非常吃惊,一个玩具居然要一百块钱,她觉得像这样的玩具成本应该没那么高,于是江琪心里一动,一个大胆的念头产生了。通过几天的市场调查,江琪觉得玩具的市场空间很大,同时发现虽然很多人想买玩具,但总是买不到合适的,所以看玩具的人多,而真正买玩具的人却很少。

一天,江琪准备回家的时候,恰好赶上一个网吧在搞活动。原来是一家游戏运营商在宣传自己的游戏,并向玩家赠送玩具,由于这些玩具都是游戏里的人物原形,所以吸引了不少人。因为玩家太多,运营商并没有准备足够的玩具,很多人因为没得到玩具而有些失落,好多人竟然喊着要用钱买这些玩具,可惜真的是全部送完了。江琪觉得这些玩具确实很可爱,再想想中国有那么多网络游戏爱好者,如果为这些玩家制造些玩具,应该会赢得市场。有了这个想法后,江琪迅速在网上搜索了一下特色玩具店。其中一条消息吸引了江琪的目光——"玩家主题玩具会员专卖店",了解到这家玩具店是全国连锁,并且专门为不同的人群制作不同的玩具。她通过 QQ 联系到了主题玩具店的工作人员,进行了初步的沟通,并详细咨询了加盟方式及优惠政策。

江琪认为这是一个不错的商机和机遇,于是次日她就买好了去北京的火车票,准备到"玩家主题玩具会员专卖店"的北京总部进行考察。到了总部之后,总部的工作人员热情接待了她,还带她参观了玩家主题玩具的展示厅,在总部漂亮的展示厅里,江琪被眼前形态各异的玩具打动了。这里的产品种类很齐全,让人眼花缭乱。并且产品质量也很好,每一件做工都很精细。同时他们也充分考虑到了一些细节,可以说每件产品的背后都有一个与众不同的故事。

"玩家"主题玩具店的工作人员告诉江琪,所谓主题玩具,主要是指一些与电影、动漫、游戏、魔术等相关产生的实物类玩具,具有角色的情感,举手投足、面部表情、服饰装备等再现了一个角色的状态。每个角色都有一定的故事背景,因为主题玩具创意奇妙、题材广泛、造型精美,而且和电影、动漫、游戏密切相关,使得虚拟世界有了现实的版本,才会吸引各路玩家和发烧友的兴趣,成为时下最时尚的潮流。

江琪找到了玩家总部的经理,谈了自己的想法,总部经理觉得江琪的建议十分可行,竭力邀请江琪加入玩家,不过江琪决定开一个属于自己的玩具店。

回到家乡后,江琪在繁华的商业街开起了自己的玩具店。刚开张不久,就有很多消费者慕名而来,一时间玩家主题玩具店便风靡全城。它不单纯是一件商品、一件玩具,还具有很大的收藏价值。同时,主题玩具当中涵盖了游戏、卡通动漫、影视动画以及情侣饰品、服装,并且还有学习、办公用品。每件商品当中都有自己的文化,有自己的内涵,这些玩具把它更生活化、生动性地体现出来。因此开业仅仅半年,江琪的玩具店便一直火暴,营业额也是与日俱增。

经过几个月的经营,江琪再次调查玩具市场,希望能得到创新启发,从而进一步扩大自己的经营范围。细心的她发现,很多消费者感觉玩具的价格太高,一年也只能买几个而已,但很多人对玩具的热情只有几分钟的热度。另外,很多玩具破旧以后,都只能扔到垃圾堆里,造成了资源的流失,众多的问题都值得江琪静下心来仔细思考。

她翻看报纸的分类信息时,无意中发现了房屋租赁信息和美容信息,立刻想到了她的玩具。何不将玩具也出租呢?人老了出现皱纹可以美容,那么破旧的玩具为什么不能美容呢?她试着在店里开展玩具出租和玩具美容业务,大为成功。

江琪的做法引起了"玩家"总部的注意,遂决定让江琪来总部担任市场总监。面对"玩家"总部的再次邀请,江琪觉得自己应该为玩具事业做一点贡献便答应了总部的邀请,将自己的玩具店交给了父母照看。

江琪的到来让"玩家"总部注入了新的活力,她的热情和用心带动了每个人,玩家的团队变得更为强大。总部接纳了江琪的一些建议,例如,玩具的DIY、完善售后服务、打造"玩家"品牌。另外,江琪还为2008年制订了一个初步发展体育类玩具的计划。"玩家"也因此获得了良好的完善,变得越来越强大,同时,给更多的加盟商提供了更好的销售平台,"玩家"各加盟店的生意也蒸蒸日上。

古人云:"胜者先机而作,智者见机而行,愚者失机而悔。"想要成功,不光要提高自己的能力,还要善于把握机会,机会往往垂青于那些懂得怎样追求他的人。

创业也许会让你失去稳定的工作,看起来似乎是退后,但是退一步并不意味着落后,也许会获得财富的海阔天空呢。

2. 你的创业智商如何

企业家的气质也许就隐藏在你的内心深处。针对企业家在家庭背景、童年经历、主要价值观、个性等方面共同特征的研究越来越多。下面的测试题可以测验一下你创业的智商,看看你具有哪些企业家们所应具备的气质。这些问题并不是你未来成功与否的标准,不过它也许可以告诉你应该从何处入手以及你需要进一步提高的方面。回答"是"或"否"。

测试题:

(1)你父母有过创业的经历吗?

(2)你在学校时成绩好吗?

(3)你在学校时是否喜欢参加群体活动,如俱乐部的活动或集体运动项目?

(4)少年时的你是否更愿意一个人待着?

(5)你是否参加过学校工作人员的竞选或是自己做生意,如卖柠檬水,办家庭报纸或者出售贺卡?

(6)你小时候是否很倔犟?

(7)少年时的你是否很谨慎?

(8)小时候你是否很勇敢而且富有冒险精神?

(9)你很在乎别人的意见吗?

(10)改变固定的日常生活模式是否是你开创自己的生意的一个动机?

(11)也许你很喜欢工作,但是你是否愿意晚上也工作?

(12)你是否愿意随工作要求而延长工作时间,可以为完成一项工作而只睡一会儿,甚至根本不睡?

(13)在你成功完成一项工作之后,你是否会马上开始另一项工作?

(14)你是否愿意用你的积蓄开创自己的生意?

(15)你是否愿意向别人借东西?

(16)如果生意失败了,你是否会立即开始另一个?

(17)(接上题)或者你是否会立即开始找一个有固定工资的工作?

(18)你是否认为作一个企业家很有风险?

(19)你是否写下了自己长期和短期的目标?

(20)你是否认为自己能够以非常职业的态度对待经手的现金?

(21)你是否很容易烦?

(22)你是否很乐观?

分数计算法:

(1)是:加 1 分　　　　否:减 1 分

(2)是:减 4 分　　　　否:加 4 分

(3)是:减 1 分　　　　否:加 1 分

(4)是:加 1 分　　　　否:减 1 分

(5)是:加 2 分　　　　否:减 2 分

(6)是:加 1 分　　　　否:减 1 分

(7)是:减 4 分　　　　否:加 4 分

(8)是:加 4 分

(9)是:减 1 分　　　　否:加 1 分

(10)是:加 2 分　　　　否:减 2 分

(11)是:加 2 分　　　　否:减 6 分

(12)是:加 4 分

(13)是:加 2 分　　　　否:减 2 分

(14)是:加 2 分　　　　否:减 2 分

(15)是:加2分　　　　否:减2分

(16)是:加4分　　　　否:减4分

(17)是:减1分

(18)是:减2分　　　　否:加2分

(19)是:加1分　　　　否:减1分

(20)是:加2分　　　　否:减2分

(21)是:加2分　　　　否:减2分

(22)是:加2分　　　　否:减2分

说明:

35分到44分——绝对适合

得35分以上的人士具备做老板的素质,很适合于做老板。

15分到34分——比较适合

如果你得分在15分或者以上,说明你已经具备做老板的素质,需要进一步努力。

0分到14分——很有可能

你的人生其实可以有许多选择,你的智商和情商发展均衡,这意味着你在很多选择中可进可退,可攻可守。你可以选择自己创业,也可以选择做个高级白领。

—1分到—15分——也许有可能

如果你非要走创业之途,应该说也有属于自己的机会,但首先要克服包括环境和你自身的思维方式与性格制约所造成的困难。

—16分到—43分——不合适

如果你的得分在此之间,那说明你并不适合创业,因为你的才华可能并不在这方面,不要勉强为之,以免失败。也许为别人工作或是掌握某种技术远比做生意更适合你,可以让你更好地享受生活的乐趣并且充分发挥自己的能力,发展自己的兴趣。

3. 女性创业的优势

真正破产的女性企业家是很少的,因为她们比较谨慎。一个成熟的市场,一种成熟的文化,一个成熟的社会是一个包容的社会,欣赏有才智的人,无论你的性别是男还是女。其实相比于男性,女性在创业上更有优势,最明显的一点就是性格上的优势。有这样一个笑话:

甲小姐和乙小姐在聊天。

甲:"法院让我明天出庭作证。"

乙:"你紧张吗?"

甲:"有点紧张,因为我不知道明天穿什么衣服。"

就算在出庭作证这么严肃的事面前,女人考虑的不是该如何让自己的言辞更加出色,而是穿什么衣服,让自己外表看起来更漂亮。女人善于把大事变小,小到只剩下穿衣、化妆、饮食和休息等细节。男人把事业当作生活,女人把生活当作事业。男人看伟人传记,看的是政治和斗争,女人看的则是后宫的私情。正是这种区别,使女性在创业时候更有着男性无法比拟的优势:

(1)敏锐的直觉力量。女性往往喜欢凭直觉办事,把一些重大决策用细微处体现的道理来化解。这种直觉效果往往比那些经过多次论证的理论更为有效。

(2)同时处理多件事的能力。女性扮演着社会和家庭的角色,这种不同让她们既要兼顾事业又要照顾家庭,于是女性逐渐形成了同时处理多件事的能力。

(3)出色的平衡能力和协调能力。女性心思比较细腻,很会照顾别人,容易与人沟通,所以往往能够平衡和协调组织内部的工作。

(4)精打细算的经营本领。传统的家庭生活模式是男主外女主内,撇开大男子主义不谈,其实还是有一定合理性分工的原理的。因为女性一般过日子比较节省,会注重实惠性。这种特性用在经商上,当然是最合适不过了。

(5)出色的语言能力。做生意需要与人沟通,少不了语言能力。而从生理特征的角度讲,女性的语言能力天生要比男性强一些。

(6)合作的天赋。善于合作、引导和善解人意是女性的共同特点,这种特点在企业运作中相当重要。

(7)感情丰富。这是一个感情经济的时代,讲究情商,女人的感情丰富:柔情似水,柔能克刚;好奇心重,这种好奇往往会产生激情;热情洋溢,对一件事情全身心投入;女人比男人更执著,执著靠的是真情……

4. 创业准备

不是任何人都适合于创业,也不是所有创业的人都能成功,创业要做以下的准备:

(1)转换心态,变压力为动力。女性创业要具备坚忍不拔、敢闯敢干、敢于承担风险,有冒险精神的心理素质,坚信自己创业一定能成功,坚信别人能办到的事,自己也能办到。突破"弱者"心态,永远保持上进心、责任感,有强烈的求知欲。在创业过程中还要不断学习新知识,接受新事物,了解新信息,不断提高自己创业能力和自身素质,以适应市场发展的需要。

(2)知己知彼,找到市场定位。女性创业前要充分了解自己,最好做一些理性测评来评估自己,分析自我优势和劣势,结合自己的兴趣、专业经验以及行业发展三方面来考虑,思考并选择好自己的创业方向。

根据自身优势考虑市场的实际需求,以自己的长处克服不足。然后对市场进行调查,客观分析好市场需求和前景、可能的客源、可能的竞争者、将在多长时间内获得多大市场占有率,明确和正确评估自己即将面对的风险,做好心理和物质上的准备。

加入一些与你将来公司有关的行业组织,订阅所有与你公司业务有关的刊物。在这里可以获得很多宝贵的从业建议和最新的行业信息,当然你也可能得到一些优惠政策或商业折扣。经常上网,关注与你行业有关的专题或文章。

成功的企业一般都是通过发现市场空缺,并集中于某一领域生产某一产品,而且在这一领域中会把这一产品做得很有特色,精益求精,产品质量、性能、售后服务、企业诚信度等都要远远高于竞争对手。

(3)多方考察,选择适合自己的项目。女性思考问题是多方面的,比较注重细节,而宏观思维和长远打算能力并不那么强。从这个角度出发,女性创业应该从适合自己的项目入手。

以下几类是常见的适合于女性创业的领域:

①创意服务类,以创意、执行为主要工作内容的职业,适合于需要自由不受拘束的创意工作者。例如,企划、公关、多媒体设计制作、广告、摄影、口译等等。

②专业咨询类,以提供专业意见,并以口才、沟通能力取胜的行业,由于工作内容与场所都富有高度弹性,因此跑单帮游走各家企业或者成立工作室的可行性也很高。例如企业经营管理顾问、旅游资讯服务、心理咨询、美容顾问等。

③科技服务类,包括软件设计、网页设计、网站规划、网络营销、科技文件翻译等等。

④家教照顾类,提供儿童教养与老人看护服务,包括才艺班、幼儿园、居家护理等。

⑤生活服务类,主要以店面经营方式,可分为独立开店和加盟两种。比较适合的项目有西点面包房、咖啡店、中西餐饮速食店、服饰店、居家用品店、视听娱乐产品租售店、美容护肤店、花店等等。

(4)筹备资金,选择合伙人。要创业当然离不开创业资金,即便是白手起家也要有一定的资金,否则创业就无从谈起。除了自己的积蓄,借款、贷款等方式也可以成为资金的来源。

一个人的力量毕竟是有限的,如果选择和别人合伙,不但创业资金有保障,而且在管理和风险分担方面也会有很多好处。不过如果选择的合作伙伴不当,也会给自己带来损失。总的来说,选择合伙人要遵循以下三大原则:

①忠诚肯吃苦。如果合伙人不忠诚,背叛了你,给你带来的不光会是精神上的损失,还会让你在经济上损失惨重。一定要充分考察合伙人,不要被表面现象迷惑了。

②能够互补,互相学习借鉴。你所挑选的合作伙伴所拥有的社会关系

或者客户渠道能填补你的空缺,并在性格和管理风格上和你形成优劣互补,取长补短。

③最好选择比自己在所选事业方面更专业更有经验的合作者,与合作伙伴形成共识,为共同目标奋斗,这样你的创业会少走一些弯路。

经常与合作伙伴一起探讨你的商业计划和公司营运结果,在充分讨论之后作出一个最后的决定,这一点对于无力聘请专业顾问的小本生意来说很重要。

(5)保证运作,制订财政方案。详尽的财政预算统计能把握每月资金的流向。如果你没有长期和短期的财政目标,对自己的财政状况一无所知,那你的事业成败就只能听天由命。如果你不考虑现金流转问题,在实际运营中将会困难重重,所以最好估计一下你下个季度的收入情况,然后在这个基础上预算出能够保证公司正常运作的季度支出。

(6)立足长远,制订工作计划。要在瞬息多变的市场环境下求生存千万不能自满,应该不时地评估你的竞争对手,把握行业的动态,调整企业的发展方向,才能在残酷的商业竞争中立于不败之地。

制订年度、季度甚至每周、每天的工作计划可以提高工作热情和工作效率。定时检查一下工作的完成情况,监督自己,及时调整工作进度。当每次回顾工作情况后,对自己的成果会感到由衷的满足,由此更加激发了工作热情。

(7)集思广益,充分利用外部资源。现代社会是信息社会,虽说网络信息及时迅速,但还是需要多走出家门和外界联系,这样才能知晓当前最新的行业信息,把握市场的脉搏,有时还能在事业上获得一些外部的帮助。众人拾柴火焰高,多听听别人的建议,也许其中蕴涵着宝贵的信息呢。

(8)保障根本,兼顾工作与健康。能够做到工作和健康都兼顾,对事业的长期成功非常重要。通常我们会为了某个项目或产品而废寝忘食,偶尔为之还无甚大碍,但是长此以往,身体一定会吃不消的,尤其是女性。自己创业无疑是非常辛苦的,压力很大,挫折难免,熬过逆境就像忘记伤痛一样,时间是最管用的秘方,要有足够的时间等到云开日见的那一天,再大干一场,而这些都要依靠健康的身体,所以一定要休息好,调理好身体为事业提供坚实后盾。

最后需要强调的是,一个人对工作的热爱程度直接影响到工作效果。如果你很不满意自己从事的工作,那么你在这一行中有所建树的可能性就微乎其微。所以如果有可能,一定要选择自己喜欢的事去做,全力以赴地做。

第二部分

准备终身大事，
步入家庭生活

如果说前一阶段是人生的播种，那么现在就是耕耘的季节。爱情、婚姻、家庭是人生中不可缺少的环节，经历了无拘无束的单身生活之后，婚姻就顺理成章地应该提上日程。从步入结婚殿堂的那一刻起，一人吃饱全家不饿的日子就结束了。这个阶段的理财将不再是自己一个人的事情，而是夫妻二人共同的责任。这个时候的理财也不再仅仅是理自己的财，而是两个人共同的收入，是家庭所有的财产。理财的好坏不但关系到两个人的生活质量，也关系到婚姻关系的和谐发展，所以这一阶段的理财需要我们付出更多的努力。

第 *9* 课

情义无价,浪漫有价

没有经济基础的爱情可能会黯淡,没有爱情基础的关系迟早要结束。再重视精神生活的人也要吃饭,缺少了金钱的支持,再浪漫的爱情也会打折扣。感情与经济基础如何才能两全?

9.1 谈钱易犯的错误

很多人认为真正相爱的人不算账,可实际上金钱往往是导致三分之一情侣分手的原因。一谈到金钱,情侣们往往会犯下面一些错误:

1. 从来不谈钱

于小姐和男朋友住在一起六个月了,从来不谈金钱。两人各自买自己的东西,一起去购物吃饭的时候,谁先掏出钱包就谁付账……住的房子是男朋友父母的,所以也没有房租的问题。于小姐认为谈论金钱,等于污染了爱情。

可是她没想到生活是由衣食住行构成的,任何一样都需要花钱,热恋期过去,现实生活就不可避免地要面对。如果其中的一方经常忘记主动付账,另一方或者提醒他,或者默默忍受,但终究会有爆发的一天,争吵不可避免。

最好的解决办法:在金钱问题开始困扰日常生活之前就明确地谈论它,明确各项开支两人如何支付。为了避免出现一方认为自己付账更多的情况,两个人可以建立一个共同账户,计算出每个月生活费是多少,用这个账户里的钱支付日常开销。

2. 女方独掌"财政大权"

我们可以理解,对金钱的管理会成为一种权利。如果在爱情关系中一方拥有绝对控制权,长久下去会造成两人关系的不平衡。

叶子从小就善于管理自己的零用钱,但她男友却一点理财观念也没有。他们住在一起之后,所有的收入当然由叶子来支配。不过,遇到重大花销的时候叶子也会征求男友的意见。她给他确定了每月零花钱的数字,但还是情不自禁地评论他的花钱方式,他有时候会不高兴,但还没有强烈反抗过。叶子认为这种局面对他是很合适的,她也喜欢控制金钱的感觉。

不错,女性往往细心,大多数认为自己对家庭的理财状况负有责任,适合于管理财产,但条件是尊重对方的自由,不加评论,毕竟每个人的价值观多少有些差异。如果你经常对另一半的花钱方式进行指责,久而久之矛盾就会爆发。

3. 收入不同,但实行 AA 制

梅小姐和男朋友在一起生活了两年多。由于都是具有现代思想的年轻人,所以从交往的第一天起就明确了 AA 制的原则。他们收入几乎相差三倍,但 AA 制的原则是在一开始就定下的。梅小姐的男朋友存了一些钱,但梅小姐几乎没有积蓄,这样一来,梅小姐就感觉到了巨大的经济压力。

AA 制原则看似公平,但随着时间的推移会越来越难被收入少的一方所接受,其结果是在心中积累了怨恨。为了避免这种情况出现,收入有差距的情侣最好按照收入的比例来确定承担日常开销的比例,这样每个人都能存一些钱,买自己喜欢的东西,也能毫无芥蒂地给对方买礼物。无疑,这才是真正的公平。

4. 女方一人负担所有开销

如果长期独自承担经济压力,会使一方的心理变得沉重,非常不开心,

焦虑暴躁,面对另一方的无忧无虑,她会感到很不公平。

路萍很会挣钱,相比之下,她男友就要比她差很多。恋爱初期,路萍很爱他,不在乎他的经济状况。他是一个自信的乐天派,经济窘境并没有使他丧失男人的尊严和自信。路萍很欣赏他这一点,但一个人负担两个人的开销又让她觉得很辛苦。

金钱的烦恼应该是由两个人来分担,两个人共同想办法,不仅会找到更好的办法,也会找到心理的平衡。

5. 借钱给他

事情在一开始就不清不楚,对方答应你一定会还钱的,但你既不知道是什么时候也不知道他如何还,这种隐藏着不信任的关系在情侣间制造了压力。一方持续充当着消防队员的角色,时刻准备为另一方解围,也许认为这是爱的表示,但实际上是加重了两人之间的不平等和依附关系,这对爱情来说是非常有害的。

林小姐的男友第一次向她借钱的时候,她觉得非常正常,毫不犹豫地借给他。但更糟糕的事情接踵而来,有时她不得不借给他钱付手机费,而且他从来没说过要还,林小姐害怕提钱会伤感情,因此绝口不提。

在互相信任的情人之间,互相帮助是很正常的事,但保持透明度非常重要。在你准备借钱给他之前,不妨想清楚他能否还你钱,他是否认为这笔钱不需要还等问题。

6. 分工不均

一年前,丽丽的男友挑中了一处房子,办理了银行贷款手续。两人住在这所公寓里,男友负责偿还银行贷款,丽丽则负担日常生活的开销。但是时间长了,丽丽越来越觉得别扭,好像房子不是她的。她感到了不公平,在房子问题上,她是依附于对方的。

这种情绪和后果对情侣来说是十分严重的定时炸弹。三十岁以下的年轻人在共同投资的问题上经常犹犹豫豫,因为他们对自己的未来还不确定。如果两个人想共同投资,房子是最好的选择,不过在还贷问题上一定要协商好,以免为今后的生活埋下隐患。

7. 没有经济基础的感情

金钱问题是卸载感情的一大因素,它如同一个面具,隐藏着最深刻的危机。有一半的夫妻在离婚的时候为金钱问题纠缠不休。当两个人的感情出现危机的时候,拿金钱说事是最容易的,结果是两败俱伤,再也找不到哪怕一点点过去的温情回忆。

高洁的男友在过去一年里都遭遇经济困境,开始她还帮他解决,但不久她就发现这是沉重的负担。他们不停地讨论钱的问题,如何挣钱、如何攒钱,也开始相互指责对方太浪费……最终他们的爱情走到了尽头。但她一直坚信,如果他们没有缺钱的问题,一定会相处得很开心。

最好的解决办法:了解对方的金钱观和价值观有助于你理解对方的行为方式,进而确定自己和对方是不是同一路人。

没有爱情只有利益的关系是难以长久的,只有爱情没有经济基础的关系也会烟消云散。所以爱情不可以不谈钱也不可以只谈钱,这其中的尺度,就要靠你自己来掌握,总的原则是经济基础可以让爱情更加精彩和有保障,而不是成为爱情的拦路石。

9.2　保持财政独立

林芬和男友相恋的那段日子很幸福,两个人整天腻在一起。男友萧树东对林芬很大方,隔三差五的就会给她买礼物,让她高兴。相恋第一年的圣诞节,萧树东花了2 000元送给林芬一套时装,情人节、林芬的生日,萧树东也不断给林芬送礼物,平时吃饭、购物都是他付账,林芬觉得他这样做是因为爱自己。

可是好景不长,随着了解逐渐加深,林芬越来越觉得自己和萧树东的性格存在很大差距,萧树东脾气不太好,两个人经常为了一点点小事发生争吵。林芬想过分手,但是又没有勇气。直到那次两人再次争吵之后,萧树东打了林芬一个耳光,林芬捂着通红肿胀的半边脸不再理睬萧树东,无论萧树东怎么道歉,林芬都决定分手。眼见破镜重圆无望,萧树东狠狠地说分手可以,但是林芬得还他为她所花费的金钱以及损失总计两万,否则他不会让林芬有好日子过。林芬又气又怕,为了摆脱他的纠缠,她凑齐了钱交给了他,然后带着满心的失望和伤痛只身南下。

没有经济基础的爱情可能黯淡,没有爱情只有利益的关系迟早要结束,如何才能两全其美?

很多男人在恋爱时非常大方,挥金如土,这往往会让女孩产生错觉,好像他很爱自己。如果男友很小气,喜欢精打细算,又容易让人怀疑:"我"在他心中一定是放在"金钱"之后,到底,"我"要不要与"他"分手?实际上小气也有小气的好处,就是可以累积积蓄、储存财力,但是,如果太过又会让人感觉难以相处。情侣间金钱瓜葛过于复杂,感情破裂通常是最终结果,若是再加上彼此观念不合、难以接受,分手真的是该考虑的一步。

提早明确彼此金钱观的差距不是坏事,所以小气成为分手的理由并不好笑,如果你已经试着与他沟通过而他仍然坚持精打细算,那么与小气男友分手是理所当然的,除非你自己也喜欢精打细算,否则婚姻前途并不乐观。

所以有经验的人一定会告诉热恋中准备结婚的恋人们,柴米油盐是该列入婚姻考虑的重点,也就是说,彼此对金钱的态度、消费的观念、理财的倾向等应该一致。如果一方的挥霍是另一方绝对厌恶的,就该预见携手生活时可能会出现的争执。有钱可以增加一个人的自信,存款数字或领多少薪水,是很多人自我评价的指标之一。看似单纯的数字背后,隐藏着各自对金钱的情感经验和负担。

再重视精神生活的人也要吃饭,缺少了金钱的支持,再浪漫的爱情也会打折扣。爱情也需要金钱作为支撑,一味谈钱不好,不谈金钱也不行。女性如果一味依靠男友在金钱上付出,必然会为将来的幸福埋下隐患。所以,现代女性还是保持经济上的独立自主比较好。

第 *10* 课

告别"小资",整"妆"待嫁

婚姻是爱情的升华,两个人要开始共同为将来的生活做准备了。"十里红妆"的恢弘场景已经尘封进历史,代表喜庆的红色依旧伴随着即将出嫁的新娘,嫁妆的内容却已经悄悄改变。既要让自己风光地出嫁,又要尽量少花银子,这就离不开合理理财。

10.1 合理理财,"小资"变"大资"

唐小姐是一家保险公司营销代表,每月收入 8 000 元左右,她的未婚夫张先生是一家科技公司的软件工程师,每月收入 12 000 元左右。两人都已经过了而立之年,准备结婚,但是为了买理想的结婚新房,只好将婚期延后两年。

唐小姐住在父母家里,不需要负担任何生活费用。唐小姐每月花费为:服饰和名牌化妆品 4 000 元左右;在外就餐、娱乐费用约为 2 000 元;交通费花销合计 600 元左右;手机通讯费 400 元左右。

唐小姐的未婚夫张先生老家在外地,他目前在单位附近租房居住,每月租金为 1 500 元,基本生活费 2 000 元左右,其他花销为 1 500 元,每月有近

7 000 元的结余。

双方父母主张他们尽早结婚,并分别拿出 5 万元资金作为结婚费用资助。张先生工作多年,自己有 20 万元积蓄。唐小姐和张先生打算一步到位,在中心区买套三室户新房,每平方米 1 万元,130 平方米大概需要 130 万元,首付及装修至少需要 50 万元。他们现在手里只有 30 万元,按张先生每年结余 10 万元推算,目前 20 万元的资金缺口至少还要积攒两年。

其实,张先生和唐小姐的收入比较稳定,虽然没有任何负债,但收入来源单一,也没有任何投资,资产的收益率太低,没有得到很好的利用。唐小姐收入占两人总收入的 40%,但个人支出占总支出的比率约 60%,基本没有节余和储蓄,将首付筹集及以后的还贷压力集中到了未婚夫一个人身上。为了加快首付资金积累的速度,达到结婚理财两不误的目的,唐小姐采用了以下方式进行理财:

1. 减少不必要的消费

花费不合理,每月的花费占了个人总收入的 90%。唐小姐在服装、化妆品上将每月 4 000 元缩减为 1 200 元,合计每年可节省 45 600 元。并且让未婚夫张先生住在自己父母家中,这样就可以节省房租和部分生活费,加起来可以节省 28 000 元。两人的年支出缩减为 7 万,一年可以积攒 17 万元。

由于唐小姐日常开支较大,所以她采用了信用卡消费,并结合借记卡管理收支。使用信用卡不会占用日常资金,并可以享受较长时间的免息期。

2. 储蓄和基金组合,提高资金收益率

为了提高资金的使用效率,唐小姐将现有的 30 万资金用来做一些收益较高的短期投资。其中 6 万元投资货币基金和银行储蓄理财,这部分作为应急准备金;21 万元选了两三种历史业绩较好的基金产品来进行分散投资;余下 3 万元投资于股票型基金。

一年后,现有 30 万元资金加上每年积攒的 17 万元,同时再加投资收益 2 万元,合计 49 万元,基本可以满足房子的首付款和装修了。

3. 利用银行贷款理财,节省贷款利息

目前各银行的按揭产品差异不大,民生银行手续方便、费用减免,同时,民生的贷生利理财账户还具有类似提前还款节省利息和手中仍持有资金以做大额应急准备金的双重优点。所以筹集到首付款之后,唐小姐选择了该银行的按揭。

10.2 提高含"金"量,准备嫁妆

老约翰问他未来女婿:"如果我给女儿准备一份丰厚的嫁妆,你会给我什么呢?"女婿想了想说:"我会给你一张收据。"

当然这是一个笑话,古今中外女儿出嫁,娘家多多少少都会准备一些嫁妆。传统婚姻里,男方的聘礼主要是象征性的,数量很少。女方家的嫁妆却是实质性的,数量远远超过男方。因为当时的社会普遍认为,女方的嫁妆越多越值钱,新娘就越荣耀光彩,在婆家的地位也越高。过去有的女孩出嫁,如果家里没有准备嫁妆,到了婆家就会受欺负和虐待。

富裕之家嫁女嫁妆床桌器具箱笼被褥一应俱全,日常所需无所不包。这些嫁妆除了床上用品、衣裤鞋履、首饰、被褥以及女红用品等细软物件在迎亲时随花轿发送外,其余的大至床铺,小至线板、纺锤,在婚期前一天送往男家。据晚清光绪时江南民间富裕人家的一份嫁妆清单记载,其中首饰有:金柿底、金珠宝簪、金珠宝钿、金钗、金指环等二十五对之多;银珠簪、银镯子、银指环十多对。可见金银在古时女子嫁妆中地位极其重要,而翡翠碧玉等也是很具中国特色的爱情证物。

嫁妆的规格之所以高,一方面表达了父母对女儿的拳拳爱意,以免女儿在夫家被轻视或受欺负;另一方面,也是家族富有、地位显赫的一种炫耀。在古代两家联姻较男女结合更为社会重视,婚姻只是被作为壮大亲族、扩大权势来考虑。

"十里红妆"既是气派也是风情。如今,我们已经很难再看到当初那种恢弘的场面了,绵延十里的队伍已经尘封在历史里,红妆依然伴随着一代又一代待嫁的女儿心,走向爱情的最终归宿。代表喜庆的红色没有变,嫁妆却逐渐演变成璀璨夺目的首饰随着女儿家代代相传。从20世纪80年代的自行车、手表,到90年代的彩电、冰箱,随着信息时代的到来,电脑、网络逐渐

成为居家生活的必需品,新人结婚陪嫁品也紧随时代变化,不断增加着新的物品,比如手机、电脑、数码相机等等。时代不同了,现代女性绝不会因为嫁妆问题而忍受男方的欺凌,很多男方甚至不要求女方置办什么嫁妆。不过带着嫁妆出嫁,无疑会给娘家人还有自己脸上增添不少光彩。而且,嫁妆在婚礼中扮演了重要角色,对于婚礼的热闹与否有着重要影响。总的来说,女方可以准备的嫁妆有:一般家电、床上用品,例如床单,被单,枕套,床罩等等。选择婚庆嫁妆应考虑的因素有:根据实际情况,考虑是否选择全套的婚嫁套装;根据经济情况考虑选择婚庆床上用品的档次;再就是考虑与房子装修的风格协调,结合自己的喜好选择款式及色调。

人的一生约有1/3的时间是在床上度过的,床上用品的质量好坏直接影响人们的身体健康以及精神状态,所以一定要选择正规厂家生产的,质量合格的产品,着重考虑其舒适度。另一方面,床上用品也是家中一个重要的装饰组件,它能反映出主人的品位和个性。当然选什么档次的床上用品得考虑经济状况,先拟好购物清单,再多选择多比较,这样才能买到物超所值、称心如意的婚嫁套妆。

虽然一生只有一次置办嫁妆的机会,因而会不惜代价,但是如果能花较少的钱,买到质量和舒适度都有保障的用品,又何乐而不为呢?选购嫁妆的时候也要货比三家,不要光看大商场,如果时间比较充裕,最好能去一些大型批发市场转转,很有可能淘出物美价廉的结婚用品。

第11课

早做准备,"婚"而不"昏"

爱情无价,自我保护也不可缺少。共度一生是每对新人的愿望,但是世事难以预料,为了防止万一发生的情况,婚前最好能做好相关方面的准备。

11.1 未雨绸缪,签订婚前协议

有数据显示,美国50%～60%的婚姻会最终以离婚为结局,而离婚的原因中有70%跟经济有关。大部分的未婚夫妇在结婚之前,对彼此的经济状况了解得很少,结婚之后才发现往往已经为时过晚。怎样在结婚前,让热恋中的爱人对彼此的经济状况有一个冷静的、全面的了解呢?一个有效的方法就是"婚前协议"。

1. 签订"婚前协议"有必要

如果在结婚前,就对各自的经济状况、花费的习惯以及对将来家庭经济的运作有一个坦诚的交流,让双方都事先了解一下自己对将来婚姻的期望值,这样就会减少很多不必要的失望,减少在婚后为经济上的事务争吵不休,免去了不少家庭矛盾。

但是长期以来,人们对"婚前协议"都存在着偏见,认为"婚前协议"将爱情打了折扣。在很多人的脑子里,要求对方签订"婚前协议",无疑是对热恋中爱人的一种不信任。爱情是无价的,这不正是人们长久以来一直苦苦追求的吗?刚刚准备一起"共度一生", 怎么一下子又来一招"以防万一",这岂不是对爱情的一种"亵渎"吗?

基于这种想法,人们对"婚前协议"一直抱着厌恶的态度。美国 20 世纪 90 年代最受欢迎的电视喜剧演员罗珊娜·芭尔与汤姆·阿诺德热恋,在他们 1990 年婚礼之前,罗珊娜的律师建议她考虑要阿诺德签订一份"婚前协议",罗珊娜·芭尔一气之下炒了她的律师鱿鱼。4 年之后,罗珊娜·芭尔与汤姆·阿诺德离婚,因为没有"婚前协议",阿诺德在离婚时从罗珊娜的财产中带走了 5 000 万美金,罗珊娜·芭尔后悔莫及。

婚姻本身不仅是爱情的结合,而且也是财富的结合与财富的再分配,"婚前协议"为双方做好了"以防万一"的准备,在离婚时往往能够免去很多不必要的争执,加快进程,妥善解决离婚时的财产分配难题。

在美国有钱有势的名人圈里,"婚前协议"已经同订婚戒指一样司空见惯。签订"婚前协议"并不需要去法庭,它是由未婚夫妇双方互相商定后,一同签订的一份有法律效力的合约,合约的内容完全根据未婚夫妇双方的意愿而定。

一般的"婚前协议"包括:未婚夫妇双方在结婚前所各自拥有的经济收入、不动产、积蓄以及他们婚前所留下来的债务等等,是否在结婚后属于夫妻双方共有;结婚以后两人的经济管理模式,是设立共同账户,还是各自保留个人户头;谁负责日常生活开销,如果一方不工作,另一方在婚姻存续期间的经济收入是否愿意由对方自由支配等等;一旦离婚,双方的财产将怎样划分等一系列细节问题。

"婚前协议"在美国很受青睐,有的"婚前协议"很奇怪,比如,有一份"婚前协议"中规定妻子的体重一定要保持在 120 磅以内,否则离婚的时候她就得少拿 10 万美元;另一份"婚前协议"要求有权不定期地让配偶作是否吸毒的一系列测试,如果配偶被查出有吸毒行为,将在离婚财产分配时被罚款;还有一份"婚前协议"写入了如果丈夫对妻子的家人有不尊重的言行,将每次被罚1万美元;更有"婚前协议"中限制丈夫连续看体育比赛的时间,或是限制太太购买名贵首饰的开销……

只要不涉及孩子的抚养权或是孩子的抚养费,其他什么都可以放入两人的"婚前协议"。有关不忠行为的规定在婚前协议中也很常见。迈克尔·道格拉斯与凯瑟琳·泽塔琼斯的"婚前协议"就有规定,如果迈克尔·道格拉斯对凯瑟琳不忠,他将付凯瑟琳几百万美元的补偿费。与迈克尔·道格拉斯合演《华尔街》一举成名的查理·辛与他的前妻德妮丝·理查斯的"婚前协议"也有相似的条例,他们在离婚时,德妮丝还因为这个条款得到了经济补偿。

爱情确实是无价的,但并不意味着爱情中的情侣就不需要自我保护了,"婚前协议"与爱情并不冲突。

随着科技的进步,人类寿命的增加,一个人一生只结一次婚的可能性会逐渐降低。人在一生中积累的财富会越来越多样化,婚姻状况也会日趋复杂。现在一名普通的美国中产阶级不仅拥有银行存款、房产,还有股票、保险、生意财产以及退休金,根据现在的市场来看,这是一笔很可观的财富。而拟定一份"婚前协议",让一生中积累的财富在每次婚姻中都得到合理的保护,恰是美国大众都能够理解并能够支付得起的一项保护措施。不管婚姻双方社会经济地位是否悬殊,不管是百万富翁还是一般的工薪阶层,在结婚前都应该考虑签订一张"婚前协议"。

据1996年公布的一项对京、津、沪三大城市的调查表明:未婚男女青年中有65%的人赞成并愿意在结婚之前对财产分割等事项"有约在先",免得结婚之后发生矛盾时"没有说法"。随着社会的发展和婚姻法的修改,"婚前协议"这个话题不再为我们所忌讳。在中国"婚前协议"表现为"婚前财产公证"。可以办理婚前财产公证的人有两种:未婚夫妻和已婚夫妻。对于未婚夫妻来说,双方订立的协议内容只涉及各自的婚前财产,而不涉及婚后双方取得的财产。未婚夫妻由于不具有法律上的夫妻关系,各自的财产归属容易界定,不存在共同财产问题。但是对于已婚夫妻来说,情况却很复杂。

2. 中国式"婚前协议"的内容

《中华人民共和国婚姻法》明确规定:夫妻在婚姻关系存续期间所取得

的财产,归夫妻共同所有,双方另有约定的除外。由此明确确立了以共同财产制为主,以约定财产制为辅的夫妻财产制。夫妻双方在婚姻关系存续期间所得的下列财产,为夫妻共同财产:

(1)婚后夫妻一方或双方劳动所得的财产;

(2)婚后夫妻双方继承、受赠的财产;

(3)夫妻用双方的合法收入共同购买的财产;

(4)一方或双方从事承包、租赁生产经营活动的收益;

(5)其他合法收入,如夫妻在婚姻关系存续期间内取得的债权,以及其他能够体现为一定财产利益的权利,无法确认为个人财产还是共有财产的,推定为共有财产。

我国婚姻法不排除约定财产制的适用,夫妻双方可以以约定来对财产的归属进行划分,此种财产处理方式在归属问题上划分得比较清晰,避免了很多纠纷和争端。约定财产制的效力高于法定财产制;约定财产的范围广泛;时间没有限制;约定方式灵活。夫妻以约定来处理财产关系时,主要的是约定必须有效。即约定作为夫妻双方意思必须真实,一方不得以胁迫、欺诈等手段使对方违背自己的真实意思。

在确立夫妻的共有财产时,应区别夫妻共有财产与夫妻各自所有的个人财产。个人财产一般包括:

(1)婚前个人所有的财产;

(2)婚前一方受赠或继承的财产;

(3)婚后双方约定为一方所有的财产;

(4)婚后一方或双方购置的供个人使用的衣服和生活用品;

(5)婚后购置的从事职业所需的财产,如专业书籍、工具等。

应当注意的是,一些婚前个人财产在满足一定条件时,可以转化为共同财产:

(1)夫妻一方对他方婚前财产进行了一定投资,使该项财产发生了明显变化的,此财产已由婚前个人所有转化为夫妻共同财产;

(2)复员转业军人在婚姻关系存续期间所得复员费、转业费,在结婚时

间超过10年以上的,以共同财产处理;

(3)夫妻婚前的个人财产,在婚后经过双方长期共同使用、经营与管理,财产已经在质和量上发生变化,有的已经消耗或破损,有的依然完好,有的明显减少,夫妻离婚时,应依据公平原则,根据具体情况,将全部或部分财产视为夫妻共同财产。

我国立法明确规定在婚姻财产关系上,夫妻双方地位平等,对财产有平等处置权。因此,夫妻对于婚后所得财产,不能根据其收入的高低来确定权利享有的多少。即使一方未参加有报酬的工作或无固定收入,也应承认管理家务、抚养子女等劳动的价值与另一方有报酬的劳动价值相同,另一方劳动所得应依法归夫妻共同所有。任何一方违背他方意志的擅自处分财产的行为,都是侵犯财产权利的违法行为。当然,夫妻共同生活中的费用,包括赡养老人、抚养子女以及共同生活所负债务的费用,均应以共同财产支付。

由于结婚后,双方对财产的共同使用、消耗、经营,使个人财产很难与共有财产进行区分和认定,所以已婚夫妻要想做婚前财产公证,就要取得配偶的完全同意和充分支持,才能顺利办理此项公证。

林女士在婚前投资买的房子,再婚多年后才想到把房子做个婚前财产公证,以便留给自己的孩子,但是她再婚的丈夫不同意,最后虽然办成了却费尽周折。所以,为了免去日后的麻烦,办理婚前财产公证越早越好,最好在婚前就办理。

3. 如何办理婚前财产公证

办理婚前财产公证的步骤:

首先,当事人要准备好以下几种材料:

(1)个人的身份证明,如身份证、户口簿,已婚的还要带上结婚证。

(2)与约定内容有关的财产所有权证明,如房产证,未拿到产权证的带购房合同和付款发票。

(3)双方已经草拟好的协议书。协议书的内容一般包括:当事人的姓名、性别、职业、住址等个人基本情况;财产的名称、数量、价值、状况、归属;上述婚前财产的使用、维修、处分的原则等。一般双方当事人的签名和订约日期空缺,待公证员对协议进行审查和修改后,再在公证员面前签字。

第二步,准备好上述材料后,双方必须共同亲自到公证处提出公证申请,填写公证的申请表格。委托他人代理或是一个人来办婚前财产公证,是不会被受理的。

第三步,公证申请被接待公证员受理后,公证员就财产协议的内容,审查财产的权利证明;查问当事人的订约是否受到欺骗或误导。当事人应如实回答公证员的提问,公证员会履行必要的法律告知义务,告诉当事人签订财产协议后承担的法律义务和法律后果,当事人配合公证员做完公证接谈笔录,并在笔录上签字确认。别小看公证员制作谈话笔录这个过程,由于婚前财产约定涉及当事人财产实体权利的转移,公证员在这个过程中,会再三确认当事人划分财产归属的意见,明确双方对财产的分配关系,当事人一旦在笔录上签字,该笔录就成为具有法律效力的书面证据保存于公证卷宗内。这份笔录和公证书不仅可以防止当事人之间出现纠纷,而且,对于与当事人发生债权债务关系的第三人,也是一种保护。

第四步,双方当事人当着公证员的面,在婚前财产协议书上签名。至此,婚前财产公证的办证程序履行完毕,两周后当事人就可凭收费单据来领取公证书了。当然,如果双方都抽不出时间来领公证书,也可以在预交邮费后享受"邮递送达"服务。

由于传统观念影响、对婚前公证的法律和社会意义认识不足等因素制约,婚前财产公证的发展较为缓慢。近年平均登记结婚的人中能够真正"签约"的人还是极少数。然而,随着社会的进步与发展,婚前财产公证作为一种新型的社会契约关系,会更多地出现在人们的生活中。

11.2　婚礼前奏

结婚是人生当中的头等大事,从筹划结婚到正式步入结婚殿堂,婚事对于新人来说实在是一笔不小的开支。如果能够共同规划,把钱用在刀刃上,不但可以缓解结婚所带来的经济压力,还能够通过共同的努力带来快乐,并为今后幸福美满的婚姻生活奠定坚实的基础。

总的来说,婚礼之前要做的工作有以下一些:

1. 选择婚纱

穿上洁白的婚纱,走向婚礼的殿堂,是每位姑娘一生中最幸福、最美丽的时刻。为了迎接这个激动人心的时刻的到来,用心挑选婚纱当然是头等大事。那么,是买婚纱还是租婚纱呢?

毫无疑问,买婚纱要比租婚纱贵得多,一生中基本上只有一次穿婚纱的机会,如果买的话就有些不太划算。不过,在人生中最幸福的时刻,在这个只属于自己的时刻,却穿着别人穿过的婚纱,恐怕心里多多少少会有些不太舒服吧?但是单件买婚纱又很贵,怎么办呢?最好的办法就是团购婚纱。想办法约集一些与自己婚期相近的人,一同去采购婚纱,这样就能以最优惠的价格买到婚纱,有时候团购的婚纱只要几百元一套。除了婚纱之外,婚庆中几乎一切都能团购:婚礼司仪和现场布置、对戒、化妆师,还有喜糖、酒席、摄影摄像、喜帖等,加在一起可以便宜几千元。

挑选婚纱要注意以下方面:

(1)礼服的颜色与样式最好都不一样,因为太相近会使得拍摄效果不特别。

(2)注重礼服的整体搭配,礼服配件有捧花、发饰、项链、耳环、手链、绸缎手套等等。白纱礼服的头纱有复古的镂空花边、缎带花边、纯网状等,可以根据个人喜好进行选择,不过要注意整体搭配。

(3)新郎的礼服可搭配背心式、燕尾服、复古式等多种选择,礼服公司也应当提供无镜片镜框配合拍摄。

(4)确认礼服是否有污渍、破洞、损坏处。

(5)宴客礼服最好是全新的,就算是旧的也要保养得整齐漂亮。

2. 选择婚纱摄影公司

选好婚纱之后,就需要选择结婚照了。结婚照见证的是每一个新娘一生中最美丽的时刻,也是婚姻生活的第一个印记,一定要好好挑选一番。可以询问已婚的朋友,因为他们最清楚婚纱摄影公司价位、服务品质,再从中去选择最合适的。

最好多走几家影楼询问价格内容,其他影楼有的优惠,只要你提出来,都会满足你。影楼一般不会答应你拿走套系内容宣传单,所以你要用脑子记住各家的套系内容,所谓知己知彼百战百胜。

在价位上,应清楚了解每家婚纱摄影公司所提供的服务项目,不要一味只求便宜,以免留下遗憾。只要你捏着合约,就可以要求对方逐条升级。5套造型可以免费增到6套,25张入册照片能谈到30张,放大的寸数加大,加大的张数加多,不要那些赠送的首饰小物等,全部换成和照片相关的东西,指定首席摄影师和化妆师,将普通婚纱区升到VIP区,要求单独的休息间,将喜帖从10张加到30张,底片买得多是不是可以降到原价的1/3等等。讨价还价还是有余地的,一般来说参照比你高两三个等级的婚纱套系来要求升级比较有把握。

同时,还要咨询该服务是否可以提供结婚当日彩车、新娘化妆、手捧花、婚纱等,避免不必要支出。一般市场上1 688～3 888元价位的服务已经可以满足普通家庭的正常需要。想要相册里照片满满当当,干脆牺牲中档套系里一些赠品,定两套低价套,然后说服对方把造型和相册合并。比如,某影楼3 888元的套系,三套造型,26张照片入册;而1 888元的特惠套则有两套造型,16张照片入册。如果选两套特惠套则可以有四套造型,32张照片入册,价格还比3 888元的套系便宜一点。

选定婚纱摄影公司时要注意:

(1)礼服样式与套数、服务态度、相本美工设计、外围赠品内容、合理的价格、明定契约等应该是挑选的重点。

(2)确认外景拍摄的人力和物力资源,包括鲜花、摄影公司的车、造型师、摄影师等。

(3)弄清楚哪些要额外收费,例如定妆液、宴客时用的假发、提早化妆的钟点费等等。

(4)外围设计与赠品的内容,包括娘家本张数、相框、珠宝盒、亲友卡、结婚妆、周年照、伴娘花童礼服、画架外借、宴客礼服首饰搭配等等。

(5)最好以信用卡付款,因为可以取得银行的签账单与发票,证明已付款,最好不要一次付清,因为那样会影响后续服务品质,而且刷卡是不需要加收手续费的。

作为婚纱摄影的一个部分,彩妆造型必不可少,造型彩妆需要注意:

(1)造型设计的确认:一套礼服配一种造型,而不是只换礼服。

(2)完整的新娘彩妆应包括:发型、头饰、脸部化妆、假睫毛、指甲油、身体粉、假发等。其中假发是拍摄婚纱照时会用到的,当然正式宴客时如果你想用也可以。

约定正式拍照的时间之后,最好弄清楚摄影公司是否比较繁忙,如果是的话,为了避免排队化妆,最好比约定的时间提前到。

拍照时可以多试几套婚纱,找到自己喜欢的风格。化妆、造型和摄影也可以尽量突出自己的特色,告诉造型师和摄影师你想要的风格。拍摄时,摄影师会根据你的妆容从最佳角度拍摄。一般来说,外景拍出来的效果比室内要好得多,当然,也离不开好的造型。

选片入册时,多选择一些竖拍的照片,因为横拍的照片即便放到最大也只有满幅的一半。尽量使照片多样化,选择远近结合、各种服饰均衡并且姿势多样的,那些光线不好的、角度不好的、照得好但姿势重复的照片最好舍弃。另外,婚纱照不是个人写真,所以千万别忽略了新郎的照片和合照。

最后取照片的时候要仔细检查,看和自己预定的相册相框符合不符合,照片颜色、相片张数够不够,一旦有不满意的地方,要求重做,毕竟一生中这样的机会只有一次,还是尽量做得细致一点才不会留下遗憾。

3. 选择合适的婚庆公司

现代人都很忙碌,虽然很想把婚礼办得与众不同一点,热闹一点,但实在没有太多时间和精力,于是适应人们需要的婚庆公司如雨后春笋般冒出来。但是婚礼毕竟是一生中最最重要的一天,要想留下美好的回忆,还是要慎重选择婚庆公司。下面提供几点挑选婚庆公司的建议,供大家参考:

(1)不要误入"黑店"。选择婚庆公司,首先了解这家公司有无营业执照,是否合法经营。如果这么重要的事情交给"黑店"来办,万一有什么意想不到的事情发生那结果只能是投诉无门、欲哭无泪,所以选择一个合法的婚庆公司是给我们自己的一个保障。

除了合法,还要看该婚庆公司是唯利是图还是真诚为你服务。婚庆服务是一个特殊的行业,最最特殊的地方就在于它是一次性的,哪怕是一个很小的环节出了差错都没有办法补救。做得好不好关键在于婚庆公司是真心诚意为你提供优质服务还是一味追求效益。有句话说"婚庆公司没有绝对的完美,只有绝对的认真",所以婚庆公司的服务态度相当重要。

现在市场上其实有不少婚庆公司的经营者本身是"门外汉",看到有钱可挣就往里面钻,而手里其实没有什么好的人可以用,一旦接到生意就临时抱佛脚找人来充数,他们所能为你提供的服务质量就可想而知了。所以,婚庆公司的管理者至少应该是有多年婚庆服务经验的人,从业时间长的人往往能认识更多的该行业的从业人员,织起一张足够大的"关系网",从而挑选出更专业的人员为顾客服务,这样你的投入才会得到应有的回报。

(2)不要被超低的价格诱惑。有的商家往往在报纸杂志或网上做广告,打出来的价格极具诱惑力,但其真正目的在于把你吸引进门,当你去了以后,真实的情况多半会是这样的回答"不好意思,我们广告上的那个是最低档次的,已经被订掉了。结婚是一生一次的事情,当然应该选好一点的。我们这里还有更好的,我来给你介绍一下吧⋯⋯"事实上,他们所谓的超低价永远没有人订得到,那只不过是一个吸引人的幌子而已,最后订下来的价格往往与他们的广告宣传相去甚远,甚至有可能还超出市场平均价格。所以,新人们应该擦亮自己的眼睛去分析,最好多向一些有经验的熟人或者朋友请教、了解行情,避免上当。

(3)不要一味迷信大公司。很多人可能觉得选择有名气的大公司比较放心,可是名气大的公司,往往下订单的人也多,遇上像1999年9月9日这样的黄道吉日,婚庆公司往往忙都忙不过来,还能保证服务质量吗?如果一个公司只有25套班子,而某个好日子他却接了26个单子怎么办呢?

当然有办法。举例来说:2004年"十一黄金周"期间,某知名婚庆公司的婚礼摄影师已全部排满,但是他们照样接单,怎么安排呢?有办法,临时拉来一批人,办个"摄影师速成班",先用半天时间教会他们使用机器,再由老摄影师以助理的形式带出去跟班两三次,大致熟悉了流程,接下来就直接推上前线。而开给顾客的却是"专业资深摄影师"的价钱,真实的水平如何就只有消费者自己去体会了。

还有一些名气比较大的婚庆公司,都是花了很大代价来做宣传提高知名度的,或者把公司开在黄金地段,租超大的门面,将公司装修得富丽堂皇,自然给人一种很气派,规模很大的感觉。可是这些装修费、宣传费,最终还是要从消费者身上收回来的。所以新人们还是要擦亮眼睛,不要迷信大公司,不要被广告说昏了头,而要去找一些小而精的婚庆公司。其实有的小公司不仅在价格上能有更多的回旋余地,而且服务质量也比较过硬,因为小公司没有大公司那么雄厚的资金进行大手笔的广告运作,它们想要取胜,就要靠服务质量,在消费者中树立起口碑。

(4)挑准下订单的时机。化妆、司仪等都是需要事先沟通的,早下订单的话可以要求婚庆公司尽快安排碰头,如果觉得不理想,还有足够的时间来要求更换直到满意为止。而如果晚订的话,做得好的人可能早就安排了任务,剩下的都是些换来换去也无法达到最满意的人。

(5)讲究性价比。对于服务质量与价格的关系,讲究的是性价比。各人的想法和经济条件各不相同,有人喜欢豪华奢侈,有人希望经济实惠,要根据实际情况给自己的婚礼一个适当的定位,然后去找一家性价比高的婚庆公司。用通俗的话来说,就是"你得到的服务要对得起你扔出去的钱"。

有的公司做得似乎很专业,当你去下订单时,他们一般都会给你看一些照片。但是这些照片都是他们自己做的吗?不一定,因为弄些照片其实轻而易举。所以最好能看到一些实样,这样我们也会多了一些保障。婚庆公司一般不会"养"多少员工,只是在用得上的时候才召集起来,按劳付酬,与中介公司有些类似。摄影师、摄像师、化妆师、司仪师等都不是婚庆公司专职人员,这点倒也可以理解,但是如果连场景布置、烛光仪式等也靠转包,那就得好好考虑了,没有任何实体而全靠层层转包的公司就意味着他们本身的成本大大提高了,而且由于不是亲历亲为,服务质量与他们开出的价格是否匹配就是个问题了。

挑选婚庆公司的时候还要看它的环境是否干净、整洁,物品堆放是否整齐有序。也许有人认为这与服务质量好坏联系不到一起,其实不然,店堂的布置从一个侧面很鲜明地反映出经营者的性格。大家想一想,如果你选择的是一个连他自己的公司都弄得乱糟糟的人,那么你能指望他为你的婚礼做得有多认真吗?

所以,准新人们在做出自己的选择时,应该擦亮自己的眼睛,从多重角度去分析、去判断该把一生中最重要的日子交给谁来打理。也许是有些麻烦,但是如果能因此而找到一家诚心、称心、放心的婚庆公司那么还是值得的。

最后需要提醒的是,如果司仪在婚礼当天缺席迟到、言辞不当,或者婚礼录像带损坏、模糊不清,将会给新人带来巨大损失。不怕一万就怕万一,为了避免这种情况发生,新人可以选择婚礼服务质量信用保险,它将对婚礼过程中可能发生的投诉进行 8 大项 11 小项的担保。新人们只需花 200～300 元,就可获得最高赔付金额为 18 万元的婚庆保险服务,所得到的赔偿将远远超出一般婚庆合同中退一赔一的赔偿标准,而且新人索赔的程序会简化许多。

4. 选购钻戒

作为婚姻的证物——钻戒,是新人们一笔不小的开支。一般讲,30 分以下的单颗美钻钻戒已经足以表达爱意又能被一般收入阶层的人士接受。如果经济条件允许的话,选 50 分以上的钻饰更好,因为 50 分以上的钻石已经具备了相当的保值、增值能力,有一定的投资价值,当然也价值不菲。在购买钻石首饰的同时,一定别忘要求商家出示国家级检测部门的鉴定证书。

5. 减少不必要的浪费

如果婚庆保险解决的是婚礼前以及期间烦恼的话,那么利用互联网则可以帮助解决结婚后物品闲置的烦恼。

在婚庆网站上,婚礼结束后闲置下来的物品比比皆是。除了婚纱、礼服外,还包括喜糖、酒类、喜卡、预订好的酒宴,甚至还有婚纱照订单、摄影券等。婚礼用剩的物品扔掉可惜,留着又没有多大用处,如果能利用网络转让给其他需要的人,既可以避免浪费,又能收回一定现金,可谓一举两得。

结婚少不了请客吃饭,即"喜宴"。在征求双方父母同意后,仔细统计约请亲朋好友的名单,并准备充裕的时间确认到达情况。无论在什么场合安排都要精确到人,避免不必要的浪费。很多酒店对于包场喜宴,都有不同程度的优惠。同时,与酒店协调酒水自备,可以省下一笔不小的开支。

新婚购物一定要捂紧口袋里的钱,不要冲动消费。结婚所需的物品最好都列一个清单,使自己的采购变得有目的性,同时做好预算,免得超支,最好对每一项商品都定一个心理价位,挑选自己喜欢的商品同时还提醒自己不要超支。

6. 预订蜜月旅行

新人对浪漫的蜜月旅行充满了憧憬与期待。因此,新人需要精心规划,先从报纸、杂志或上网查看旅游促销套装,比如航班打折优惠的信息,连锁饭店优惠住宿信息等等。选择一处双方都十分向往的地点,如果你的旅行日期是确定了的,你可以选择去那些不处于旅行旺季的目的地,这样不但可以节省不少开销,而且也避免了旺季的人群拥挤。

7. 谋划结婚礼金

结婚后,如何安排收到的礼金?多数新人希望将这笔钱用于房贷的提前归还上。

对于新婚夫妇来说,这笔礼金还可以用于另外两个用途:生活保障和稳健投资。不妨选择一些商业保险,为新家庭建立必要的保障,同时选择像货币市场基金和人民币理财产品,使得这笔礼金保值增值。至于房贷也可以采用宽期限房贷,这样在贷款初期现金流压力也较轻,但需要支付更多的利息。

11.3　蜜月当"钱"

蜜月是女性一生中最浪漫、最温馨、最值得珍藏的回忆。

当相爱的情侣携手走向红地毯那一端时,可曾设想,让天地见证这份永恒不变的深情,让大自然聆听爱的箴言,以一路拾景的方式来收获情感,旅行结婚将是一次浪漫而又特别的旅程。各大旅行社专为新人设计推出的结婚、蜜月旅行产品,多集中在秋高气爽的十月,有意向的情侣们可以早作打算。

1. 选择蜜月旅行方式

由于旅行结婚以舒适方便为前提,因此应选择较成熟的旅游城市或名胜。

(1)国内游。在众多路线中,北京、海南、香港等地受到很多情侣欢迎,新人们可根据自己喜好选择在哪里度过这美好的日子。

往北走,首都北京有富丽堂皇的紫禁城、雄伟长城、皇家御苑颐和园、万园之园圆明园……在古老与气派中感受传统文化的美丽,留下新婚的足迹,值得一生回味。

往西走,在及天的云贵高原上,风景如画的玉龙雪山脚下举行盛大结婚庆典,千岁古城丽江做婚礼见证人,璀璨星斗传达上天祝福,这样的新婚之夜,是否圆了你所期待的梦?

往南走,在号称第一山水名胜的海南三亚,海景、山景、石景水乳交融,"海誓山盟"不再是梦中的誓言,你又岂能错过这爱在天涯海角的浪漫之旅?

(2)国际游。经济条件较好的新人可以继续往南走,去澳洲的天然心型珊瑚礁,感受异域风情,感受澳洲的迤逦风光。在这象征永恒爱情的"情人岛"上,新郎新娘在恬静典雅小教堂里许下"执子之手,与子偕老"的诺言,该是多么美妙的一件事。

近年来,位于斯里兰卡南方海域,被称为印度洋上的明珠的马尔代夫逐渐成为旅游胜地。传说上帝创世之初,在印度洋上洒落了花环般的美地,那就是马尔代夫,所以马尔代夫又被称为"印度洋上的花环"和"地平线上的最后乐园"。

相关资料:

国家:马尔代夫共和国(The Republic of Maldives)

首都:马里(Male)

语言:官方语言为迪维希语,上层社会通用英语。

宗教:伊斯兰教

地理环境:印度洋上的群岛国家,南北长820公里,东西宽130公里,位于印度南部约600公里和斯里兰卡西南部约750公里。由26组自然环礁、1190个珊瑚岛组成,分成19个行政组,分布在9万平方公里的海域内,其中199个岛屿有人居住,991个荒岛,岛屿平均面积为1~2平方公里,地势低平,平均海拔1.2米。

时差:比北京时间晚3小时。

商店营业时间:8:30~23:00,但在一天内会有5次,每次15分钟的时间用来祈祷,同时暂停营业。

电话区号:960

货币:货币为拉菲亚 Rufiyaa(Rf),也可以使用美元,大部分度假小岛接受国际信用卡,游人最好随身带上一些小面额的美元。

小费:按当地惯例,每天收拾房间及晚餐时,需付小费1美元。

出入境规定:

游客入境所携带的私人物品不用交税;

严禁携带色情刊物、毒品和酒类入境;

由马尔代夫离境时,需付10美元机场税。

出境游免不了要换取外汇,不少人习惯换美元,然后持美元到目的地国家之后再换取当地货币消费。其实,用美元到其他国家换取当地货币并不一定划算,因为如果遇到汇率波动和当地换汇价差要比国内大的问题很可能会亏钱。所以出境游最好将人民币兑换成目的地的国家或者地区的货币,然后出境消费。当然也可以持信用卡消费,但是要注意出国前一定要了解清楚旅游地的信用卡适用性。另外还需要注意信用卡的汇率问题,根据预期美元、欧元等与使用币种之间的升贬而选择"用或者不用"。

(3)参团游。如果有幸能够遇上蜜月团出行,不但可与众多参团的新人共同享受新婚的喜悦,享受旅游的乐趣,而且比较经济实惠。一般说来,参团除可享受周到的全程服务,还有蜜月套房、纪念照及婚纱等新婚礼物赠送。不过,蜜月团是旅行社根据参团的新婚人数而特别推出的,不定期也不必然,发团的时间多集中在各大假期,而新人们的佳期一定下就不好更改,所以蜜月团可遇而不可求。

(4)自助游。近年时兴的自助游,对旅行结婚同样适用。除去尘世的纷扰,与爱人一起徜徉于山水之间,静静享受二人世界。自助游由旅行社安排住宿和来回票务,服务项目也可根据游人需要有所增减。大致路线内,新人自己选择游玩景点,自由度大了很多。也正因为如此,自助游的价钱较参团偏贵。这里需要注意的是,新婚佳期不宜过于劳累,从容度假才能潇洒走一回。

2. 选择旅行社

究竟该如何选择服务质量可靠的蜜月旅行社呢?有三个要素可供参考:

(1)证照齐全。选择有照有证,有经营旅游业务许可的旅行社。如果碰到服务质量有违约问题,至少可以去旅游质量监督机构投诉,以保护旅游者自身权益。千万不能贪一时之快去找无经营权的"野马"个体户,到时吃苦的还是自己。

(2)价格合理,信誉良好。选择信誉好、价格合理、旅游节目明码标价,并有质量服务反馈卡的旅行社。

旅行前无论个人还是团体应签有旅游合同书,包括从住宿条件、交通工具、景点安排、游览购物都应写具体,以免降低服务质量和标准,使旅游者的权益受损。

(3)保证旅客安全。旅行社必须为每个旅游者投保旅游人身平安保险,一旦遇到人身意外伤害,保险公司会做出相应的赔偿。

3. 选择信用卡

蜜月的确是甜蜜,但是经过布置新房、装修、筹备婚礼、置办结婚用品等必需的消耗之后,恐怕新人手头已经囊中羞涩了,使用信用卡不失为一个良策。

以往信用卡购物分期付款,往往要指定产品或者指定商户,不过现在也有很多银行的信用卡只要消费金额满足一定要求,就可以向银行信用卡中心申请分期付款,在3～12个月甚至可达24个月内分期偿还欠款。婚宴、蜜月旅行等,都可以通过信用卡的分期付款来实现。目前"零首付、零利息"开始在旅游领域推广,招商银行、建设银行、中信银行等纷纷加入旅游贷款行列,让越来越多手头并不宽裕的新人能将蜜月过得更加甜蜜。

使用信用卡可以应急,不过在使用时还是要了解一些信用卡使用技巧,从而减少不必要的损失。陈小姐的工资卡上经常有5 000元到10 000元的现金,由于经常坐公车,她很担心工资卡在车上被盗,于是办理了一张信用卡。陈小姐想得很简单,以后要用现金就直接使用信用卡到银联机上去取现,再利用免息期将款还上,这样很安全也没有额外的花费。但是一个月之后,银行给陈小姐寄来的账单上居然产生了费用。询问银行工作人员,才知道原来用信用卡在柜员机上取现要向银行缴纳手续费。

现在大部分银行对于利用信用卡透支取现,不分本地异地,都要收手续费。例如,民生银行的信用卡在银联机上取现,要支付1%的手续费,使用招行的信用卡到银联机上取现要支付3%的手续费。这样算来就很不划算,所以最好不要用信用卡取现。

信用卡具有透支、循环消费的功能,可以解决我们的燃眉之急,不过一定要按时还款,否则每天5%的罚金会让你得不偿失。在申请信用卡的时候,一般会要求你填写最低还款额或者全额还款。信用卡都有免息期,每个银行会不一样,一般是50天左右。如果担心不记得还款,可以在申请信用卡的银行同时申请一张储蓄卡,与银行签订一个还款协议,在免息期的最后一天,由银行自动从储蓄卡中扣款。

需要注意的是,现在的信用卡年费越来越高,各银行的信用卡年费收费情况不一样,少的上百元,多的上千元。申请信用卡的时候还是要考虑一下信用卡的年费成本,打听清楚银行的优惠条件。例如,民生银行最近大力推行的信用卡,金卡年费才300元,在使用信用卡的第一个月,银行会扣除300元年费。在这之后,你只要在本年度刷卡6次,或者消费满3 000元,或者去国外刷卡两次,在满足这些条件的第二个月,银行将会返还年费120%的金额。

蜜月是甜蜜的,不过还是要有经济的观念,在享受假期的同时也尽量减少不必要的支出,一举两得不是更好?

第*12*课

分工合作,唯"财"是举

随着蜜月结束,平淡而琐碎的家庭生活拉开了序幕。相互尊重、分工合作、计划理财是幸福生活的保障。

12.1 量入为出,幸福家庭的二人世界

男女双方在结婚成家后,理财就成为夫妻双方共同的责任。柴米油盐酱醋茶哪一样都离不开钱,对于新婚家庭的每一对夫妇来说,如何面对家庭理财确实是一个大问题。那么,怎样才能根据双方的实际情况,建立起合理的家庭理财制度,把家庭稳定的收入由小变大,起到保值增值的作用?

经过了购买新婚用品、婚礼、旅行之后,积蓄花得所剩无几。婚姻意味着责任,当两个人开始共同生活,建立了以家庭为中心的经济中心时,自然要把它经营好。然而,如果没有丰厚的物质基础为后盾,又没有基本的理财概念,那么将来琐碎的生活只会将两个人的爱情消磨殆尽。要使婚姻关系向前发展,要使财务状况好转,其他的事务也井井有条,夫妻二人就有必要学习理财这门学问。

1. 计划家庭未来

夫妻双方应及早计划家庭的未来,对诸如养育后代、购买住房、购置家用大件物品等进行周密的考虑。

计划自己生育下一代的时间,并为此做好充分的准备,不要让意外给家庭的经济也带来意外。定下大概的生育时间,不忘适当地做些短期储蓄。还有就是为即将出生的孩子预留必要的生活费用开支和学习教育的开支。

2. 尊重对方的用钱习惯

通常由于价值观和消费习惯上存在着差异,在生活中,每对夫妻都会发现在“我的就是你的”和保持私人空间之间存在着一些矛盾和摩擦。如果夫妻中有一个人非常节约,另一个却大手大脚,那么要做到“我的就是你的”就非常困难,矛盾也就不可避免。

现代人讲究独立自主,许多理财顾问同意所有人都应该有属于自己的私人账户,由自己独立支配。这种安排可以让我们做自己想做的事,比如你可以每星期做美容护理,他可以进行自己喜欢的体育运动。这是避免纷争的最好办法,在花你自己可以任意支配的收入时不会有受制于人的感觉。不过需要注意,你应该如实记录你的消费情况,夫妻之间应该坦诚布公。

每个人的用钱观念不同,夫妻双方应充分尊重双方的用钱习惯以及生活习惯,即使对方过于节俭或者无度消费,也不要过分干预。爱人是你的朋友而不是敌人,是想要帮你的理财顾问,而不是想找你麻烦的纪律检察官,夫妻双方需要在共同生活中循序渐进地进行改造或适应对方的用钱习惯。

3. 改掉婚前的“小资”消费习惯

先生习惯下班时买鲜花送给太太,一个月下来就是一笔不小的开支;两人很少自己动手做饭,天天去饭店;先生换手机是家常便饭,太太的衣服也是今天买明天扔等等,都会让你们的钱在不知不觉中流失。毕竟家庭生活更注重的是实际内容,而不是美丽的形式,所以还是要抛弃这些比较浪费的消费习惯。

这里为大家收集了几条家庭消费开支管理的基本原理,运用得当将有助于建立起最基本的家庭理财系统。

（1）先储蓄再消费。如果无需储蓄，你现在的生活可能逍遥许多，上周在百货公司看中的香奈儿内衣、电子市场上的新型家庭影院、市面上最流行的电脑。可是真这样去做的人，可能一辈子也买不起大房子，万一将来遭遇失业、健康、子女教育或是想干点别的什么，都是可望而不可即的事了。因此不管多少，每个月至少要拿出收入的10％、15％、20％甚至更大比例存起来。当然，这个比例是以一般情况来讨论，若总收入仅够糊口，或总收入大大超出基本生活所需。及早储蓄除了能为未来的生活做出保障，还有靠复利的功效来增加财产的设想，故选择储蓄也是一种合理的理财手段。另外，把余钱投入一些风险较低的投资领域，增加家庭的金融资产则更具积极作用，如中长期债券、合作基金等。

（2）以收定支。所谓以收定支是说有什么样的收入水平，就过什么样的生活，收入提高一步，消费水平就可以提高一个档次，绝不能好高骛远，不能将收入全部花光，这是保证一个家庭和平稳定的先决条件。人的欲望是无止境的，如果放任购物欲，必将拖垮家庭经济，甚至导致家庭破裂。有些夫妻对金钱很不重视，把两人收入全放在一个抽屉里锁好，夫妻两人各执一把钥匙，谁要用钱谁从里面拿。这种做法固然体现了夫妻间的相互信任，但从另一个角度来说，也很容易将家庭财政推向崩溃边缘。

（3）不要盲目赶时髦。年轻人往往成为市场主导者，新产品一上市就购买尝新，如此便会产生一种领先的满足感。只是新产品初上市，产品质量不一定好到百分百，而其中利润实在非常丰厚。随着产品在市场上逐渐推广普及，价格会一降再降。况且，现代科技日新月异，新产品层出不穷。例如，某名牌新型手机上市，售价4 500元，半年不到，降价到2 800元，而此时又有更新、更酷、更炫的产品推出。同样道理，先买后用也往往会使预先买的物品过时，使预买的东西变成浪费。因此除非急用，否则尽量不要购买新产品。

4. 建立家庭财务体系

结婚之初，先把双方的闲散资金集中起来，建立一个家庭基金，以应付家庭生活中诸如房租、水电、煤气、食品杂货等日常生活开销。

在家庭消费上，应该量入为出，设立一个记账本，了解每个时间段的开支状况，每个月核对一次家庭账目，平衡家庭收支，夫妻双方要经常商量一些消费的调整状况，比如削减额外开支或者省钱制订大件物品的计划等，以便让家庭理财方案更合理。

此外，夫妻双方应该各从工资中提取一部分资金共同参加银行的零存整取储蓄，这笔资金可以去购买债券或投资人寿、家庭财产保险，也可以投资理财股票或者基金，每年设定固定的收益率，使共同的投资理财有更大的收益。

5. 大胆投资

在不影响家庭正常生活的情况下，根据双方的特点进行一些大胆的投资。当投资总额不超过自己家庭资产的 1/3 时，一般不会影响家庭生活。要寻求稳妥、能保值的理财产品，国债是最稳妥的理财方式之一。考虑到不交利息税、提前支取可按相应利率档次计息等优势，国债应作为新婚家庭理财的首选。开放式基金具有"专家理财、风险小、收益高"的特点，购买运作稳健、成长性好的开放式基金或具有储蓄性质的货币基金也会取得较高的收益。

6. 购买保险

随着年龄的增大和社会经验的增加，适当购买为家庭起到重要保障作用的保险。按照中国人的婚姻习惯，女性往往选择比自己年龄大 3～5 岁的男性结婚，而按照平均寿命的规律，女性的平均寿命又比男性要长 3～5 年。这就导致了许多女性在最后的 6～10 年甚至更长的时间里是一个人度过。所以，建议一般家庭的女性，为自己的另一半买些终身寿险，为自己买些定期寿险。保费建议以不超过整个家庭收入的 10％～15％为宜，夫妻双方的保额是双方总收入的 10～20 倍。

12.2　丈夫是搂钱的笆子，妻子是装钱的匣子

传统的家庭是男主外，女主内。现在家庭模式已经改了，妻子和丈夫一

样也要赚钱养家。不过妻子一般比较细心和节俭,所以很多家庭掌握财政大权的仍然是妻子。

据国际市场调查公司 AC 尼尔森提供的一份报告显示,目前中国七成以上的家庭已经由 25～44 岁的女性掌握了"购物大权"。小到油盐酱醋,大到家电房屋,妻子的意见都起着主导作用。而基金投资方面,基金机构客户多是男性掌舵,而个人客户则多是女性客户,这从一个侧面证明了中国家庭的财政大权大多仍然掌握在女性手里。另外,据银行统计,最受银行关注的 VIP 客户,女性占到了一半以上。

一般来说,女性具有兼顾八方的才能和细腻的心思,所以更能全面兼顾理财的方方面面。比如,逢年过节,妻子会备下夫妇双方父母的礼物,在孩子教育经费、家庭生活费、养老备用金、意外事故备用费等方面,细心的妻子大都能够安排得妥妥帖帖。这也是中国大多数家庭的财政大权掌握在妻子手里的原因。于是无形之中,家庭也就有了分工合作。

一个农夫在地里干活,他们家邻居气喘吁吁地跑来对他说:"你们家着火了,你赶紧回去救火吧。"农夫听了依然无动于衷,过了半天才冷冷地说:"我和妻子已经分工了,我在外面干活,她管理家务,家里着火了,这是家务事,你去跟她说吧。"

家庭分工明确才能使生活有条不紊地进行,不过要是像这位农夫一样,把家庭责任看作是明确划分责任区域的任务,就难以让家庭避险了。

结婚意味着女性走入了人生中理财的新阶段,在夫妇双方明确分工合作的基础上,该如何理财呢?

动物专家把我们常见的动物分为攻击型、勤奋型、狡诈型、依赖型、求知型和简单型六种,这说明动物和人一样,也是有性格的,但要说这些性格各异的动物在"理财"上各有千秋,许多人肯定会感到诧异。实际上,各种动物之所以能生存下来,与它们的"理财"能力有着密切关系,很多动物可以称得上是"理财高手",值得我们人类学习。

1. 狮子家庭"男主外女主内"

狮子在家庭理财上有着严格的分工,公狮负责圈地,看到一块没有被其他狮子发现的土地,先撒几泡尿表明土地所有权,然后由母狮在领地内狩猎。捕到猎物,公狮母狮一起分享。

狮子的这种分工跟现代人的"男主外,女主内"异曲同工。男人应该像公狮一样,积极去发掘新的领地,努力创造财富;女人则应当学习母狮,把男人创造的财富打理好,别让家庭资产流失。这样,夫妻共同努力,才能分享创造财富和科学理财带给他们的美好生活。

理财启示:

(1)夫妻双方应当让善于理财的一方担当理财大任,利用好家庭的资源优势。

(2)夫妻理财可以有具体的分工,也可以实行 AA 制,各理各的财,这样,除了便于分散风险之外,还可以减少家庭财务方面的纠纷。

2. 兔子家庭分散风险

在动物中,兔子是弱者,天上有老鹰,地上有野兽,兔子为了生存,通常要在觅食的区域内挖有多个洞穴。这样,万一遇到敌人,可以就近藏到一个洞穴里,从而确保自身安全。这也就是人们常说的"狡兔三窟"。

理财生活中,可以学学兔子,多选择几个投资渠道,比如说,追求稳健可以选择储蓄、国债和人民币理财,追求收益可以投资房产、信托和开放式基金,并且要根据形势及时调整和选择更好的"洞穴",这样可以最大限度地化解风险,提高理财收益。

理财启示:

(1)对于普通工薪投资者来说,搭配理财产品要兼顾收益性、稳妥性和灵活性,比如购买开放式基金,可分别购买货币基金、债券基金和股票型基金,从而兼顾以上三点。

(2)虽然分散投资能减少风险,但不能单纯为了分散而盲目投入自己不熟悉的领域,这样效果往往会适得其反。

3. 豹子家庭精打细算

人们经常用的一句口头禅叫"吃了豹子胆",其实豹子不仅胆大,而且心细,对于一些事情还会"分析"和"思考"。豹子在捕食猎物时,往往会考虑自己的付出是否值得,比如它对兔子之类的小动物常常会不屑一顾。因为它知道,追一只兔子和追一只羊、一只鹿所消耗的体力成本是相当的,所以在付出同样"成本"的情况下,它会选择物超所值的猎物。

人类理财也应当这样,如果投资期限、风险等要素大体相当,应尽量选择收益高的投资品种。比如,国债和储蓄的风险性相当,但收益却有一定差距,这时应学习豹子,在经过计算分析后,选择回报率高的投资品种。

理财启示:

(1)现在银行推出的理财产品越来越多,但受地区、时间等条件限制,很多人购买某一个收益相对较高的理财产品需要费一番周折,因此需要考虑多得的收益与付出的时间成本是否相当。

(2)不能被表面化收益所迷惑。目前银行外币理财产品的预期收益相差很大,有的为4%左右,有的则高达10%,这就需要投资者看清理财产品的投资方向,不能盲目为追求高收益而给本金造成风险。

4. 田鼠家庭最会储蓄

田鼠这种动物的智商是非常高的。秋天是丰收的季节,田鼠知道趁机储备粮食便可以安全度过寒冷的冬季。通常情况下,一只田鼠需要储备七八斤甚至十多斤粮食,而运送和储存这么多的粮食,田鼠肯定是要花费很多时间和精力,但它们却非常专注,乐此不疲。

随着人们收入的提高和消费观念的转变,现在把每月收入全部花光的"月光一族"越来越多。花钱如流水肯定很潇洒,但到了用钱时捉襟见肘也非常尴尬,所以只花钱不攒钱的年轻人应该学学田鼠这种提前计划、积谷防饥的理财思路。

理财启示:

(1)零存整取攒钱最有利,这种存款方式要求每月固定存入,时间长了,就自然而然地养成定期储蓄的习惯。

(2)定期定额投资开放式基金可以帮助家庭储蓄。这种基金业务是借鉴了保险业分期投资、长期受益的营销模式,其最大特点一是多次申购摊薄了投资成本,避免了一次性投入的潜在风险;同时,准入门槛较低,一般每月

200元以上就可以投资,可谓投资小见效大。

5. 狼的家庭注重稳健投资

在动物之中狼应当算是最冷静和沉稳的,每次进攻之前它都要仔细了解对手,先用对峙来消磨对手的耐力,然后伺机而动;如果面对比自己更强大的对手,狼会借助集体的力量群起而攻之,绝不打无准备的战争,所以狼在一生的进攻中很少失手。

目前理财渠道越来越多,面对各种保本、保息以及高利率、高回报等诱惑,我们应该学习狼的冷静和沉稳,正确分析,看看这些产品是不是真正适合自己,避免盲目行为导致的理财失手。

理财启示:

(1)最好的理财师是自己,只有不断学习理财知识,掌握理财技巧,才会更加有效地避免盲目投资所带来的风险,从而实现稳妥收益。

(2)投资应按照因人而异,因时而异的原则。如果家庭收入不是很高,并且负担很重,则应采用稳妥理财的方式,因为风险性投资往往会使自己的生活雪上加霜。

总的来说,在家庭消费上,妻子一般会精打细算,量入为出,让日常的开销细水长流,注重储蓄和积累;在投资上,妻子则一般比较谨慎,对高收益但是高风险的投资,比如,股票、外汇、期货等不会贸然进入,而更倾向于选择稳健型的投资项目,所以家庭里由妻子担任理财的角色还是很有好处的。

当然,妻子掌握财权并不是说家里大小事都是妻子一个人说了算,夫妻之间还是要多沟通,多商量,尤其是牵涉到重大的投资项目或者大型消费支出,比如买房买车买电器之类的,更需要双方认真研究,达成一致意见。另外,妻子掌握财权不能剥夺丈夫的财产支配权和消费决定权。有的妻子把丈夫身上的钱搜得干干净净,让丈夫没有任何消费决定权,这一方面影响了丈夫在外面交际应酬,另一方面也影响了夫妻双方的信任与感情,有的丈夫只好去存私房钱来逃避妻子的经济管制,一旦被妻子发现免不了会引起误会和争执,所以妻子当家还是要把握好分寸。

女人聚财
35岁前成功致富的22堂理财课

12.3 建立家庭财务体制，明确双方权利和义务

有人说，这个世界上有一个男人可以无条件爱你、给你钱花，那他一定是你父亲，除此之外，包括自己的老公在内，任何男人的钱都不能白花。

1. 天下没有免费的午餐

天下没有免费的午餐，你在得到丈夫的钱的同时，可能不知不觉中会失去在家里自立的地位或者男人对女人应有的尊重。这年头女人绝对不能在金钱上完全依赖男人。

徐小姐的老公收入比她高，经常给她钱供其消费。因此，徐小姐买衣服、买化妆品及日常生活的消费水平一下子上了一个档次，并考虑起了买车，引得小姐妹们羡慕不已。

可是老公每次回到家里以功臣自居，什么活也不想干，经常对徐小姐呼来呵去。徐小姐开始还以"嫁汉嫁汉，穿衣吃饭"、"女人花老公的钱是应该的"来回应他。但是有一次，为了家庭琐事两人闹起了矛盾，老公给徐小姐撂下一句话："就你这种表现还想让我给你买车？"气得徐小姐够呛，同时也明白了吃人家的嘴短，拿人家的手软，花老公的钱也不是理直气壮的。

如果凡事依赖老公，认为养家是男人天经地义的事情，自己只要管好家就行了，长此以往必然受制于人，自己在家里半边天的地位也就会发生动摇。所以即使结婚了，女人也不应该完全依靠老公，经济上的独立并不影响夫妻感情，反而会减少家庭生活中很多由于金钱问题引起的矛盾。

那么，在家庭生活中夫妻双方究竟有怎样的责任和义务呢？总的来说，就是丈夫不要认为男人只要在外面挣钱就可以了，家务是妻子一个人的责任；妻子也不要以为花老公的钱理所当然。

2. 适合于"AA 制"理财的家庭

妻子掌握家里的财政大权虽然有很多好处，但并不是所有的妻子都有理财的能力，都能理好财，这个时候为了把家庭建设好、管理好倒不妨在家庭分工理财中尝试 AA 制。AA 制比较适合于以下几种家庭：

（1）观念超前的家庭。实行 AA 制的先决条件是夫妻双方对这种新的理财方式都认可，如果有一方不同意，则不能盲目 AA 制。俗话说"强扭的瓜不甜"，如果一方一定要实行 AA 制，最终会因物极必反而影响家庭整体的理财效果。

（2）高收入家庭。实行 AA 制的主要目的不单单是为了各花各的钱，而且还是为了各攒各的钱。对于一些收入较低的家庭来说，两人的工资仅能应付日常生活开支则没有必要实行 AA 制，采用传统的集中消费和集中理财会更有助于节省开支。

（3）夫妻收入相当的家庭。

（4）对于那些不愿集中理财，也不便实行 AA 制的家庭，可以创新思路，实行灵活的 AA 制。

也就是说可以实行一人管"钱"一人管"账"的会计出纳制。这种理财方式由善于精打细算的一方管理现金，而思路灵活、接受新鲜事物快的一方则负责制订家庭的理财方案。这就和单位的会计、出纳一样，不是个人管个人的钱，而是以各自的分工来管小家庭的钱。

当然，也可以实行"竞聘上岗"制。夫妻双方由于理财观念和掌握的理财知识不同，实际的理财水平也会有所差异，因此，擅长理财的一方应作为家庭的"内当家"。和竞争上岗一样，谁理财理得好、谁的收益高，就让谁管钱。如果"上岗者"在理财中出现了重大失误，这时也可以随时让另一方上岗，这种"轮流坐庄、优胜劣汰"的理财方式实际也是一种 AA 制，相对普通 AA 制来说，这种方式比较公平，避免了夫妻之间的矛盾，还能确保家财的保值增值。

3. 实行 AA 制需要注意的事项

实行 AA 制需要注意以下一些问题：

（1）坚持公开透明的原则。虽然是 AA 制，但夫妻双方都有知情权，也就是夫妻双方应主动向对方通报自己的收入和积蓄情况。如果一方借 AA 制之名偷着攒自己的"私房钱"，时间长了夫妻之间就多了戒备和猜疑，那就违背了通过 AA 制减少摩擦、提高生活质量的初衷。

（2）建立必要的家庭共同基金。无论怎样 AA 制，一个小家庭应当有自己的"生活基金"、"子女教育基金"，以及购房、购车等"提高生活质量基金"，根据夫妻收入情况，每人可以拿出一定收入放在一起进行存储或投资，专款专用，这样更利于家庭理财的长远规划。

（3）AA 制不是斤斤计较。实行 AA 制不能天天为你的钱、我的钱以及谁吃亏了、谁占便宜了这些小事而计较，不能成为 100％ 的绝对 AA 制，"一家人不能说两家话"，千万不能因 AA 制而疏远了夫妻之间的距离。

（4）双方都有义务维护家庭利益。无论理财和消费分得怎样清楚，在对家庭的贡献上应都要尽力，不能因为 AA 制而忽视了对整个家庭的维护，虽然两人各理各的财，但不要忘了一个共同的目标，那就是为了小家庭的生活越来越好。

家庭理财要靠两个人共同努力，夫妻同心，共同发挥聪明才智才能尽量减少矛盾，将家庭财务管理得井井有条。

第13课

新婚燕尔，共奔"钱"程

对于刚建立家庭的年轻夫妇来讲，有许多目标需要去实现，同时还可能出现预料之外的事情，需要花费钱财。因此，夫妻双方要对未来进行周密的考虑，及早做出长远计划，在尊重双方用钱习惯的基础上，制订具体的收支安排，做到有计划的消费。

13.1 科学规划未来

每个家庭都希望过上幸福美好的生活，房子、车子、股票、珠宝，在某些人眼里是财富的象征，生活的保证。沉浸在新婚喜悦中的夫妻，这个时候就该考虑如何有效安排家庭经济生活，积累财富，提高和改善生活质量了。

理财是一项涉及家庭生活和消费的安排，金融投资、房地产投资、事业投资、保险规划、税务规划、资产安排和配置以及资金的流动性安排、债务控制、财产公证、遗产分配等方面综合地规划和安排的过程。理财不是简单地找到一个发财的门路或者作出一项投资决策。

1. 年轻家庭理财误区

刚建立的新家庭，由于夫妇二人都比较年轻，很容易陷入家庭理财误区：

（1）急功近利。年轻人往往急躁、不够沉稳，青年白领虽然属于高素质人群，但是年轻人的急躁特点仍然不能彻底摆脱，在家庭理财方面的表现就是急功近利。理财的核心是合理分配资产和收入，不仅要考虑财富的积累，更要考虑财富的保障。从这个意义上说，理财的内涵比仅仅关注"钱生钱"的家庭投资更广泛。

（2）不考虑家庭实力，盲目跟风。从家庭理财的角度来看，人的一生可以分为不同的阶段，在每个阶段中，人的收入、支出、风险承受能力和理财目标各不相同，理财的侧重点也不相同，因此需要确定自己阶段性的生活与投资目标，时刻审视资产分配状况以及风险承受能力，不断调整资产配置、选择相应的投资品种与投资比例。更重要的是，投资人要正确评价自己的性格特点和风险偏好，在此基础上确定自己的投资取向以及理财方式。

（3）追求短期收益，忽视长期风险。近年来，在大多数城市房价涨幅普遍超过30％的市况下，房产投资成为一大热点，"以房养房"的理财经验广为流传，面对租金收入超过贷款利息的"利润"，不少业主为自己的"成功投资"暗自惊喜。然而在购房时，某些投资者并未全面考虑到投资房产的真正成本与未来存在的不确定风险，只顾眼前收益。其实，众多投资者在计算其收益时往往忽略了许多可能存在的风险，存在一定的盲目性。例如现在北京望京地区许多业主已经开始感受到了投资房产的风险，而经历了"房产泡沫"的日本和我国香港公民，或许已经意识到房产投资带来的巨大风险，但是许多没有这种风险意识的人仍然前赴后继地往这条路上挤。

（4）过于保守。许多人把存款当成唯一的理财工具。的确，在诸多投资理财方式中，储蓄风险最小，收益稳定。但是，如果遇到央行连续降息等情况，依靠存款实现家庭资产增值几乎是不可能；一旦遇到通货膨胀，存在银行的家庭资产还会在无形中"缩水"。存在银行里的钱永远只是存折上的一个数字，它既没有股票投资功能，也没有保险的保障功能，所以应该转变只求稳定不看收益的传统理财观念，寻求既稳妥、收益又高的多样化投资渠道，最大限度地增加家庭的理财收益。

（5）追求广而全的投资组合。分散投资、避免风险是许多人在理财过程中坚定不移的信念。于是在这种理论指导下，买一点股票，买一点债券、外汇、黄金、保险，家庭资产不平均或者不平均分配在每一种投资渠道中，认为东方不亮西方亮，总有一处能赚钱。

广而全的理财方式确实有助于分散投资风险，然而，在实际运用中，这样做的直接后果往往是降低了预期收益。因为，对于大多数人而言，由于篮子太多，却没有足够的精力关注每个市场动向，结果可能因为照顾不周而在哪里都赚不到钱，甚至有资产减值的危险。因此，对于掌握资产并不太多的家庭来说，优势兵力的相对集中，才能使有限的资金实现最大的收益。当然，也不是说应该把所有的余钱都买股票，或者把全部家当都用作房产投资，而应该把资金集中在优势投资项目上。

2. 做好理财规划

基于以上种种，家庭理财应该做合理规划：

（1）明确理财目标。凡事有了目标才会有动力，在理财方面也是一样，明确合理的目标是人们坚持理财计划的动力。目标可能会随着时间的推移而调整，但必须明确。人们的生活中不可避免会有很多潜在的问题，这些问题可能现在还没有直接影响到生活，但是可能在不久的将来，它们就不请自到了，比如失业、养老等问题，因此必须在问题出现之前，就开始直面这些问题并制订计划，才能坦然面对。

（2）保持清醒。某个证券营业部门口有一位老太太，居然在股市投资获益丰厚，有人问她投资的秘诀，她说就是门口没有自行车、世道冷清的时候自己跑去买股票，等到门口自行车多得不得了的时候去卖股票。这个故事告诉人们，投资股票要头脑清醒，该了结的时候一定要执行。

（3）建立家庭保障体系。在建立家庭资产的阶段，应该选择一个没有风险的简单投资机构，最好是采取储蓄或者投保的方式。应该制订应急计划，在银行里存一笔钱。

照顾好家庭，保护好家庭，在死亡保险、人寿保险、夫妻理财等方面都应有所考虑，应该制订一套伤残应急措施，寿险计划应该考虑到配偶、孩子等等。在保险公司购买一份大病方面的保险,这笔钱不但可以用来支付家庭所需的小额预算外开支,还可以用来应付诸如看病之类所需的大笔费用。最重要的不是现金本身,而是要有能及时变现的途径和保障的功能。

成了家的年轻人,每个人的收入都对家庭财务安全有很大的影响,这个阶段的保险,重在提供对家庭成员,尤其是主要收入来源人的意外保障。可以安排家庭收入的10%左右资金用于购买商业保险,购买保险首要关注的是产品的保障功能,可以考虑能在发生家庭成员发生意外时提供财务保障的重大疾病险、住院医疗险、人身意外险等。

(4)建起家庭资金链。小家庭理财就是从两个人的工资卡开始,工资卡是家庭资金链的核心,可以选择一方工资卡所在银行作为家庭主要资金存放的银行。

在工资卡之外,可以开立两个银行活期账户:一个用于家庭结算;一个用于家庭投资,并各申请一张银行贷记卡。这些账户分工明确:结算账户主要用于应付日常家庭固定的公用事业费支出和归还贷款;投资账户用于归集投资资金,记录家庭投资过程;而用贷记卡消费,既可以获得免息透支的好处,还能让银行的"对账单"成为家庭消费记账单,定期检查、分析家庭的消费水平及消费结构。

(5)做好财产组织计划。做好财产组织计划,建立一个家庭资产情况一览表,这样可以随时了解收支情况的变化以及有关法规的变化。需要注意的是全家人都应该对家庭财产状况了解很清楚,除了遗嘱和其他有关财产的文件外,应尽可能地使财产组织计划详细完整清楚。这样才能确保万无一失。

(6)量入为出多样化投资。量入为出是投资成功的关键,在决定任何大额开支项目的行动之前,都应该考虑自己的资金支付能力和支付的方式。在量入为出的基础上,需要进行投资多样化,使家庭资产多样化,避免过于单一,组成家庭资产的过程中要使固定资产、货币资产和金融资产这三者大体处于平衡状态。

小家庭的投资,重在持之以恒,聚沙成塔。每个月在扣除固定支出和日常消费外,其余部分应当进行投资。对于月收入在 5 000 元以上的家庭,日常消费和固定支出应当控制在总收入的 70% 以内(收入总量越高,比例还应降低),以 20% 左右的收入用于投资,短期长期投资各一半。货币型基金是小家庭短期资金投资的好选择;股票型基金是小家庭长期资金投资的选择。

(7)注重整体收益。投资应该注意整体收益,关心税制的变化情况,根据税制情况改变理财方式,变化投资方向和注重投资安全可以更好地应付各种形势。对投资者而言,真正有意义的是投资组合的税后整体收益,也就是说,投资效果的好坏关键要看拿到的股息、利息和价格增值之和。

(8)深思熟虑选择房产。购买住房是一种建立终生资产的行动,所以应当深思熟虑。房子是人们居住的场所,也是大多数家庭中最大的开支项目。因此,在选购房产的时候应该慎重,综合考虑各方面的条件,比如地点、价格、大小、户型、环境等各个方面,绝对不可以仓促行事。

有的年轻人在年轻的时候就买了一套足够三个人甚至五个人住的房子,结果要支付大笔的住房贷款利息,并且给自己带来更高的养护费用、税收和杂费,消耗更多的现金。她们希望自己的房子升值,但是即使升值了,也只是在这套房产被重新抵押或者出售的时候才能享受到其中的收益。然而只有在我们能够让资产产生更多价值和现金流时,投资或者积累资产才是适当的。

总的来说,在申请住房贷款时,一定要分析自身家庭结构、工作性质、收入状况等,以便能够正确把握个人贷款总量以及贷款期限,尽量避免由于考虑不周带来的贷款风险。

(9)及早为退休做准备。不论目前的投资收益有多好,都不能真正替代养老计划。只有养成良好的储蓄习惯,才有可能确保后半生无忧。

充分重视退休账户,退休前最好用其他一些投资方式来弥补社会保障措施的不足。每年应该确保养老计划和个人的退休账户有充足的资金来源。对大多数人来说,退休账户是最好的储蓄项目,因为它不但享受优惠税收,并且公司也有义务向员工的账户投入资金。

小两口过日子,要处理好家庭各类开销并用好银行、基金、保险等林林总总的理财工具,念好小家庭的理财经,最好能够按比例分配家庭日常支出、投资、偿债、保障等,做好家庭资金管理。

新生活的开始,对于每个小家庭而言都是充满希望的,合理的家庭资金管理将帮助您实现一个个生活的目标。

13.2　自觉维护家庭财务制度

结婚成家后,理财就成为夫妻双方的共同责任。新婚家庭的经济基础一般都不强,所以不要超越经济承受力,讲排场、冲动消费。要避免买很多不必要的物品,在遇到对方提出不必要的购物提议或要求时,不妨坦陈自己的意见和理由。

夫妻双方的收支情况采用透明的方式比较好,最好不要设"小金库"。对于日常生活开支,在不浪费的前提下,双方自由支配收入,但应该将节余资金进行有长期计划的投资,通过精心运作,使家庭资金达到满意的收益。

对于刚建立家庭的年轻夫妇来讲,有许多目标需要去实现,如养育子女、购买住房、添置家用设备等,同时还有可能出现预料之外的事情,也要花费钱财。因此,夫妻双方要对未来进行周密的考虑,及早做出长远计划,制订具体的收支安排,做到有计划地消费,量入为出,每年有一定的节余。

新婚家庭不妨设立一本记账本,通过记账的方法,使夫妻双方掌握每月的财务收支情况,对家庭的经济收支做到心中有数。同时,通过经济分析,不断提高自身的投资理财水平,使家庭的有限资金发挥出更大的效益,共同建设一个美满幸福的家庭。

家庭理财其实并不难,从了解收支状况、设定目标、拟订计划、编列预算、执行计划到分析成果六个步骤,可以轻松进行家庭财务管理。至于要如何预估收入,掌握支出那就需要从家庭收支的记账开始了。

首先,要选择好记账方法,从每天的记账开始,把自己的财务状况数字化、表格化,不仅可以轻松获知财务状况,更可替未来做好规划。记账贵在坚持,要清楚记录钱的来去,从而清楚地知道每一个项目花费的多寡以及需要是否得到确切满足。

通常在谈到财务问题时有两种角度:一种是钱从哪里来;另一种是钱到哪里去,每天的记账必须清楚记录金钱的来源和去处。大多数人采用的是流水账记录,按照时间、花费、项目分别登记。

其次,要特别注意记好钱的支出。资金的去处分为两个部分:一是经常性方面,包括日常生活的花费,记为费用项目;另一种是资产性方面,记为资产项目。资产提供未来长期性服务,例如,买一台冰箱,现金和冰箱同属资产项目,一减一增,如果冰箱寿命五年,它将提供中长期服务,如果购买房产,同样带来生活上的舒适和长期服务。经常性花费的资金来源,应该以短期可运用资金支付,如食品、购买衣服的花费应该以手头现有的资金支付,若用来购买房屋、汽车的首期款,则运用长期资金,而不是向亲友借贷或者短期可用资金来支付。消费性支出是用金钱换东西,很快会被消耗,而资本性的支出是资产形式的转换,如投资股票,虽然存款减少但是股票资产增加了。

最后,收集整理好各种记账凭证。如果说记账是理财的第一步,那么集中凭证单据一定是记账的首要工作,平常消费应养成索取发票的习惯,平日在收集的发票上,清楚记下消费时间、金额、品名等项目,如没有标识品名的单据最好马上加注。

此外,银行扣缴单据、捐款、借贷收据、刷卡签单以及存、提款单据等,都要一一保存,最好放在固定的地点。

第*14*课

低薪不低"心","钱"途无量

低薪家庭的理财需要在收入有限的情况下,尽量节省开支,将节约进行到底。在投资上,要讲究一定技巧来保证资产的稳妥增值,其中房产的保值能力强,并且升值潜力比较大,可以作为重点投资对象。

14.1　厉行节约

炎炎夏日,主妇们如果善于选择合适的消费方式,不仅生活质量会提高,而且还能在不知不觉中省下一笔钱。

1. 节省电费

冰箱、空调、洗衣机等都可以选购节能产品。虽然买的时候,这些产品的价格比普通型的高出不少,可是它们能调整电机处于最经济的状态,三四年内省下的电费就能把购买差价补回来。以空调为例,变频空调能在短时间内达到设定温度,压缩机又不会频繁开启,达到节能、降温的目的。

当空调开了一个小时之后,室内温度已经降低了,人已经感觉到凉快之后,不妨将空调关掉,然后开电扇,这样吹出来的风也很凉爽。如果室内门窗紧闭的话,可以延续两个小时左右,等到室内温度逐渐回升,难以忍受时,可以再开空调。

如果不是特别酷热的天气，最好还是使用电风扇，少开空调。经常用冷水擦家具、拖地板，降低室温，同时也能节省不少电费。

2. 节约用水

节约用水既能省钱又能减少资源浪费，可以说是在为自己创造利益的同时也为社会做了一份贡献。

日常生活中，许多人却在浪费水：用抽水马桶冲掉烟头和废物；为了接一杯水而白白放掉许多水；冲洗之后再择菜；洗脸、刷牙时让水一直流着……

其实只要改掉这些不良的用水习惯，就可以节水70%左右。一水可以多用，例如，淘米的水具有微弱碱性和洗涤能力，可以用来浸泡蔬菜、洗刷碗筷，不仅能漂去残留的农药，还能去掉碗筷的油腻。洗菜水、淘米水富含养分，可以用来浇花，促进花木的生长。洗碗时需要冲洗多遍，最后一两遍水可以用来刷锅、擦桌子，也可以用来洗涤抹布、冲洗拖把等。家里应该准备一个装废水的大桶，这些水可以用来冲洗厕所。用水管来冲洗汽车，用水约240升，如果改为用水桶盛水洗车，只需要三桶水，大约30升。

3. 自己动手解决饮食

同样的花费，自己动手做饭肯定要比去饭店用餐实惠得多。夏天，很多人容易食欲不振，喜欢清淡，厌恶油腻，经常熬些荷叶粥、海带粥、菊花粥等，既能消渴生津、清热解暑，又省钱、减肥，而且非常方便。

夏天出汗多，很容易口渴，许多人尤其是年轻人喜欢买碳酸饮料、果汁解渴。其实这些饮料不仅价格贵，而且含糖量高、热量高，往往越喝越渴。如果能经常动手自己做一些酸梅汤、蜂蜜柠檬水等，出门时带上，就既能解渴又能省下不少钱。

4. 合伙办卡消费

清凉的游泳池在炎炎夏日格外诱人。办月卡游泳，当然便宜划算得多，问题是卡都有时间限制，很多人工作、应酬繁忙，不可能天天去游泳，如果几个人能合办一张卡，问题就解决了。

当然,节省开支的方法有很多种,在日常生活中,心灵手巧的主妇们总能想到更多的点子,以上所举仅供参考。

14.2　完成供房大计

房产投资已经逐渐成为一种低风险高升值的理财方式。购置房产首先可以用于消费,又可以在市场行情看涨的情况下出手而获得高回报,并且投资房产不受通货膨胀的影响。国家已经将房产作为一个新的经济增长点,又将房产交易费税率调整了并出台按揭贷款支持,这些都有利于工薪家庭的房产投资。选择高质量的房产投资是工薪家庭的一种好的投资方式。

1. 三思之后再考虑购房

贷款买房的大有人在,"房奴"成为新兴一族。一项来自中国社科院的统计显示,2003年,上海、北京两地家庭负债比例分别达到155%和122%,已经超过美国同期的115%。

按照国际通行的看法,月收入的1/3是房贷按揭的一条警戒线,越过此警戒线,将出现较大的还贷风险,并可能影响生活质量。美国的银行就明确规定,每月偿还的按揭贷款以及与住房相关的税费,不得超过贷款人税前收入的28%。而中国银监会在2004年9月发布的《商业银行房地产贷款风险管理指引》中指出:"应将借款人住房贷款的月房产支出与收入比控制在50%以下(含50%),月所有债务支出与收入比控制在55%以下(含55%)。"

在目前社会保障体系尚不健全,我国开始逐步步入老龄社会的大背景下,人们又必须留出部分积蓄以备失业、养老、医疗、教育等方面的不时之需。"房奴们"所面临的压力不仅来自房子,还有生活的各个方面。按揭买房的人身上背着房子,在享受着高薪、白领、有房一族等诸多心理安慰的同时,也承受着"一天不工作,就会被世界抛弃"的精神重压,生活质量大为下降:不敢轻易换工作,不敢娱乐、旅游,害怕银行涨息,担心生病、失业,更没时间好好享受生活。在影响生活质量之外,月供占收入比例过高的另一个隐忧是,导致储蓄的下降。对很多人来说,购房已不是个人行为,甚至是一个家庭、一个家族在供房。有人用"六一模式"概括全家供房的情况:六个人,青年夫妻、男方父母、女方父母用多年的积蓄共同出资,在城市里买一套房。

北京万通集团董事长冯仑说成为房奴的人是不理智的,中国老百姓有买房传统,希望人人都有一套房子是非常不现实的。这话似乎不那么中听,不过也有一定道理,买房肯定要理性、量力而行,他说:"如果不理性消费,买不起房的去买房,买不起大的去买大的,最后日子难过,那是活该。如果买来的房子租出去还不够还房贷,消费者就最好不要买房。"

谁都不想像蜗牛一样处处背着房子,被房子压得喘不过气来,但是房子又是个不可不考虑的问题。如何才能既有房子住又能避免当房奴呢?这里提供几点建议供大家参考:

(1)摸清银行的贷款业务。目前各家商业银行已经开办的个人住房贷款业务品种包括:个人住房商业性贷款、"二手房"贷款、个人住房商业性贷款和个人住房公积金委托贷款组合的担保贷款、纯公积金贷款四种。

对于新的商品房,一般来说银行提供的贷款最高额度为所购住房全部价款的80%,二手房贷款最高额度不超过房屋评估价格的70%,个人住房基本公积金贷款最高限额各地有所不同,北京地区为40万元,补充公积金不超过3万元。借款人向银行交纳所购住房全部价款的20%～30%的首期款。银行开办的贷款业务期限最长为30年,利率按照中国人民银行公布的个人住房贷款利率和公积金贷款利率执行,贷款利率一年一定,即每年1月1日按人民银行最新公布的利率进行调整。

提前归还部分贷款的,剩余贷款可按"月还款额不变,缩短贷款期限"或者"贷款期限不变,月还款额减少"两种方式偿还。如果家庭收入增加了,具有提前还款的能力,在这部分增加的资金回报率低于购房贷款利率或者这些资金没有别的用途情况下,可以考虑提前还贷,反之就不要先考虑提前还款。

(2)选择合适的"债主"。随着房地产业持续升温,带动整个住房贷款业务快速发展,个人消费房贷款也随之增加。各个银行的"住房贷款"琳琅满目:商业按揭贷款,公积金贷款,商业、公积金合而为一的组合贷款,还有各银行为配合住房二级市场买卖纷纷推出的购房转按揭贷款业务等等。这么多的信贷方式,要是选错了"债主",恐怕你就真的要当房奴了。所以选择银行之前最好先进行比较,看哪一家的售前接待热情、介绍详细,售中手续简便、操作灵活,售后还贷方便、主动提醒。

还有要了解哪一家银行按揭优惠。例如,申请交通银行"无指定楼盘按揭贷款",申请人完全可以跟开发商说自己是一次性付清房款。首先交行可在一个月或者最快两个星期之内,把申请贷款的手续办完,并把房款打入楼盘开发商的账户内,这样就符合开发商的付款要求,因此可以向开发商要求一次性付款后的优惠售楼价。其次,购房者在自行选择楼盘后也可以自行选择按揭银行。同时第二次向一个银行申请贷款,银行也会给予优惠的。比如在交通银行,第二次向其申请个人贷款,就可以享受按贷款基准利率降低 2% 的折扣优惠,第三次可享受 4% 的折扣优惠,依此类推,最多可以享受 10% 的优惠。

(3)合理借贷。购房的关键在于根据自身的经济实力进行贷款四种方式的有效整合,确定合理的还款期限和还款方式。

根据央行规定,购房贷款不得超过房价款的 80%,开发商不得开办个人住房分期付款零首付的业务,也就是说购房者要交付的首期付款不得少于房价款的 20%。

如果你有多余的存款,同时又有别的投资途径,最好是少付首付款,多贷款,因为少一些首付,你就可以将资金进行其他的投资,获得较好的收益。如果你有多余的款项,但是没有其他投资渠道,最好还是多付首付款,减少贷款额度,因为贷款的利息毕竟还是远远高于在银行的存款利息。

从还款期限来说,虽然还款期限越长每个月的还款额就越少,但是总的还款额是在增大。例如你申请了 20 万元贷款,期限为十年,每月还款 2 180 元,还款总额为 26 万元;如果贷款期限为二十年,每月需要还款 1 380 元,那么还款总额就为 33.2 万元,比十年期多了 7.2 万元。还款期限过长,一旦进入退休阶段或者遭遇失业,就无法承担较高的还款压力,所以购房贷款还款期限一般在15～20年间比较合适。

选择了还款期限之后就要选择还款方式,一般来说,还款方式有下面五种:

1)到期一次还本付息法。这种方法适用于期限在一年以内的贷款。

2)等额本金还款法。这种方法第一个月还款额最高,以后逐月减少。

3)等额本息还款法。这是按照贷款期限把贷款本息平均分为若干个等分,每个月还款额度相同。

4)等比递增还款法。也就是把还款期限分为若干时间段,在每个时间段内月还款额相同,但下一个时间段比上一个时间段的还款额按一个固定比例递增。

5)等额递增还款法。把还款期限分为若干时间段,在每个时间段内月还款额相同,但下一个时间段比上一个时间段的还款额按一个固定数额递增。

对于收入不太高的小家庭来说,除了要付按揭,还要考虑日常生活的开销、教育投资等费用,所以最近几年的还款压力不应该太大,可以采用等额本息还款法,并且贷款期限最好适当放长一点。

2. 慎购二手房

近两年随着公房上市政策的改革,包括近期"央产房"的上市,二手房供应量巨大。对于积蓄不多,收入不高的家庭来说,小户型的二手房是惠而不贵的选择。买二手房可以选择二十年七成组合的贷款,留下资金可以消费或者投资从而提高生活质量。

需要注意的是,二手房的价格虽然相对低廉,但并不一定物美。相对新建商品房,一些二手房的"社会属性"隐蔽性强,买卖双方信息不对称,买卖"二手房"涉及的法律关系也较为复杂,所以购买二手房时必须防范六个潜在"陷阱":

陷阱一:产权状况不明。根据我国法律法规的有关规定,司法机关或行政机关依法裁定、决定查封或者以其他形式限制房地产权利的房屋不得转让。若房屋设定有抵押,房地产交易中心也不会办理此种房屋的产权过户手续。上述两种情况常常会被购房者忽略,而房屋业主通常又不会主动提及,这样就可能会给买方造成损失。

陷阱二:房屋类型不明。现在二手房市场上的房屋大部分为商品房,但也存在部分未转为产权的使用权房。如果这类使用权房未取得产权证,根据有关规定是不能转让的。另外,若求购的是非居住用房,则该房屋的类型必须为商业用房,因为商业用房才可办理营业执照。若购买住宅房,购房人将无法从事预期的商业用途。

陷阱三:合同签订人身份不明。房屋买卖合同应由购房人与房屋产权人签订。如果购房人忽略验证合同签订人的产权人身份,以及该房屋是否还有其他产权人,则产权人或其他共有权人若以合同签订人未取得其委托为由,主张该合同无效,购房者的损失就会非常大。

陷阱四:模糊的付款方式。很多买卖双方通常只关注房屋价款达成一致,对于具体的付款方式却未给予应有的重视,结果在其后履行过程中,常常由于某笔款项的支付时间不明而产生纠纷。

陷阱五:模糊的交房约定。有时买卖双方对于付款方式已有明确的约定,但却忽略了交房这一重要环节。在此可能会涉及交房的具体时间等问题。若无具体约定,则可能出现逾期交房,却无法追究卖方违约责任的被动局面。

陷阱六:非居住用房税费承担人不明。购买、出售非居住用房需缴税费的种类和数额与居住用房有较大差别,签订合同前,双方应先到房屋所在地的房地产交易中心,或请教专业人士确定非居住用房买卖应缴税费的具体种类及数额,做到心中有数。

挑选二手房时可以从以下方面着手:

(1)验证房屋产权。在二手房交易过程中经常会出现因产权不清导致的纠纷,而且有很多不法分子为牟取暴利,通过租赁手段将房子租到手后,再制作假房产证,然后以较低的价格将房子快速出售后携款消失,因此了解清楚房屋产权状况是十分重要的。

首先,弄清楚产权证上的房主与卖房人是否为同一个人,并要求卖方提供产权证书、身份证件、资格证件等合法证件。

其次,确认产权证所标注的面积与实际面积是否相符,向有关房产管理部门查验所购房屋产权来源与其合法性。

第三,确认产权的完整性,查验房屋有无债务负担,有无房产抵押,包括私下抵押、共有人等等。当购房者仔细验明所购房屋产权性质之后方可安全购买,以免日后发生纠纷。

(2)重视地理位置。地段好坏决定房屋的未来升值潜力,如果购买二手房纯居住,可以尽量选择那些离车站、地铁较近,周边商业氛围较完善的区域,这样不但上、下班较便利而且买菜、购物等也会十分方便。

当然某些小区目前的交通出行条件虽然不理想,但也许一两年后轨道交通设施就会修通;也许目前社区临近的快速路还要收费,但很可能会在近期内取消。面对这样的二手房,如果价格合理,短期内的不便又能承受,也可以考虑购买。

如果计划用二手房作为投资的一种方式,那么就更需要眼光长远,最好选择在商圈成熟、地段较好、交通便利的区域买房,并对所购二手房未来出售或出租的市场行情进行考察和判断,这样二手房的价值就会逐渐体现出来,同时如果房屋业主以租代售的话,投资回报收益也将较为可观。

(3)选好户型。年代比较久的二手房普遍户型面积较小而且通风采光也有其局限性,近年来房屋户型开始逐渐合理化。所以,购买二手房时要尽量选择自己更看中的那一方面,首次置业可以选择那些户型小、总价相对较低的二手房过渡,以后经济条件好转了可以购买户型相对较宽敞的房子。

(4)计算单价。按照二手房交易的惯例,卖房标价往往标的是房屋的总价,而不像一手房销售的时候,总是标明房屋的单价。因此,某些二手房乍一看上去总价很低、很便宜,但由于二手房建设年代久,居室面积小,算下来每平方米建筑面积单价并不低。所以,购房人在购买二手房时,不要只看总价,还要算算单价,再拿这个单价和周边的一手房做做比较,心里就比较有数了。

（5）考察物业管理。要想在购房后的居住中获得满意的生活品质，良好的物业管理是必不可少的。除了买房子的费用，还有物业费需要考虑。很多购买二手房的业主都把关注的焦点放在了房子本身，而忽略了物业管理及相关费用、取暖方式及相关费用等入住后与自身利益息息相关的环节。

目前某些已购公房社区还不存在真正意义上的物业管理，而且某些二手商品房社区的业主与物业公司之间矛盾重重，纠纷时常发生。这都会对购房人入住后的生活产生不良的影响。

购房是一个相对短暂的行为，居住却是一个长期的过程。而且目前一套普通二手商品房的物业管理费和取暖费加在一起，每年也是一个不小的数目。为了避免买得起，住不起的情况发生，在购买二手房时，需要计算居住费用，例如，水、电、气的价格，了解这些费用如何收取，是上门代收还是自己去缴，水表、电表、煤气表是否出户，物业管理的收费标准如何等等，从而根据自己的经济承受能力来选择。

（6）细察房屋质量。房屋质量是买房时一个重要的考核因素。有的二手房年代建成较久，使用时间较长，因此可能存在管线老化或走线不合理、墙体爆裂或脱皮明显、天花板经常渗水、防水防火性能较差等状况，谁也不想住在一个三天两头毛病不断的旧房子里，为了避免维修的麻烦，选购二手房时首先要对房子的建造年代进行考察。去房管局查询，或者向邻居、街道、物管公司打听等方式，都可以帮助你了解房子的建造年限。

有些购房人在购买二手房的时候，往往认为越新的房子就一定越好，越老的房子就越差，于是只关心房龄和建成年代，而忽略了房屋的具体质量。其实每一套房子由于建筑材料、施工工艺、施工质量不同，质量上千差万别。有些房子虽然建设较早，但却历久弥坚；而有的房子虽然建筑年代不是很久，但是质量却不过关。所以，选择二手房的时候，一定要仔细考察房屋的质量，从外立面，到楼道，从墙体、地面，到门窗、管道，每个细节都要认真观察。

（7）弄清装修结构。二手房大都带装修，对于购买后立即入住的购房者来说着实可以节省一笔不小的装修开支。但如果你想重新装修的话，就要将最初购买时的装修情况弄清楚,了解住宅的内部结构,包括管线的走向、承重墙的位置等,这样重新装修的时候哪些需要全部换掉,哪些只需要部分改造就会心中有数。

(8)考察周边环境。许多购买二手房的购房人往往比较在意本社区的绿化、保安、清洁、生活配套等细节,但对社区周边的环境则不太重视。其实,某些二手房,特别是已购公房,由于社区规模不大,生活、商业配套就不够齐备,绿地面积也有限,但是周边的街区公园面积可能很大,还有许多生活、商业配套设施是和周围的住宅小区共享的,这在很大程度上弥补了小区的不足,这样的二手房还是值得购买的。有些二手房所处的小区各方面条件都不错,但周围在进行大规模的拆迁改造,建设新的房地产项目,施工带来的干扰和不便要持续一两年时间。购买这样的二手房,就需要做好心理准备了。

(9)考察邻居关系。邻里之间是否和睦关系到购房者日后的居住生活状态,好的邻居会让你生活愉快。通过衣着和生活规律判断在此居住人们的社会层次,拜访楼上、楼下、左右的邻居,了解他们在此居住是否顺心。这样,不但能够提前与邻里之间打好基础以便日后好相处,同时亦能知晓购房者所购买房屋的整体居住氛围与自身需求是否相符。

(10)签订合同。为了保证自己的合法权益,一定要签订买房合同,买二手房签合同要注意的事项:

①核对面积,写清房屋的具体情况,如地址、面积、楼层等。对于房屋实际面积与产权证上注明的面积不符的,如测绘的误差、某些赠送面积等,应在合同中约定清楚是以产权证上注明的为准,还是双方重新测绘面积。

②在协议中注明,屋内哪些设施是在房价之内,哪些是要另外计算费用的。如房屋的装修、家具、煤气、维修基金等等是否包括在房价之内,不要仅凭口头承诺。

③付款是房屋买卖中最重要的步骤,所以在合同中约定付款方式必不可少。最好约定分阶段付款,比如:签约时付部分、办理过户手续时付部分、房屋交接时付清余款,付款的期限和每笔数额应约定明确,并与办理相应交

接手续呼应起来。一般在签订正式合同前会签订《定金合同》,注意在《定金合同》中,同时写清楚房价,将定金转化为房款的阶段,在定金转化为房款前,一方不履行约定的,对方可适用合同法中有关定金的规定。

④在合同中应当注明房屋交验的时间、房屋交验前产生的费用及房屋交验时产生的诸如屋内的水电煤等费用由谁承担。

⑤在合同中标明各方的权利义务,如果房屋买卖是通过中介公司进行的,在合同中除了须标明中介公司的权利外,还应当标明中介公司承担的责任与义务。约定好逾期付款、逾期交房等的违约责任,哪些情形要处以违约金,哪些则可以解除合同,每项违约金的数额是多少或计算方法是什么等问题。

⑥看清并理解备注的内容。

⑦确认自己该交的交易税,过户时要交的税主要是契税和印花税。

3. 申请购买经济适用房

一般来说,一些大城市为了保证具有该城市户口的低收入家庭和拆迁户实现"居有其屋",都设有经济适用房,收入不高的家庭最好能够申请经济适用房。下面以北京为例来说明申请经济适用房需要满足哪些条件以及需要做哪些工作。

(1)购房条件。2007年9月28日出台的《北京市经济适用住房管理办法(试行)》第三章规定:

第五条 申请购买经济适用住房的家庭应符合以下条件:

①申请人须取得本市城镇户籍时间满3年,且年满18周岁,申请家庭应当推举具有完全民事行为能力的家庭成员作为申请人。单身家庭提出申请的,申请人须年满30周岁。

②申请家庭人均住房面积、家庭收入、家庭资产符合规定的标准。城八区的上述标准由市建委会同相关部门根据本市居民收入、居住水平、住房价格等因素确定,报市政府批准后,每年向社会公布一次;远郊区县的上述标准由区县政府结合实际确定,报市政府批准后,每年向社会公布一次。

第六条 申请家庭成员之间应具有法定的赡养、扶养或抚养关系,包括申请人及其配偶、子女、父母等。但申请家庭成员中已享受经济适用住房政策或已作为其他家庭的成员参与经济适用住房申请的人员，不得再次参与申请。

第七条　家庭住房是指全部家庭成员名下承租的公有住房和拥有的私有住房。申请家庭现有两处或两处以上住房的，住房面积应合并计算。

第八条　家庭收入是指家庭成员的全部收入总和，包括工资、奖金、津贴、补贴、各类保险金及其他劳动收入、储蓄存款利息等。

第九条　家庭资产是指全部家庭成员名下的房产、汽车、现金和有价证券、投资(含股份)、存款、借出款等。

(2)购房程序。2007年9月25日公布的《北京市经济适用住房管理办法(试行)》第四章规定：

第十七条　对申请购买经济适用住房的家庭实行三级审核、两级公示制度。

①申请：申请家庭向户口所在地街道办事处或乡镇政府提出申请。

②初审：街道办事处或乡镇政府通过审核材料、入户调查、组织评议、公示等方式对申请家庭的收入、住房、资产等情况进行初审，提出初审意见，并将符合条件的申请家庭报区县住房保障管理部门。人户分离家庭在户口所在地和实际居住地同时进行公示。

③复审：区县住房保障管理部门对申请家庭进行复审，符合条件的，将申请家庭的情况进行公示，无异议的，报市建委。

④备案：市建委对区县住房保障管理部门上报的申请家庭材料进行复核，符合条件的，市建委予以备案。区县住房保障管理部门为经过备案的申请家庭建立市、区县共享的住房需求档案。

第十八条　对符合条件的家庭，由区县住房保障管理部门组织轮候摇号配售。其中划拨经济适用住房建设用地涉及的被拆迁家庭、重点工程建设涉及的被拆迁家庭、旧城改造和风貌保护涉及的外迁家庭以及家庭成员中含有60周岁以上(含60周岁)老人、严重残疾人员、患有大病人员、优抚对象、复员军人等住房困难家庭可优先配售。

第十九条　符合条件的申请家庭只能按照规定的标准购买1套经济适用住房。

这次制定《北京市经济适用房管理办法（试行）》的初衷是为了保障低收入家庭的住房，所以其中也规定了一些处罚条例，遏制经济适用放进行投资，例如第五章监督与管理中规定：

第二十一条　经济适用住房只能自住，不得出租或出借以及从事居住以外的任何活动。购买经济适用住房不满5年的，不得上市交易；对于因各种原因确需转让经济适用住房的，可向购买人户口所在区县住房保障管理部门申请回购，回购价格按照原价格并考虑折旧和物价水平等因素确定。

购买经济适用住房满5年的，出售时应当按照届时同地段普通商品住房和经济适用住房差价的一定比例缴纳土地收益等价款，并由政府优先回购；购房人也可以在补缴政府应得收益后取得完全产权。

已经购买了经济适用住房的家庭又购买其他住房的，原经济适用住房由政府回购。

上述由政府回购的房屋继续作为经济适用住房向符合条件的家庭出售。

上市交易缴纳价款的具体比例和政府回购的具体办法由市建委会同市国土局、市财政局、市发展改革委、市规划委等部门研究确定，报市政府批准后实施。

第二十三条　已经由市建委备案的申请家庭，在家庭收入、住房或资产情况等方面发生变化的，应如实向区县住房保障管理部门报告，区县住房保障管理部门会同有关部门对其申报情况进行复核，区县住房保障管理部门也可对申请家庭的收入、住房和资产情况进行检查。对经检查核实，不符合购买经济适用住房条件的家庭，取消购房资格。

比起同一地区的商品住房来，经济适用房的价格要低得多，很多人想购买。所以符合所在城市相关规定，准备申请经济适用房的家庭一定要认真解读相关政策，争取能买到房子圆有房梦。

第二十五条　对弄虚作假，隐瞒家庭收入、住房和资产状况及伪造相关证明的申请人,由区县住房保障管理部门取消其申请资格,5年内不得再次申请;构成犯罪的,移交司法机关依法追究刑事责任。已骗购经济适用住房的,擅自改变房屋用途的,擅自转租或转借他人居住的,由区县住房保障管理部门责令购房人退回已购住房或按同地段商品住房价格补足购房款;构成犯罪的,移交司法机关依法追究刑事责任。

14.3 组合理财,让家庭收益最大化

对于低薪家庭来说,储蓄是理财的首选。风险低、方便、灵活、安全,对于低薪家庭来说,可以实现保值。眼下存钱利息低一些,可对普通家庭来说,如果存法科学同样会带来惊喜。

1. 有利的储蓄方法

在利率较低的情况下,为了实现储蓄收益的最大化,可以参考以下几种存法:

(1)滚雪球法。当你选择好存储目标和年限后,根据家庭收入情况,以一定金额的现金分月存入,当达到一年、二年或五年时,连本带利整笔转入整存整取三年或五年期存款,以后每五年为一段转存周期,存储年限越长,收益率越高,就像滚雪球一样越滚越大。这种方法适用于新组建的家庭进行中长期储蓄,如为子女准备教育金、购房资金等。

(2)利加利法。将整笔较大金额的资金一次存入存本取息和分月支取利息,再将利息逐月存储。虽然利息不多,但只要长期积累,"利加利,翻一倍",仍能带来丰厚回报,切记勿以"利"小而不为。如果你的家庭有一定存款,想为未来生活积累养老金和生活保障费用,那么可以尝试这种方法。

(3)循环存款。也就是每月拿出一笔资金存入一张整存整取存单,存期均为一年,一年就有12张存单;第二年从第一张存单到期开始,连本带息取出再转存一年,这样手中就有12张存单循环往复。一旦急需用钱,便可持当月到期的存单支取,既不减少利息,又可解燃眉之急。这种存法适用于收入比较稳定的工薪家庭积累用于即期消费、休闲、旅游等所需的资金。

(4)混合交叉法。将每月节余的资金分几种方法按一定比例存入,既有利于长期积累,又能方便临时消费需要。假如你每月有1 000元的节余资金,可根据您的安排,按5∶3∶2的比例分别存入整存整取、五年期零存整取和一年期零存整取,当达到一定金额后可混合为整存整取存款。数年后,你将有一笔十分可观的资金。如遇急需用钱,可支取其中一种,而不必动用其他部分存款,避免提前支取而损失利息。

除了可以利用储蓄进行组合式理财外,也可以试着将家庭的投资按比例分成几大块进行组合投资。例如,可安排一部分资金用来炒股,股市风云变幻,起伏不定,风险大但收益也大,作为家庭积极型的投资选择,可少量购买一些股票;另一部分可选择投资国债,国债不仅利率高于同期储蓄,而且还可享受免利息税的优惠;再一部分用于银行储蓄,储蓄收益虽然不高,但作为稳健型投资,是普通家庭应付各种紧急支出的必不可少的选择,况且储蓄种类很多,还可根据自己的用钱结构进行储蓄;购买保险也是组合投资不可或缺的一部分,投保未出"险情"时如同储蓄,出了"险情"则受益匪浅。

2. 巧用投资组合

要使家庭投资既安全且回报较高,还真不容易,因此巧用组合投资,就显得尤为重要。所谓组合投资,就是把多种投资产品按一定比例搭配组合,使投资风险在组合中化解到最小,以期获得最小风险下的最大投资收益。

对于低薪家庭来说,大多数投资者都想有一个持有证券数量不多、无论市场有多大变化都能持有的投资组合。针对这种情况,可以选择合适的基金组合。不过基金虽然风险不是太大收益不是太小,但是选择不当也会造成损失。投资基金可以遵循以下原则:

(1)不要盲目追赶热点。最好不要集中投资于那些市场热点的基金。如果要构建一个高收益且稳定性强的组合,就必须通过努力寻找一些资产分散、拥有丰富经验的管理团队以及长期稳定的风险收益配比的核心基金。

(2)购买一站式基金。当然,找到上述可行的核心基金只是迈出第一步,接下来最大的问题就是建立并调整资产组合以适应单个投资者的目标。对那些工作繁忙不能花太多时间于资产投资的人来说,"一站式基金"尤其是有明确目标期限针对性的基金是较好的选择。它相当于提供一个将股票、债券、现金打包的投资品种,可以按照投资者的需求来设定管理期限,在基金目标期限快到时,投资会更加稳健。

(3)避免不必要的重复。在投资者决定购买的基金名单并根据其资产配置要求构建组合之后,并不是说剩下的事就交给基金经理们了。因为一些基金并未充分披露其所投资的证券,导致许多投资者往往期末才发现自己所持有的基金其实拥有彼此类似的投资组合,这就不能达到开始时设定的分散风险的目的。

如何避免这种不必要的重复呢?投资者要了解各基金所属类别以及三年以来的投资风格变化等信息,从而决定其能否在组合中发挥其应有的作用。

(4)采取科学的投资策略。"不要把所有的鸡蛋都放在一个篮子里"是一种投资策略。现在,家庭的投资风险承受能力有限,这就需要掌握一定的投资技巧,合理分配使用资金和准确掌握资金的投向。但许多投资者常无计划地拥有不同账户的投资组合,盲目地追求各账户分散化。其实这种策略是不对的,最好将所有的账户看作一个投资组合来管理,减少所持的基金种类数目,集中精力,保证所有的投资选择都是最好的。

现在各商业银行都调整了自己的市场策略,竞相开发家庭理财新品,例如中信实业银行的"理财宝"、光大银行的"阳光卡"、招行的"一卡通"等。这些产品各有特点,都在"一卡多能"上下足了工夫,使人们在理财产品的选择上日趋多元化。同时,组合式投资方式给现代家庭的投资理财观念带来了新的变革,人们越来越认识到单一的投资选择的风险性、局限性都很大,开始慢慢地倾向于组合投资。

具有保险和投资功能的几种投资型保险也相继出台,如太平洋保险公司的万能险、平安保险公司的投资联结险等,这给人们的投保又增加了新的功能和选择。以上几种组合投资既有可能通过股票或债券获取可观收益,使资金具有长期增长潜力,又能依靠银行存款取得稳定的利息收入。

这样即使炒股失败,还有银行储蓄和人寿保险,仍能保持家庭正常的生活,是一种比较合理的组合,不过投资的比例要根据不同的家庭经济情况而定。在选择组合式投资时,理财专家还特别强调:要使投资结构合理,还必须注意所投资理财产品的持有期限和目标的完成期限相结合,不要以短期的投资组合来完成长期的理财目标,也不要以长期的投资组合来完成短期的目标。无论采取何种投资组合模式,储蓄和保险投资都应该是不可或缺的组成部分。

在考虑选择投资方案之前,最好能对有关方面的办法有一定的了解,以便结合自己的需要进行合理优化的投资组合。其实,组合投资就是要为自己打造一个集储蓄、证券、保险等为一体的综合性的组合理财品种。学会理财、学会组合投资,对自己手中的资产最大化是大有裨益的。

(5)降低费用。如果投资者想构建组合以达到自己的目标,就必须尽量控制付出的费用。这不仅指基金的费用率,投资者还应控制自己的交易行为,以减少相关的税费及交易成本支出。

第 *15* 课

财大有用，高薪也高兴

富人可能不仅在积累财富、成功经营企业以及创造高收入上很有成就，而且还拥有高效的家庭理财体系。如果收支不平衡，高薪家庭也可能陷入破产的境地。所以高薪家庭也需要理财，并且高薪家庭具有更多理财优势。

15.1　及早规划未来

招行与零点研究集团共同发布的中国都市高收入群体理财综合指数研究结果显示，如果用 50 万元个人或家庭金融资产为起点来计算，现在中国的都会（省府以上）地区，有大约 5％的人口可以归入高收入的范畴，虽然在全国水平上大约仅为 1％～1.5％，但绝对数量仍相当可观，而且每年这个群体还在不断扩大，可见高收入人群已经越来越多。

这些高收入的家庭需不需要理财呢？当然需要。因为如果收入与支出不平衡，一年赚八万却花掉十万的话，高薪家庭一样会破产。那么高薪家庭该如何理财呢？

凡事预则立，夫妻双方首先要制订长远的家庭计划，对诸如养育孩子、购买住房、购置家用设备等都需要周密考虑，做出具体收支安排。对资金安排要有一个适应阶段，通过记账的方法了解每月的开支，以便修正理财方案。

张女士是一家保险公司业务员，先生是一家广告公司的高级管理人员，结婚后暂时住在先生公司提供的单身宿舍里。两人的家庭月收入接近2万元，但婚后他们却毫无家庭积蓄。这个时候，先生又有了跳槽的打算，单身宿舍快要住不成了，于是两人便打算贷款买房。

房子看好了，拥有高收入的他们是银行的优质客户，贷款应该没有问题。但是要办理购房手续时，房产公司要求他们先交10万元首付款，不足部分才能办理银行按揭。这时，两人都傻眼了，一年就能挣20多万的家庭，却连10万元的首付都拿不出来，而和他们同等收入的朋友，早就有了属于自己的房子，有的还买了私家车。本来两个人还计划要孩子的，现在看来不光是孩子，连房子也"养不起"。

他们分析了家庭的资金流向，发现原来是消费习惯不合理。虽然结了婚，可是两个人依然保持着婚前"小资"的消费习惯：先生习惯下班时买鲜花送给太太，一个月下来就是一笔不小的开支；两人很少自己动手做饭，附近的饭店都吃遍了；先生隔不了多久就要换一次手机；太太的衣服也是今天买了明天扔……于是钱就在不知不觉中流失了。

无论薪水有多高，如果不做好理财预算，再多的收入都会在不知不觉中流失。一旦遇到急需用钱的时候就会陷入困境。

艾伦的丈夫是一个大型公司的中层管理者，圣诞节前的一个星期被告知，他要在圣诞节的前一天到哈尔滨的分公司报到，如果他们有足够的积蓄，本来可以拒绝这种安排，因为她和丈夫都很喜欢现在生活的环境，而且她所在的公司在那边没有分部，但是他们的存款中仅仅只有三个月的工资，没办法，两个人只好选择分居两地。

不要以为退休还早，不要以为年轻，疾病就不会困扰你，等到你想起来的时候已经太晚了，早做打算早受益。

高薪家庭理财规划要做好三个方面：构建家庭保障体系；改善投资结构；提高生活质量。具体来说，就是要做到以下几点。

（1）量入为出，掌握资金状况。建立理财档案，对一个月的家庭收入和支出情况进行记录，哪些是可有可无的开支，哪些是不该有的开支，要注意减少盲目性购物、下馆子等消费。最好用两人的工资存折开通网上银行，随时查询余额，并根据存折余额随时调整自己的消费行为。

（2）强制储蓄，逐渐积累。发了薪水以后，可以先到银行开一个零存整取账户。每月发了工资，首先要考虑去银行存钱，如果存储金额较大，也可以每月存入一张一年期的定期存单，这样既便于资金的使用，又能确保相对较好的利息收益。另外，现在许多银行开办了"一本通"业务，可以授权给银行，只要工资存折的金额达到一定数额，银行便可以将一定数额转为定期存款，这种"强制储蓄"的方法，可以使你改变乱花钱的习惯，从而不断积累家庭资产。

（3）减少负债，注意节流。负债主要包括房屋贷款、汽车贷款、信用卡与消费性贷款等。家庭可承担的负债，应该是先扣除每月固定支出和储蓄所需之后，剩下的可支配部分。至于偿债的原则，则应该先偿还利息较高的贷款，例如，信用卡消费性贷款。

尽量对每个月、每一季、每一年可能的花费列出预算，避免将手边的现金漫无目的地用于消费。最好养成记账的习惯，定期检查自己的收支情况，并适时调整。

（4）尽快买房，主动投资。对于高薪家庭来说，买房子应该不会有很大问题。如果按揭买房，每个月发了薪水之后首先要做的就是偿还贷款，减少了可支配资金，从源头上遏制了过度消费，同时还能享受房产带来的收益，可以说是一举三得。

15.2　做高收入的"贫民"

一些人收入虽然很高，但是生活却紧巴巴，银行里几乎没有什么积蓄，这些人被称为高收入的"贫民"。其主要的问题就是因为不会用钱，陷入了负债消费的误区。"明天的钱今天花"已经成为一种时尚，在买房买车方面尤其多。一些家庭大借外债或用分期付款方式来实现超前消费,却根本没有考虑以后的经济偿还能力。

在某公司做行政的余小姐本来生活非常惬意的,她月收入有3 000元左右,丈夫在外企工作,月收入有七八千。可自从买了房子之后,两人就过着紧巴巴的日子。结婚时,两个人贷款买了一套200多平方米的大房子,为了上下班方便,又贷款买了车。前期首付就已经花光了俩人的积蓄和双方父母给的钱,现在每个月的还款要4 000多元,余下的钱只够两个人吃饭。本来是可以过着很宽裕日子的两个人一下子陷入了经济的泥潭:不能生病,不敢应酬,害怕亲友过生日结婚,因为要凑份子。最可怕的是,这种日子要持续十多年,一直到两人还清贷款,而且在此期间两人还要养孩子,负担之重让俩人愁肠百结。

除了陷入债务的泥潭,还有其他一些不合理的消费习惯。许多白领即便成了家,还保留着婚前的高消费,让个人购物、休闲娱乐、教育培训充电、奢侈品消费等等耗去了很大一部分金钱。

在国际化潮流和外来消费观念的冲击下,在精神生活匮乏和工作压力的重压之下,一些高收入人群通过疯狂购物来寻求刺激和安慰,追逐享乐性消费,对国际化奢侈品牌的追逐,对奢侈品的渴望程度甚至超过汽车、房子。

高薪白领家庭对消费超负荷意识、对物质享乐型消费增大,盲目追求虚荣消费,投资和回报意识匮乏,都会产生生活和就业的困惑。享乐会使高薪族走入金钱的误区,精神空虚会使他们产生更深层的职业倦怠。同时,以物质水平作为生活价值衡量的标准,会加大理想与现实的落差,给白领家庭带来更多困顿和隐患。

而有些高收入的人群却主动选择做"贫民",世界著名的理财专家约翰·路易士女士就是一个代表。

路易士女士有句名言:"在家庭理财中,每节约一分钱,就会使利润增加一分,节约与利润是成正比的。"她认为把每一分钱节省下来,以备应急之需,有时会得到意想不到的收益。她一直坚持不浪费家庭消费中的每一分钱的原则,直到成为亿万富翁以后,她的这种节约习惯仍然保留着。一位曾在她身边工作的高级职员回忆说:"我在她身边服务的日子里,她给我的办事指示都用手写的条子传达,她用来写这些条子的白纸,都是纸质非常粗劣的薄纸,而且写一张一行字的条子,她会把纸撕成一张长条子送出,这样的话,一张信纸大小的白纸可以写三四张'最高指示'。"一张只用了白纸五分之一的条子,不应该把其余部分的白纸浪费掉,这就是路易士女士"能省就省的原则"。

高薪家庭虽然收入比较高,但是高薪家庭的收入只是比普通工薪家庭高一些而已,并不是富豪。就算是"亚洲第一富婆"香港华懋集团主席龚如心,身家高达300亿港币,每个月的个人支出也不过3 000港币。她穿的衣服很多是别人送的,护肤品也只是非常简单和普通的产品,甚至不到美容院去洗脸。她把更多的时间花在了工作上,而不是花钱上。

真正的有钱人往往不会住在最扎眼的高档住宅区,而常常住在普通住宅区;也不会开豪华轿车,不到最后关头不会换车,真正的有钱人都懂得节省和投资。

当然,高薪家庭有能力也有理由享受生活,而不必像这些亿万富翁一般过着"清贫"的日子,但是合理的节俭还是必不可少的。这种节俭不是说一定要"三月不知肉滋味",穿着地摊上买来的衣服,而是说在一些能够节省的方面尽量节省,比如说买车。

为了出门方便买车也是必要的,但是一定要高档车或者新款吗?一般来讲,高档车和新款价格都是比较高的,开着新款车虽然会让你感觉良好,但是你为此多付出的银子也是不可小视的。据报道,很多国际高档车、豪华车商都将中国作为最后一片热土。很多人都将车的档次作为衡量自身价值和地位的标准。其实,汽车的首要用途就是为了代步,让你出行更加方便。那么只要车的性价比比较高,省油并且驾驶舒适度较好就可以了,没有必要刻意追求高档、豪华。买了车之后,养车也是一笔不小的花销。为了避免浪费,以下几点需要你注意:

(1)不要只看汽油标号。汽油使用是否合乎标准对于汽车的保养有着密切关系。汽油标号只是标定汽油抗爆能力的参数,它与汽油是否清洁和是否省油没有必然的联系。并不是加油标号越高就越好,即使是高档车也不等于该加高标号的汽油,而应该根据说明书上的用油标准来选择加什么油,使汽车发动机压缩比系数与汽油抗爆系数相适应。

(2)不要一味追求高价润滑油。一般来说,汽车行驶5 000公里以后就要更换润滑油。作为汽车的保养品之一,选用品质优良的润滑油可以有效保护发动机,减少磨损,使车辆保持更好的使用经济性。

很多车主认为进口的,价格贵的,润滑油级别越高越好,越是名牌越好。其实,选择润滑油应该根据发动机的要求进行选择,没有必要在要求较低的发动机上使用过高级别的润滑油,要知道进口油的价格比国产名牌要贵30%~40%,比起一般国产油来要贵一倍还多。当然,如果发动机要求比较高的话,就不宜使用级别较低的润滑油。

(3)进口轮胎不一定适用。很多人相信进口轮胎质量更好,所以愿意选择原装进口的轮胎。其实,国外推出的新款轮胎对国内的用户来说,价格过高,而且并不一定适用,因为国内的路况和国外的路况是有很大区别的。而很多大品牌在国内合资厂生产的轮胎,都根据国内道路状况对轮胎进行了改进,从而使轮胎更适合于国内路况,而且价格相对来说,也比原装进口的轮胎便宜。

(4)降低洗车打蜡的频率。夏天雨水中的酸性成分对汽车的漆面有腐蚀作用,久而久之就会对汽车漆面造成伤害,所以这个季节要多给汽车打蜡、封釉。不过,过度打蜡洗车反而会让车漆亮度逐渐退化,所以只要每月洗一次就够了。打蜡时最好选用去污力偏向中性的清洁剂以及不含研磨剂成分的车蜡。如果方便的话最好自己洗车,长期坚持自己动手洗车不仅是一种锻炼,而且也可以节省不少洗车费。

(5)自己动手换零部件。空气过滤器和雨刷是汽车必不可少的配件。一般汽车的空气过滤器在2万公里要换一次,1万公里进行一下检查;雨刷每六个月至一年要换一次。对于这两种价格低廉,而且检查和更换都很简单的部件的更换,你完全可以自己动手。

(6)定期更换汽车滤清器。汽车内燃机使用过程中,灰尘杂质等会不断混入机油中,同时空气以及燃烧的废气对机油的氧化作用会使机油逐渐产生胶质或者油泥,这不仅会加速零件的磨损,而且容易造成油路堵塞,所以要经常清洗滤清器。

目前大多数轿车发动机使用的滤清器是不可拆洗的一次性滤清器,更换润滑油的时候必须同时更换机油滤清器,否则会影响润滑油质量。

(7)两年换一次防冻液。一旦冷空气来临,气温骤降,很有可能影响汽车冷却系统正常工作。这时就需要及时放掉水箱中的自来水,改用防冻液。一般防冻液的更换周期为两到三年或者是行驶了三到四万公里。有的防冻液存放一年以后会出现少量絮状沉淀,这种现象多半是添加剂析出造成的,不必扔掉。如果出现大量颗粒沉淀,表明该防冻液已经变质,不能再使用。更换防冻液之前要先清洗发动机冷却系统。

(8)注意加满油箱。有的车主常常只加小半箱油,临近耗尽时再加。其实这样做会使油箱中的燃油泵上部经常得不到燃油冷却,容易发热烧坏,而更换一只燃油泵需要好几百元。所以一定要注意加满油箱。

(9)控制原地热车时间。原地热车有利于保护汽车发动机,尤其是冬季气温比较低的情况下,但并不是"热车的时间越长,对发动机越好"。汽车启动后不能马上行驶,因为刚启动的汽车怠速相当高,所以应该让车在自然怠速的情况下,水温上升、怠速恢复到正常水平后再出发。不要以为踩油门可以让预热时间缩短,相反,这样做不仅费油而且对发动机的损害也相当大。

(10)勿买"超额保险"和"不足额保险"。所谓"超额保险"就是保险限额高于保险标的的实际价值,例如购买一辆价值 12 万元的轿车,投保了金额 30 万元的盗窃险。如果发生全损获得赔偿也只能是 12 万元。保险法第三十九条第二款规定:保险金额不得超过保险价值,超过保险价值的,超过部分无效。也就是说被保险人只能在保险标的发生损失时得到相应的补偿,而不能因为购买保险从中获取超出保险标的的价值的收益。

不足额保险则是投保限额低于保险标的的实际价值,这种情况会"按比例赔付"。例如,购买一辆价值 12 万元的轿车,如果今年投保限额为 5 万元,比实际价值低 7 万元,当发生全损时,只会赔偿 5/7 乘以实际损失 7 万元,也就是说只会赔付 5 万元。

(11)节油巧用空调。夏天如果气温是 35℃,太阳底下汽车里的温度将高达 45℃ 以上。这时候要驾驶,开空调是免不了的。如果能把握好开空调的时机和方法,不但能让你享受清凉,还能节省不少燃油。具体来说,可以从以下方面着手:

①自动空调温度最好设定在 23℃ 以上,因为较低的预设温度会加大空调系统的负担,从而加大油耗。

②低速的起起停停是最费油的,发动机散热不好加上起步和启动空调时都需要大量的动力支持,所以燃油消耗相当大。这时,如果所处的地方有阴凉或者有风,最好关了空调开车窗;要是实在酷热难忍,也可以交替开关空调,既能避暑又能节油。

③平时停车最好选择地下车库或阴凉的地方停放。在烈日下停放了一段时间的车辆,上车时要先开窗,然后将空调开至最大挡。这样做一方面可以通过开窗先让车内的热气散出去一部分,减小空调的负担;另一方面也有助于车内有害气体的扩散,因为车辆在长时间暴晒后也会令车内的塑料元件散发出毒素。

④上高速关窗开空调。当车速高于 80 公里/小时后,气流的阻力将大大高于低速状态。这个时候如果开窗驾驶无疑会加大气流对车行的阻力,自然会相当费油。所以上了高速之后如果太热就关上车窗,打开空调。

⑤避免超速行驶。一般情况下高速行驶时空调系统的发动机负担都很小,但这里说的高速也是有一定限制的,因为当车速高于 140 公里/小时后油耗就会翻倍,所以即便是上了高速也要避免超速驾驶。

15.3　有钱不忙存银行

毫无疑问,我们身处负利率时代。钱存在银行里要贬值,即便是高薪家庭也不能眼睁睁地看着钱放在银行里毫无作用吧?那么怎样让手中的闲钱在负利率的阴影下做到"钱生钱"呢?

1. 投资很有必要

很多人认为，只要有大笔的钱进账就能变得富有，事实上，生活中却有很多年薪8万元到10万元甚至更多的高级白领，日子过得跟薪资水平仅及其1/3的人一样。银行里没有多少存款，消费上常常出现赤字，买房的计划也是遥遥无期。

一些人之所以能够舒服地退休，在于他们事先计划和通过一些隐形的资产来累积财富。高薪水提供了累积财富的机会，但不会自动让人富有。如果你一年赚10万元，投资1万元于银行存款、保险、证券上，持续几十年，将会积累起巨额资产。

谁都知道钱能生钱，积累起来的资产通过运作，能够不断带来现金收入。然而由于工作太忙或者缺乏理财知识，很多家庭疏于对资产进行有效的管理。其实只要稍微花点心思，就可以轻松地获得不少收益。高薪家庭虽然收入高，但是如果能让手中的闲钱充分发挥用处赚取更多的钱，提高生活的质量岂不是更好？与其让闲置的资金放在银行里收取少得可怜的利息还要面临通货膨胀的风险，不如主动投资获取丰厚的利益。

身为大学教师的张小姐去年用闲置资金购买了开放式基金，一年不到就获得了约25%的回报。在房地产公司工作的杨小姐则利用工作上的便利通过炒房得到了一年30%左右的回报。

现在的投资渠道越来越多，人们通过掌握它们的特性，可以在风险相差不多的情况下，使自己的投资收益最大化。例如，打算存一笔定期储蓄存款，也可以用来买货币市场基金或者国债，其收益率明显高于同期储蓄利率。

很多高收入家庭也逐渐认识到了投资的重要性。近年来，针对高端群体的金融理财服务持续升温，中资银行携网点优势、客户优势、本土文化优势，积极推进业务结构转型，大举推进高端理财业务，外资银行则凭借其先进的管理文化、强大的投资产品后台和国际品牌优势，招兵买马，快速推进在华业务扩张。而市场反应在经历了最初一段时间的沉寂之后，从2006年下半年开始有了明显的起色，即便在许多银行提高了高端理财的金融资产门槛的情况下，银行专门针对高端群体开设的理财VIP服务场所仍然门庭若市。

2. 投资有优势

高收入家庭的资金实力比较强,这是一个明显的投资优势。当然,前提是支出要比较合理。另一个优势就是投资理财的专业能力。高收入人群一般受过良好的教育,掌握了一些专业的投资技巧。

最近有研究表明,在投资理财支持能力方面,2006 年高收入群体的专业投资理财能力、投资意识与理念以及投资与服务选择机会等方面均有所提高,经过参与股票、基金等投资理财市场的重新启动,高收入群体在对理财工具的操作等方面的实际投资理财能力有了较大的提升,所以高收入专业投资理财能力的提高最为明显。

高收入群体在进行投资理财时候,对宏观、微观因素的考虑以及对各种投资理财工具的价值判断正逐步走向专家化、理性化。而且近年来,高收入群体在理财方面的自我评价整体上是不断提升的,特别是在整体投资市场良好的情况下,高收入群体对自身专业投资理财能力与理念的认知都有一个较大的提升。

充足的资金、专业的理财能力和自信,这些是高收入家庭投资理财的绝对优势。要充分利用这些优势,实现获利,需要选择合适的投资工具。

3. 投资有市场

与欧美等发达国家成熟理性的市场情况不同,中国的高端理财市场受整体投资理财市场过多的影响,还有相当多的非理性因素存在其中。最明显的就是,高收入人群很容易受市场影响,比如 2006 年股票与基金收益普遍良好,于是高收入人群对股票与基金的价值认同就有了明显的提高。

再比如,2004 年中国的投资理财市场曾经一度活跃,相对应的 2004 年的高收入群体理财指数就有了较大的增长。进入 2005 年,受国家谨慎的投资政策以及对房地产、股市等投资融资领域调控的影响,个人投资理财市场也陷入低迷;而 2006 年火热的股票、基金行情带动了整个投资理财市场的活跃。

除了市场,目前银行高端理财服务产品的供应情况不理想,也是需要注意的。虽然近年来各家银行不断推出高端理财产品,但投资标的物范围狭窄、机构层次单一的问题仍然很突出。相关研究表明,作为近年来本土银行所设计的理财产品中有70%～80%都存在同质化的情况,理财产品没有扎实的高端群体细分研究基础,产品缺乏针对性的缺点仍然普遍存在。另外,本土银行的理财产品收益对于高端群体没有太大的吸引力。目前高端群体对银行理财产品、债券、外汇等理财工具的投资回报率期望在7%～10%之间,当然不包括股票、房地产等高风险投资。本土银行还达不到这个水平,而外资银行高端理财产品的收益一般为6%～7%,有的甚至是10%以上,在这个方面其领先优势十分明显。

针对高收入人群的高端理财市场,才刚刚启动,要进一步持续、健康发展,还有一个比较长的过程,与之相应的是高收入人群投资理财能力和投资理财意识还有待于进一步提高和完善。在国际投资理财市场日益完善的情况下,国内的投资理财市场尚处于起步阶段,发展前途也是相当大的,所以高收入家庭要多关注投资理财市场并不断提高家庭的理财能力。

4. 用好投资工具

高薪家庭都关注哪些投资工具?据相关报道,目前国内高收入阶层较青睐股票、基金等投资理财工具,并且表现出越来越高涨的热情和更加专业的技巧。

自2006年以来证券市场的持续活跃,国内高收入群体对宏观环境、收入预期、理财支持能力以及理财工具价值等投资理财影响因素的评价仍然比较高。2006年高收入群体对各种投资工具的整体价值认同有显著提升,如果具体到不同的投资工具上,高收入群体对股票、基金的价值认同感大幅提升,对其他理财工具的评价则持平或略有下降。这主要与2006年下半年股票、基金等投资工具市场活跃态势密切相关。虽然2006年国家保持了较为稳健的经济发展政策,加强对房地产等投资融资领域的调控,但股票、基金等投资工具市场优秀的市场表现,加强了高收入群体对股票、基金的投资信心。此外,高收入人群仍然比较偏爱保险与房地产。

家庭投资的方式有很多种,可供选择的投资工具也多种多样,并且新的理财工具还在不断产生。目前国内理财工具和理财产品的创新正值空前活跃的阶段。就开放式基金而言,自 2001 年第一只开放式基金问世以来短短六年时间里,国内的开放式基金产品创新就完成了国外数十年的发展历程,2002 年国内第一支债券基金和第一支指数基金面市,2003 年,国内推出首支伞型基金、首支保本基金、首支货币市场基金,2004 年国内推出首支可转债基金、首支上市开放式基金(LOF)和交易所交易基金(ETF),2005 年又推出了首支中短债基金。国内开放式基金品种已经基本上覆盖国外主流开放式基金的品种,这种创新速度是惊人的。

与此同时,银行受托理财产品也在不断推陈出新,从 2003 年招行推出第一只人民币受托理财产品至今短短 4 年时间里,银行理财产品的品种已经十分丰富。按照币种分,包括了人民币产品和外币产品;按照收益类型分,包括了固定收益类和浮动收益类;按照挂钩市场分,包括了利率挂钩类、汇率挂钩类、商品价格挂钩类、股指挂钩类等。在这些产品创新的背后,是银行对投资市场机会的洞察力和敏感度。展望未来,国家出台 QDII(合格的境内机构投资者)制度为国内投资者参与国际市场投资提供了制度准备,下一步,随着 QDII 投资范围的进一步放宽以及投资额度的进一步扩大,相信银行理财产品将有更为广阔的发展空间。

每一种投资工具和避险工具都既有它的长处,亦有它的不足。面对眼花缭乱的理财工具,该如何选择呢? 最基本的是要认清这些理财工具的长处和不足:

(1)债券:收益高于同期同档银行、风险小;但投资的收益率较低,长期债券的投资风险较大。

(2)存款:安全性最强;但收益率太低。

(3)股票:套现比较容易,可能获得较高风险投资收益;但需面对投资风险、政策风险、信息不对称风险。

(4)证券投资基金:组合投资,分散风险,套现便利;但风险对冲机制尚未建立。

(5)黄金和投资金币:最值得信任并可长期保存的财富,抵御通货膨胀的最好武器之一,套现方便;但若不形成对冲,物化特征过于明显。

(6)外汇:规避单一货币的贬值和规避汇率波动的贬值风险,交易中获利;但人民币尚未实现自由兑换,普通国民还暂时无法将其作为一种风险对冲工具或风险投资工具来运用。

(7)房地产:规避通货膨胀的风险,利用房产的时间价值和使用价值获利;但投资风险也是存在的。

(8)寿险保障型产品:交费少、保障大,但面临中途断保的损失风险。

(9)寿险储蓄型产品:强化避险机制,个性化强;但其预定利率始终与银行利率同沉浮。

(10)寿险投资型(分红)产品:具有储蓄的功能,有可能获得较高的投资回报,但前期获利不高,交费期内退保,将遭受经济上的损失。

(11)家庭财产保险:花较少的钱获得较大的财产保障。

(12)投资联结保险:可能获得高额的投资回报,但有较高的投资风险,前期的投资收益并不高。

(13)期权:有限风险无限获利潜能,但产品复杂,驾驭难度大,具有投资风险。

了解理财工具只是完成了理财的认识,具体操作还需要选择投资方向。

5. 确定投资方向

先完成下列测试,了解你属于哪种投资类型的人,再确定投资方向。

(1)你去买8点30分上映的某知名电影的电影票,售票员却告诉你票已经卖完了,只剩下午夜场的票,但是8点45分在小厅有一个新电影上映,你没有听过那部新电影的名字,你会:

　　A. 购买新电影的票

　　B. 买午夜场的票

(2)你去专卖店买衣服,看中一款上衣,可惜你喜欢的颜色缺货。导购告诉你,其他连锁店肯定有,不过现在是打折季节,不会为你特别保留。你会:

　　A. 马上赶到另一家连锁店

　　B. 买下手中的上衣

(3)你选好电脑品牌后,被店员告知,如果你买销售展示用的电脑可以打 8 折,全新的电脑是没有折扣的,你会:

A. 选择打 8 折的电脑

B. 选择全新的电脑

(4)失业 1 年后你终于获得两个工作机会。其中一个工作薪水比你以前的高许多,但必须承受非常大的压力,而且工作要求很高;另外一个工作的薪水一般,工作却相当轻松愉快,你会:

A. 选择高薪、压力大的工作

B. 选择低薪、压力小的工作

(5)你即将有 14 个小时的飞行旅行,而包里只放得下一本书。你想从两本书中做选择,其中一本书是你最喜欢的作者的书,但他最近出版的书却令你相当失望。另有一本畅销书,可除畅销之外你对它一无所知。你会:

A. 选择畅销书

B. 选择你喜欢的作者的新书

分数计算:每道题选 A 给分,选 B 不给分。

问题 1——1 分;

问题 2——1 分;

问题 3——5 分;

问题 4——10 分;

问题 5——1 分。

最低分 0 分,最高分 18 分。

11～18 分为投机型;

5～10 分为投资型;

0～4 分为储蓄型。

6. 选择资金管理人

在乱花渐欲迷人眼的情况下如何为自己的资金选择一个好的管家呢?应该从这几个方面来确定自己资金的去处:

（1）寻找方便、服务较为全面的管理人。这样你就不用为打理投资花费太多时间，从而免去很多麻烦。

（2）认清风险与收益同在。我们在选择一个资金管理人或者管理团队的时候，参照的只能是他的历史业绩，而对于将来，谁都不能有100％的把握，常胜将军是没有的，谁都有失败的时候。

就算是乔治·索罗斯这样的"明星经理"也有失误的时候。索罗斯曾经以对冲的战法横跨几大洲，狙击英镑、挑战卢布，引发亚洲金融危机。在金融市场上，他是如此所向披靡、叱咤风云，但他的如意算盘却在香港遭受了重大失败。

财富大师都有失算的时候，我们又怎能期盼从不失手呢？很多理财产品都标有预期收益率，事实上，这些预期收益率并不是理财机构对客户的收益承诺，而是一种基于经验与行情所作的预测。理财产品发行机构并不会因为产品到期未能达到预期收益率而给予客户补偿，而金融监管部门也反对各种理财机构做出收益保证。所有的投资都具有不可预测性，谁也无法预测风险何时何处出现。因此，在选择理财产品时，不能把预期收益率当作购买该类产品的绝对理由，预期收益率只能是购买理财产品的依据之一。

在买基金、股票、期货等流动性比较强的产品时更不要被预期收益率所迷惑。有人认为商业银行发行的家庭理财产品的安全性是绝对可靠的，这是一种错误的认识，实际上所有金融机构都存在着经营风险。商业银行的经营因为与千千万万储户利益息息相关，因此政府在处置不良商业银行时相对谨慎，但是这并不意味着商业银行债权将由政府包办。

（3）寻找风险同等条件下收益最高的资产管理人。如果已经决定投资于一个领域，那么就应该拿出时间寻找在风险同等的情况下，收益较高的资产管理人，毕竟投资的目的是为了获得收益。

传统观念认为：收益高，风险就高；收益低，风险就低。很多时候，这可能是参考价值的理论。比如，股票的收益和风险都大于储蓄。但是这句话是有一定局限性的，风险的高低是和一个市场、一个领域画等号的，绝对不能和个人收益高低相提并论。换句话说也就是当一个人选择了一个市场、一个领域之后,他所承担的风险是这个市场、这个领域给他带来的。而收益则是能力的体现,不同管理人带来的收益是不同的。同样是基金管理人,带给投资者的回报率却相距甚远。选择了同一个领域,同一个市场,意味着大家的风险值就是相同的。而结果不同,就说明他们的管理人或管理团队能力不同。因此,在进行选择的时候就应该充分考察,慎重选择,遵循优胜劣汰的原则,把那些不尽职的管理人剔除。

(4)理智区分金融业里的各行业分工。就目前中国的理财市场而言,银行有此业务、保险公司有此业务、证券有此业务、信托有此业务、基金管理公司有此业务等,但是,行业不同对投资基金的分配方式、比例、风险度就不同,所以不同行业的收益率是不相同的。投资人今后在处理这些问题时,要理智区分它们。

安全性、收益性和流动性是一个项目是否值得投资的重要标准,对于高薪家庭来说,投资组合最好选择分散性。

15.4 玩物不丧志——收藏

除了资本市场的投资以外,收藏古董、邮票等也是很好的投资方式。这类投资不但风险比较小、收益大,而且可以陶冶情操、修身养性,逐渐成为都市高薪族新的理财方式。

一般来说,收藏品发行量越少,就越易增值,所谓"物以稀为贵"。发行量少的存世量自然很少,但是发行量大的存世量却不一定很大。由于时间长久或者后期销毁、遗失、丢弃等原因,发行量虽大,却造成存世量较小,从而使藏品变得珍贵。

即使发行量很大,或者发行时间短暂,但是需求量很大,从而造成供不应求的产品,也较易升值。如果是热门题材的藏品,特别是较有政治意义或者较有历史意义题材的藏品,很容易升值,例如香港回归题材的藏品。

决定收藏品价值的往往是时间的推移、时代的久远。例如,20世纪四五十年代缀满银制小挂件的小孩帽,当时在中国不值钱,外国人却有心收集于手中,后来一个小挂件就涨到了100元人民币。

虽然在炒作空气较浓的今天,有些老藏品还没有新藏品升值快,但还是有相当一部分藏品毕竟发行量和存世量较小,而且,从一个侧面反映了那个时代的缩影,所以较有收藏价值。

需要注意的是,市场炒作会使收藏品价格上涨很快,但人为炒作痕迹太浓,就会严重背离价值规律,导致暴跌。炒收藏品就像炒股那样,炒原始股能够赚钱,炒原始收藏品也能取得较好的收益,因为藏品刚发行时,基本上是按面值买的,所以亏本机会相对少。至于增值的快与慢、高与低,取决于多种因素,就看你选择的是"垃圾股"还是"潜力股"。

1. 收藏品的种类

简单地说,收藏品主要包括以下几类:

(1)艺术品。艺术品包括外国的名画、手工艺品,中国的古今名人字画、手稿,手工艺品、雕塑、编织刺绣以及民族特色较强的工艺美术品等。

(2)古董类。凡是古代流传下来的,有收藏价值和欣赏价值的东西都是古董。例如古钱币、茶具、瓷器、服饰、刀具、首饰等。

(3)其他类。签字、门票、粮票、邮票、手表、相片、奇石、徽章等都属于此类。

在众多的收藏中,艺术品深受欢迎,其中唱主角的是字画。西方主要是以名画收藏为主,东南亚则以中国字画收藏为主。

1987年4月,在伦敦的一个拍卖会上,凡·高的一幅《向日葵》,创下了2 500万英镑的天价,这个价钱在当时的上海足以买下一幢商厦。

艺术家对艺术的忘我与执著,造就了艺术品不朽的魅力。而这些艺术品随着艺术家的去世,已经成为唯一,所以购买以后不但不会贬值,还会没有上限地增值。据统计,20世纪70年代中期到80年代末,不到20年的时间,世界画坛巨匠的作品价格上涨了18倍,印象派作品价格增加了9.5倍,英国18~19世纪的绘画增加了7.5倍。高收益、低风险,这也是很多投资者热衷于追捧艺术收藏品的原因。如果考察一下世界上成名富翁的投资理财走向,就会发现,几乎所有的富翁都参与了艺术品投资理财。

相对于西方发达国家的艺术品市场而言,中国的艺术品市场尚处于发展初期。投资艺术品如投资理财股票一样,先入围先收益,因而投资理财回报率较为可观。

1978年黄胄的画,一平方尺15元,买一幅4平方尺的画,带装裱,也只不过60多元。现在黄胄的画一平方尺2 000元,一幅画少说也得8 000多元,从60多元涨到8 000多元,升值100多倍,1978年,买一张李可染三尺见方的画为90元,现在同一幅画价为20万元,升值高达2000多倍。

2. 收藏风险不可小觑

高回报必然会有高风险,初入行者要注意:

(1)多看、多问、多了解、多加比较;

(2)依据自己的财力确定自己的投资理财对象;

(3)对艺术品和古董要有全面的了解,介入前,最好多读一些有关的书籍,学习一些专业知识;

(4)投资艺术品,要做长线投资理财的准备,不要指望一朝一夕就成为富翁。

具有一定专业知识再做收藏当然最好,相信自己的眼光也无可厚非,不过不要盲目自信,毕竟投资收藏品的风险是相当大的,真正能够担得起专家责任的人也是凤毛麟角。为了尽量降低投资风险,碰到心仪尤其是价值不菲的收藏品时,最好请专家鉴定,否则吃亏的是自己。

钱先生对古董比较爱好,读了几本专业性的书之后,掌握了一些古董知识,买古董便不再找专家鉴定,自己觉得差不多的时候就拍板成交。

这一天,钱先生去古董市场转悠,看见了几个操着外地口音的农民,卖的古董是从乡间收购来的瓷器、钱币、铜器等,钱先生和这些农民随便攀谈了几句。这些人见钱先生谈起古董来头头是道,知道是行家,便道出他们认识一个盗墓人,这个人手里有"宝贝",不过他们拒绝进一步透露"宝贝"的详情。钱先生的胃口被吊起来了,一再请求他们说出是什么"宝贝"。经不住钱先生的再三恳求,他们道出了这个"宝贝"是一尊一尺左右的陶人,上面有彩。钱先生一听,猜到这个陶人可能是汉代的随葬陶俑,这可是真正的宝贝。

于是一连几天，钱先生都缠着这几个农民，要他们引荐那位藏宝人，看看那个陶人，如果价钱合适，他就买下来。几个农民答应了，并叮嘱钱先生不要把这件事告诉其他人。

几天后的一个傍晚，商贩带着钱先生来到市郊一个废弃的砖瓦窑里。不一会儿，另一个商贩领来了那个所谓的盗墓者。借着昏暗的手电光，钱先生仔细查看从几层包装纸里取出的陶人，这个陶人和钱先生看过的图片上的陶人一样，淡淡的陶彩也若隐若现。钱先生一看喜出望外，讨价还价之后花三千元买下了。

半个月后，钱先生拿着这个"宝贝"在几个藏友之间炫耀，一位朋友说："你该不会买了个赝品吧？我就吃过这个亏，你还是找个专家鉴定一下。"这话倒是提醒了钱先生，他惴惴不安地找了个专家鉴定，结果确认是赝品，钱先生沮丧至极。

艺术品真伪的鉴定是需要相当专业的知识的，投资者一定要小心。此外，还需要注意的是风尚的转变。凡·高的作品生前无人问津，死后作品价值连城。今天的名家可能就是明天的无名小卒，所以投资者一定要注意风尚的转变。

3. 购买艺术品的渠道

一般来说，购买艺术品的渠道有：

（1）古董市场。北京、天津、上海等城市都有古董市场和古玩店铺，不过这需要投资者有较高的鉴别真伪能力，如果鉴别不出真伪，还是尽量避开这个渠道。

（2）拍卖行。拍卖行投资艺术品一般能确保作品的真实可靠性，通过拍卖行的宣传，投资影响也比较大，不过从拍卖行竞价购买一般价格会比较高。

（3）收藏者。有些人因为种种原因想把收藏着的艺术品，换成现金，这就为投资者提供了方便。从收藏者手里购买，价钱会比拍卖行和画廊里的标价要便宜，但仍然不要忘了鉴别。

(4)艺术家或其亲友。这种购买方式一般不容易买到赝品,而且价格也比较合理,能够为投资者接受。

4. 鉴定字画真伪

简单说来,字画真伪的鉴定主要从以下方面着手:

(1)看材质。不同材质的书画作品,特点不同。宋代的书法家多用熟宣,因为它比较光滑。元代书画家则采用生宣。中国早期的书画家绘画多用绢,代表作是南唐宫廷画家顾闳的名作《韩熙载夜宴图》。

后代的材质前代绝对不用,弄清楚材质出现的年代,至少可以排除后代材质伪造前代书画的赝品。

(2)看题跋。题跋多是为了说明该件作品的创作过程、收藏关系或者考证。题跋可以分为:作者的题跋、同时代人的题跋、后人的题跋。

题跋作假一般是伪造名家的作品。作假的手段有两类:完全作假,其中又有照摹、拼凑、模拟大意以及凭空臆造四种方法;另一类是利用前人的书画改款、添款或者割款来作假。

(3)看印章或者签名。印章是艺术品的证明物,书画家以此表示确属自己的作品。许多书画家的多幅作品可能采用的是一枚印章,我们可以通过鉴别印章来鉴别书画作品。

印章和签名都可能伪造,所以投资者要了解闲章、阳文、阴文、材料、篆法等印章知识,对艺术家的签名风格,尤其是其中精细的独到笔法加以辨别,从而提高自己的鉴别能力。

(4)看收藏印。一些名家的作品,被许多名人收藏过,这些名人就会在藏品上盖上他们自己的收藏印,依据这些收藏印也可以鉴定作品的真伪。

但一些收藏家收藏的作品未必就是真品,而且著名收藏家的作品也必然是作假者极力模仿的对象,所以收藏印也不是完全可靠的。

5. 投资装饰两不误——珠宝

珠宝、时装是女士们孜孜以求的对象,珠光宝气平添许多雍容华贵之气,相信爱美的女士们都想拥有珠宝。

在物质生活丰富的今天,有钱的玩家自然可以有许多投资理财品级的贵重珠宝可以选择,但"穷人"的选择也不少。例如一些镶嵌饰物以及工艺品、珍珠饰品、翡翠玛瑙玉石制品等。

黄金有价,珠宝无价。珠宝是自然界中最为稀有的物品之一。一切天然珠宝都是大自然的产物,要经过漫长的地质变迁才能结晶生成,任何一粒珠宝都来之不易。由于珠宝稀有、不易变质、价值稳定并且不断升值,收藏珠宝已经成为越来越受欢迎的一种投资方式。这里简单介绍一点投资珠宝的知识。

宝石包括极品钻石、红宝石、蓝宝石、绿宝石、翡翠、橄榄石等。国际上通用的宝石计量单位是克拉,1 克拉等于 0.25 公克。

钻石主要产于南非;红宝石主要产于泰国、缅甸;蓝宝石主要产于斯里兰卡和安哥拉;绿宝石主要产于缅甸;翡翠主要产于哥伦比亚;橄榄石主要产于缅甸和泰国。

在这六种宝石中,最引人注目的是被称为"上帝的眼泪"的钻石。公元前 800 年左右,钻石首次在印度被发现,最初用于佛像的装饰。17 世纪,荷兰的宝石业者开始着手发展钻石加工业。加工技术提高之后,钻石独特的光泽显现出来了,一跃成为珠宝新贵。19 世纪以后,钻石便被看作是一种值得投资的宝石。近几年,全世界的钻石在戴比尔斯公司的经销商控制下,已经建立了统一的行情表。

钻石的价格因为珍贵而逐年攀升,是一种风险比较高的投资,因为钻石的重量、成色、净度、切割技术不同,价格也有很大差异。

(1)钻石的颜色。钻石的颜色与钻石的等级密切相关。一般以无色透明为上品,无色但透明度稍差的次之,略呈黄色者又次之,呈明显黄色的钻石再次之,呈褐色或者深黄色的钻石品质最次。但是天然出产的钻石中,无色透明的很少,带有黄色、褐色的钻石居多。因为钻石内部含有微量的铁以及碳素粒子。

有一种无色而透着蓝光的"蓝白钻",价值高于无色钻石,尤其是纯净的蓝钻,价格更高。目前陈列于华盛顿史密斯博物馆的"希望之钻"是蓝钻中的极品。

(2)钻石纯净度。纯净无瑕的钻石是上品。不过由于钻石本身是碳素的结晶体,多半含有黑色的碳素粒子,所以多数钻石都存在不同程度的瑕疵。此外,瑕疵还有外部擦痕、崩碴、刻痕,内部的裂痕、白花、黑点等。如果瑕疵在边缘,对钻石的影响就要比瑕疵在中间的影响小一些。

(3)钻石的切割。钻石要经过切割之后才会呈现出光泽,切割加工的高明与否,会直接影响到钻石的价格。目前,荷兰、比利时的钻石切割工艺最为上乘。

传统的钻石切割有 58 个切割面,因为这样最能表现钻石的美丽、透亮。近年来,盛行一种新式切割法,就是把冠面切割得比原来更宽,面尖几乎磨成尖锐的形状。这种切割法比传统切割法更精美,价格也更昂贵。

投资宝石时需要注意:

(1)不要投资稀少昂贵的宝石。这类宝石一般是热炒之中,如果没有足够的资金和把握,最好不要介入。

(2)作为投资,宝石的重量最好在 1～5 克拉之间。

(3)具有升值潜力的某种冷门的宝石也有投资价值。

(4)学会鉴定天然宝石和人造宝石。人造宝石在高温中溶解时,会有气泡产生,宝石中如果有圆形的气泡,一定是合成物。而天然宝石夹杂有其他矿物,即使有像气泡一样的孔,也不是呈圆形的,并且内部还有少许液体。用放大镜观察宝石内部,会发现天然宝石内部有细微的平行线,而人造宝石内部的线是曲线。

(5)索要国际公认的鉴定书。珠宝的价格受到色泽、品质、工艺、重量等诸多因素的影响,因此购买时,一定要索取国际公认的鉴定书,以确保珠宝的价值与品质相符。

当然,投资珠宝的风险是比较大的,所以最好找一位珠宝鉴定专家。

第*16*课

收入不稳，应对有方

随着社会结构的多元化和经济不断发展，越来越多的年轻人加入了自由职业的行列。另一方面，竞争日益激烈和职业的变动，很多家庭面临着收入不稳定的情况，这样的家庭该如何理财呢？下面给这样的家庭提供一些建议。

16.1　设立家庭备用金

人们在生活中，不可避免地要有很多潜在的问题，这些问题可能现在还没有直接影响到生活。但是可能在不久的将来，失业、养老等问题就会不请自到了。

紧急备用金是每个家庭避险的不可或缺的重要手段，是家庭经济中不可或缺的润滑剂和缓冲剂。特别是经济收入来源不很稳定的家庭，保持适度的"现金流"，意义尤为重要。

李女士在北京一家公司做销售，业绩好的时候能挣六七千元，业绩不好的时候每月三四千元，平均每年收入6万多元。李女士的先生是自由职业者，收入非常不稳定，好的时候每月一万，不好的时候颗粒无收。家庭年收

入在缴纳基本医疗保险金、养老保险金后,有 10 万元左右。李女士和先生都参加了北京市的基本医疗保险、养老保险和失业保险。她先生于 2002 年购买了保险金额为 5 万元的新华人寿重大疾病终身保险,交费期 20 年。李女士身体不太好,曾经做过手术,所以没有购买商业保险,家里尚有五万元存款。

针对李女士的情况,可以在家庭存款中分流 2 万元,并每年追加 1 万元,以定活两便存款形式,保持 3 万元常数。在 1 年的家庭消费中,剔除健康投资和意外保障等必须支出,仍有 2 万元左右可供家庭日常消费。应该说,用 2 万元来维持一个家庭一年的消费,还不是很紧,这就为规避风险准备了比较充分的条件。

对于年轻家庭来说,收入来源既有不稳定的方面,同时,又具有很强的再生能力。年轻、知识就是本钱,也正是抗击风浪的基本源泉所在。因此,紧急备用金这一块不能太少,它至少必须保证在失业风险袭来时,全家人半年内不愁吃、不愁穿、不愁用,能仔细挑选一项自己想做,并且收入不薄的工作来做。但同时,这笔钱又不能太多,若这笔钱留得太多了,银行的利息收入当然比不上通货膨胀的速度快,也就是说大笔钱被物价上涨吃掉了,这是很不划算的。

就一般的理财规划来说,最好以相当于一个月生活所需费用的 3~6 倍金额,作为失业、事故等意外或者突发状况的应急资金。

16.2　有备无患,购买保险

对于收入不稳定的家庭来说,保险尤其重要。购买保险可以增强家庭的抗风险能力。如果没有保险,一旦碰到失业或者重大疾病,家庭生活就会相当困难。

科学的保险计划,应该从意外、健康险做起。

1. 健康保险

健康保险是被保险人发生疾病或者分娩以及由此致残、死亡,由保险公司给付保险金或者补偿医疗费用的合同。疾病是导致保险事故的直接原因，因此，健康保险也称疾病保险。保险公司一般对被保险人发生患病发生医疗费用支出、患病不能正常工作而减少收入、疾病死亡、疾病残废等情况承担赔付责任。

随着医疗体制的改革，个人负担医疗费用也在日渐增长，所以收入不稳定家庭要把健康保险列入自己的保险购买计划，及早买一份重大疾病险。在经济条件允许的情况下，购买几份健康类附加险。

常见的健康附加险有两种：附加住院险和附加住院津贴险。如果有医保或者单位能报销一部分，就可以选择津贴类保险。如果没有医保或者单位不报销，就需要选择附加住院险，这样才能达到分摊风险的目的。

2. 意外伤害保险

作为人身的保障，意外伤害保险也需要考虑。意外伤害险是投保人和保险人约定，在被保险人遭受意外伤害并由此致残或者死亡时，由保险公司依照约定向被保险人或者收益人给付保险金的保险合同。具体来说，保险公司一般针对被保险人发生以下两种情况承担给付责任：因意外伤害导致身故、因意外伤害导致残疾。航空人身意外伤害保险就属于意外伤害保险。

除此之外，收入不稳定家庭还可以考虑分红保险。分红险的特点是客户可以与保险公司一起分享分红保险业务的盈余。如果保险公司经营得好，投保人就可以得到红利，即使经营得不好，出现了亏损，也不会影响投保人的收益，起码保单的现金价值是有保证的。所以收入不稳定家庭可以将分红型保险作为增加收入的一个方式。

16.3 计划消费，省钱支招

美国的石油大王洛克菲勒的财富是世人皆知的，他的致富秘诀可以用两个字来概括"勤俭"。当洛克菲勒还是个不折不扣的穷人的时候，有一段有趣的经历。

16岁时，一心想发财的洛克菲勒在报纸上看到一则广告，这是一本有关发财秘诀的书。洛克菲勒喜出望外。急忙按照报纸上所说的地址到书店去购买这本书,但是这本书包装精密,只有付钱之后才能打开包装。洛克菲勒赶紧付钱买下来,然后匆匆忙忙赶回家阅读。没想到,打开之后,书上只有两个字"勤俭"。

洛克菲勒气愤和失望之余,仔细思考为什么作者全书只写这两个字,最终想通了:要致富,确实得靠勤俭。后来他一边勤奋工作一边节约储蓄,最终成为富翁。

当很多人在苦苦寻求致富方法的时候,其实致富的秘诀就在身边,甚至只有简简单单的两个字。所谓"勤俭"就是要勤奋和节俭,一边要努力工作赚钱,一边要节省花费。如果你每个月都入不敷出,当然难以积累更多的财富。

说到花费,每个人都能花钱,但并不是每个花钱的人都"会花钱"。"会花钱"是花了 10 元钱,得到了 12 元甚至更高价值的商品。更有些深谙花钱学问的聪明人,花了 1 元却挣了 100 元。"会花钱"是在不放弃生活的享受,不降低生活品质的前提下,花最少的钱,获得最多的享受。

生活中的每一处细节,"会花钱"的人都会利用得恰到好处,把每一分钱都花在刀刃上。"我有钱,但不意味着可以奢侈"是他们的心态,"只买对的,不买贵的"是他们的原则。这里有几个省钱的招数供大家参考:

1. 团购

张小姐是一个典型的"会花钱"的人。新婚一年多了,那套装修豪华的婚房至今令她颇为得意。

与"懒人们"装修房子时将一切包给装饰公司,然后花上几万元落个省事清静不同的是,张小姐在买材料时全部亲力亲为、不遗余力,并且利用网络网罗了一批有装修打算的人进行团购。她所选择的装修材料 60% 都是通过团购获得的,仅购买材料一项,张小姐通过团购就节省了近万元。

"团结起来力量大"这句话,在团购的过程中得到最佳的体现。可以团购的商品品种五花八门,比如健身器材、笔记本电脑、运动手表、音乐会门票以及安利产品等等。在团购俱乐部的网站上,只要有兴趣,你可以自发组织团购,将团购进行到底。

2. 清理不用的银行卡

银行卡免收年费的时代已成为了历史,王小姐最近拿着一堆银行卡去银行查账,了解家里的财务状况,却发现有几张长期不用的卡因为没有注销,每张卡每年都被白白扣去10块钱。

于是,王小姐回到家对家里的银行卡进行了"大扫除",并且制订了详细的家庭用卡计划——"一户、一借记卡、一信用卡"。所谓"一户",就是一个存款账户。王小姐了解到,工商银行和建设银行都鼓励储户将一些平日停用或者根本不用的借记卡进行销卡,并强调销户后存折仍然可以继续使用。

因此,她着手把家庭的定期存款和大额活期存款都转存在一个账户上,由于账户不经常动用,也不用在ATM上取现,所以只要保留存折就可以,相应的借记卡可以全部注销,省去一笔年费支出。

"一借记卡"指的则是家庭最重要的"理财卡",这张卡目前由王小姐的建行工资卡担任,因为它是家庭主要理财成员,让这张卡尽可能承担大部分的结算功能,比如水、电、煤支付、还房贷等。

另外,很多信用卡都提供免年费的优惠。王小姐把信用卡专门用作消费,同时把贷记卡与借记卡关联,定期划账还款,避免逾期产生罚款,而且刷卡消费所产生的积分还能换成实用的东西。

很多人都不清楚家里到底有几张借记卡,在人生不同阶段,家庭成员可能因为不同原因办过不同的卡,比如念大学时开办的金额不大的储蓄卡、上一份工作使用的工资卡等等,每个人打过交道的银行卡总有几张,你该进行一次家庭银行卡"大扫除",清理不必要的银行卡,从而避免无谓的支出。

3. 计划消费

消费无计划就等于给存款判死刑。每月要根据家中需要制订详细合理的购物计划,甚至要提前将每顿饭的菜单都设计好,并写在账本上。

做好消费计划,需要注意以下方面:

(1)生活必需品:省钱的办法就是明白到底什么是生活必需品。

(2)多变的价格:很多广告,表面上是一个便宜的价格,可是当你真心想去消费的时候,你会发现价格会高出一点。

(3)订阅:如果你要订阅一些网络杂志,在订阅后网站都会让你更新。有时候你会因为是网络的原因而重新订阅一遍,这又是一笔开销。

(4)"包月"陷阱:有时候一些包月收费的项目并不像我们想象的那么实惠,甚至可能多出一些花费。所以在放心大胆地消费之前,一定要了解这个包月项目所涵盖的内容,不然拿到账单的时候一定会让你大吃一惊。

(5)购物错觉:有时候你会很高兴以 7.5 折买一件高档的晚礼服,穿上它,你就像电影明星,但是在买之前你也要考虑好会不会有机会穿上它。有时你可能会被物超所值这样的广告语所打动,但买了之后就会发现这件物品你可能根本用不上。

(6)大量采购的后果:去超市大笔采购商品是无可厚非的,但是别因为贪便宜而故意去采购,要考虑好自己实际的需要,尤其是食品,要知道食品可是有保质期的。

(7)网上购物:网上购买商品如果不合适,你还得专门跑到邮局去退货,万一销售商不换,损失可是你自己的。

4. 只买对的不买贵的

现在很多品种齐全的仓储式商场,以薄利多销为原则,很多商品的价钱都比较便宜。例如,纸巾、牙膏、洗衣粉等日常用品,米面油盐酱醋等厨房用品,扫帚、垃圾筐等清洁用品都很便宜,而"家庭装"的更是实惠又便宜,所以应该多多光顾。

当然,便宜不等于不要钱,如果不做好购物预算,买的便宜东西多了,也就不便宜了。家里确实需要的东西可以买,可要可不要的还是免了。同时还要注意商场的特价,并定期阅读商场的购物快讯。此外,为了避开节日涨价,最好提前购买节日所需物品。

5. 不花光预算

做好提前预算可以避免家庭经济走入困境。每个月月初做好家庭消费预算,将不同用途的钱分开,尽量不要把预算都花光。这样一个月下来,不但可以减少不必要的支出还能省下不少钱。

第三部分

储备生育基金，
转型家庭理财

3

经过了新婚的磨合期，夫妇二人已经基本适应了相互的生活和理财习惯，并且也已经积累了一定的家庭资产，是时候将两人世界转变为三人世界了。随着孩子的到来，家庭理财又进入了一个新的阶段。这个时候的家庭理财可以说更加成熟，同时也面临着更多的挑战，如果处理不慎，可能导致家庭生活的困难，所以这一阶段的家庭理财要以稳健为主，加大家庭财产安全保障体系的力度，尽量避免冒险。

第 *17* 课

储备生育金,迎接新生命

母亲是一个伟大的字眼,母爱是世界上最伟大的爱。从妻子上升到母亲,意味着更多的付出和关爱。在生育成本越来越昂贵的今天,选择了做母亲就要提前做好充分的准备。

17.1　准备足够的生育金,做有远见的准妈妈

据北京市卫生局预测,仅北京一地,2007 年就会有 15 万婴儿出生,远远高于 2006 年的 12.9 万。连日来,北京妇产医院每天要接待 700 名孕妇,是平时的两倍多。沾了一个"金"字的猪娃预示着大把大把的"金子"将流出准父母的荷包。绝大部分人认为"怀孕分娩"将给家庭经济带来巨大影响,那么准妈妈们从怀孕到分娩,生一个宝宝究竟要投入多少?"婴儿潮"又给家庭带来多大的负担呢?

我们通过几个实例来看一下从怀孕到孩子出生到底要花费多少:

1. 怀孕

方小姐是某科技公司职员,怀孕五个月,原本以为孩子出生前开销不会有多大,谁知翻出存折一看,杂七杂八的钱已经花了一万多元。

方小姐和丈夫为了保险,曾经特意到医院做了一个孕前检查,一次400元。怀孕后她每个月都要到医院检查一次,基础检查花费倒不多,挂号5元,血检尿检每项10元左右,一次30多元。

准妈妈的花费一般就是四部分:孕妇身体检查、孕妇衣服、各种补品以及交通费用。方小姐最大的开销在衣和行上。由于她每天都得面对电脑,所以特地买了防辐射孕妇装,一件最普通的就要600至800元。随着怀孕时间的增长,方小姐得买专门的孕妇装,还得考虑换季,每种至少得准备两套替换。一套普通的孕妇装300元至400元,买齐了就得4 000多元。

由于方小姐家离单位比较远,丈夫没时间送她,家人一再叮嘱,出去一定别挤公交车,所以方小姐只能每天打的上下班。一天上下班的车费就是70多元,平时出门、到医院也不敢坐公交车,两个月下来打的差不多花了4 000元。

仗着年轻身体好,方小姐对吃的还不是太讲究,基本上没买其他的补品。固定的食谱是,250毫升的牛奶每天两盒,每天两个鸡蛋,餐后加上水果,全部加上才20多元。

孩子还没有出生,方小姐就已经花了1万多元,这笔钱对于刚工作两年的小两口来说不是小数目,多出来的部分,只能靠家里人贴补了。

2. 孩子出生

恐怕所有的"准妈妈"和已经做了妈妈的人都会有这种感觉:"现在生一个孩子太贵了!"20世纪六七十年代生个孩子只要几元钱,80年代四五十元,90年代则要两三千元,现在已上涨到四五千甚至好几万元。短短20年的时间,生育成本就已经上涨了100倍。

谢女士是一位私企业务主管,和大多数高龄产妇一样,谢女士的开销远远高过了20多岁的"准妈妈",除了"打底"的1万多元,她还有不少特殊项目。

由于年纪偏大,为了保证更充分的营养,她要补钙、铁和各种维生素等。市场上三四千元的专门针对孕妇的营养品,她都买了,光180元一罐的孕妇奶粉就买了10罐。

怀孕三个月,谢女士就开始体检,每次检查的费用在100元左右。怀孕四五个月时,检查一次费用为30元。怀孕7至8个月后,她每周都要到医院检查一次,32元/次的胎心监护、33元/次的脐血流检查都是必需的,还有B超,一次要近百元。由于怀孕期间怕胎儿缺某些营养,她曾不止一次抽血做微量元素检查。

因为谢女士30多岁才生孩子,属于高龄产妇,担心有生育危险,所以提前两周就住进了专门的妇幼医院,让医生监控胎儿和母亲的身体状况,指导她进行活动并让专门的营养师提供每日的饮食安排。这样一来,每日所需的花销就在500～600元左右。

分娩时,她剖腹产住了5天院,花了5 600元。其中手术费是2 400元,其余主要是药费、大人孩子的护理费,每天在五六百元。婴儿出生后,每天都送去游泳、洗澡、按摩,一套下来接近50元。

一般而言,顺产的费用低于剖腹产,但在不少大城市很多准妈妈都选择了剖腹产,生育开销自然就水涨船高。把这些费用都加起来,谢女士生宝宝共花了36 000元。

总的来说,如果在公立医院顺产,门诊费、住院费、治疗费加起来需要5 000元左右。另外为新生儿拍照(300元左右)、印脚印(300元左右)、制作胎毛笔(800元左右),共计约1400元。

如果是剖腹产,门诊费、住院费、治疗费、药费和其他费用加起来需要7 000元左右。如果提前半个月住进医院,总花费将达到九千多元。

3. 0岁宝宝的养育

好不容易把宝宝生下来了,尚属0岁的宝宝花费也令人咋舌。

赵女士是一位高校教师,孩子才7个月大,却几乎掏空了全家的银子。从孩子出生前三个月,赵女士一家就开始准备孩子出生后所需要的各种物品,大宗的就是婴儿床、婴儿车,这两样一般价格在五六百元,高的则要两三千元。只有一个孩子,当然要买好一点的,结果光这两项就花费了4 000元。

除此之外,还有奶粉、奶瓶、婴儿衣服、婴儿被、洗澡盆、沐浴液等,即便选择较便宜的。买齐这些婴儿用品至少也得1 000元左右。除了用的,还有吃的。婴儿奶粉价格可不便宜，尤其是进口奶粉，而且正处于成长阶段的婴儿食量非常大。

赵女士还得带宝宝进行定时的身体免疫、打预防针，再给孩子买个教育保险，一年需要花费2000多元。由于没有经验，她找了一个资深的月嫂，每月3500元，休完产假后又找了个保姆，每月1200元。总计花费达到两万元。

要知道，女性的生育能力从27岁时开始下降，34岁时，怀孕几率已经降到20％，即使怀孕，也有15％的流产几率。35岁以后，生育能力就开始急速下降，40岁以后，生育能力就进入极度恐慌的阶段，44岁时怀孕几率已经降低到仅有5％，怀孕的流产几率也往上提升到35％。而且不管之前是否生过小孩，同样的年龄，都要面对同样的几率。因此，直到30岁左右才开始考虑要孩子的职业女性们，在孕期和生产时，不得不为自己和孩子的身体安全支付出更高额的费用。

如果只是养大一个孩子，对于城市里的知识型母亲们来说，显然是不够的。她们希望孩子赢在起跑线上，而这些用来栽培孩子的后续花费，根本就是无底洞。从孩子牙牙学语开始，头疼的事情一件接一件：请什么样的保姆？是否需要上双语幼儿园？全托还是日托？几岁开始进行智力开发、兴趣培养？学钢琴还是练书法、上什么样的小学、报什么样的补习班等等，并且还要操心孩子的安全问题、健康问题、饮食问题、成长问题……而每一个问题都离不开金钱的支持。

面对巨大的经济压力，不少家庭只能忍痛将生孩子的时间推后，直到时间和年龄告诉他们不能再等待为止。物质水平在不断提高，物价在不断上涨，生养孩子的成本在逐年提高，所以想做母亲的女性一定要提前做好充分的经济准备之后再要孩子。

17.2　巧选婴儿用品

现在绝大多数家庭都只要一个孩子，所谓的"4＋2＋1"模式，就是说全家七口人，只有一个孩子，自然是当作宝贝一样来宠爱，吃的、穿的、用的，当然都要最好的。

有数据表明,国内婴幼儿用品市场年规模超过1 000亿元,但是多数都落入了国际婴幼儿用品巨头手上。原因就在于很多人都认为国外进口的婴儿用品和婴儿食品一定是最好的,于是只买进口的。

一方面现在市场细分,婴幼儿产品分类越来越细化,无形之中增加了很多支出;另一方面商家也抓住了家长"贵的就是好的"心思,提高价格。在婴幼儿用品行业中,利润最高的是服装、图书音像以及保健品等产品。服装的利润率基本能达到40%,而图书、保健品的利润率因产品不同存在着比较大的差异,大致为10%～40%,奶粉、辅食、洗护用品和童车童床的利润率最低,大致只有5%～10%左右。

张女士曾经就在选购婴儿用品上走了不少弯路。34岁的时候她生了女儿,视如珍宝。从怀孕四五个月,她就开始为宝宝置办家当。开始当然是认为贵的比较好,选购婴儿衣服一定要纯棉、做工好、款式好,宝宝穿着舒服、漂亮的。她只选米奇、小汽车、宝贝兔、小猪班纳、巴布豆的小孩衣服,那些小厂的、杂牌子的产品根本不看。这些名牌的宝宝服装当然比大人衣服还贵,一件婴儿连体服都得一二百块,而且孩子长得很快,这些衣服穿不了几天就小了。女儿稍大一点,张女士就给女儿买短款上衣和背带裤,宝宝穿上当然漂亮,不过短款上衣会使宝宝的小肚子暴露在外,很容易着凉;背带裤穿脱不方便,宝宝经常尿湿了。有了这些"教训",张女士买东西就谨慎多了,还总结出了一点经验:

1. 买打折名牌

别等到要穿的时候才买,有钱买个"半年闲"不失为上策。每年百货商店都削价处理一些婴儿用品,把握住这个机会,去采购令你满意的婴儿用品,总计下来孩子的总花费就会减少10%～50%。

例如买宝宝的服装,最好事先看好宝宝真正需要的服装,趁商家"狂甩",该出手时就出手。不要因为便宜、好看,给宝宝买一年只穿一两次的衣服。折扣低的名牌并不比一些杂牌的贵多少,质量还有保证,宝宝穿着舒服。

2. 少买类似的玩具

现在的玩具琳琅满目,应有尽有。买一两件适合宝宝年龄段的、培养某一能力的玩具即可。买一些质地好的、功能齐全的玩具,表面看起来可能贵一点,但比买一堆只能玩一两次的玩具要划算得多。有些玩具可以用常见的物品代替,比如,让十个月的宝宝动手,你不必买专用玩具,找个质量好的小塑料瓶,让宝宝试着把盖子拧开、盖上;找个大口的瓶子,让宝宝把小球一个个放进去……

3. 抵住推销诱惑

无论售货员怎样"煽情",都要保持头脑清醒,以免买了之后后悔。

女儿一岁时,张女士耐不住售货小姐的热情推荐,花一百多元买了一个用于训练幼儿喝水的杯子,可女儿根本不用,反而拿它满地洒水。在孩子眼里,它跟地摊上花两块钱买的喷壶没什么两样,最后还是用普通的水杯学会了自己喝水。

4. 不带过多钱出门

不想买东西时不要带信用卡出门,据说它使持有者至少比用现金购物时增加10%的购买欲。所以衣兜中不要带过多的钱,够紧急开支即可,以控制自己乱花钱。

不可否认,进口婴儿用品的品质的确经过了时间的检验,但是价格也不菲。虽然现在生的都是独生子女,但实在没有必要"只选贵的,不选对的",白白增加过多的生育开销,比如一些婴儿用品,只能用数月,因此只要实用安全即可,大可不必购买过于昂贵的。

每天都有大量的广告刺激人们去花钱,作为一个比较富有的阶层——白领妈妈,自然也逃不过消费的宣传和影响,为生养孩子花费了许多钱。虽然你的收入足可以抚养孩子,但花的毕竟是自己一点一点赚来的钱,而且随着孩子一天天长大,所需要的花费,尤其是教育经费会越来越多,所以只要不影响孩子正常成长,能省还是尽量省一点。

白领妈妈如果经常运用这些理财之道,那么你的孩子在你的熏陶之下,也会成为出色的理财高手。

17.3　降低生育风险

目前,全国许多地方都启动了职工生育保险,生育保险待遇包括生育津贴、生育医疗待遇和计划生育手术待遇3个部分。在生育津贴方面,除女职工可享受生育津贴外,男职工在配偶生育后,若符合计划生育晚育政策规定并领取"独生子女父母光荣证"的,还可享受一定的护理假津贴。据测算,女职工生育,人均可以按规定领取生育津贴约5 500元,男职工在配偶生育时,人均可以按规定领取护理假津贴约400元,而保费则由单位缴纳。

职工享受生育保险待遇,应符合计划生育的相关规定,且用人单位连续为其缴费6个月以上;如果职工在参加生育保险后失业,在领取失业保险金期间符合计划生育规定或实施计划生育手续的,可以按照相关规定享受生育医疗待遇。

生育是女性一生中所要遇到的重大风险之一。虽然现在的医疗技术水平较之过去有了很大提高,但是每个人的身体状况不同,为了将风险降到最低,没有购买生育保险的"准妈妈"还是需要提前构筑安全屏障。

孕妇核保是很严格的,而且保费比普通人高,要防止生育期间的风险,投保需趁早。一般怀孕28周后投保,保险公司不予受理,要求延期到产后8周才能受理。怀孕28周后,原则上不受理医疗保险、重大疾病保险以及意外险,只受理不包含怀孕引起的保险事故责任的普通寿险,且在投保时需进行普通身体检查。例如中国人寿对怀孕超过12周的就不予受理;金盛人寿则以32周作为分界线;平安则取消了这一时间限制,仅规定孕妇投保人身保险累计保额以不超过30万元为限;友邦接受怀孕2个月内的孕妇投保寿险、意外险等险种,而对于孕期其他疾病的保险须在怀孕前投保,若已怀孕,则需等到产后2个月才能投保。

现在不少公司都推出了能覆盖妊娠期疾病的女性健康险,保障生育期间的风险。对"准妈妈"来说,最好在怀孕前就去投保女性保险,以便保障期涵盖妊娠期,而不是等到怀孕后,才匆匆忙忙去买。

购买孕期保险一定要注意对新生儿先天性疾病的保障部分。由于目前高龄产妇增加,女性工作压力大增和环境等因素的影响,新生儿出现先天性疾病也比以往更为常见。一份完善的母婴险必须要考虑到新生儿先天性疾病导致的孕妇被迫中止妊娠、新生儿死亡等风险,同时,也要为新生儿先天性疾病救治提供一定的保障。

除此之外,"准妈妈"还可以考虑购买意外险、寿险和重大疾病险。

1. 人身意外险

人身意外保险,又称为意外伤害保险,是指投保人向保险公司交纳一定金额的保费,当被保险人在保险期限内遭受意外伤害,并以此为直接原因造成死亡或者残废时,保险公司按照保险合同的约定向保险人或收益人支付一定数量保险金的一种保险。

这里所说的意外是指突然发生的,被保险人事先没有遇见到伤害的发生,包括两种情况:一是被保险人事先无法预见伤害的发生;二是被保险人事先能够预见到伤害的发生,但是由于疏忽而没有预见到。意外险的额度一般为年收入的8~10倍。

2. 人寿保险

购买寿险能够转移风险,风险的实质是意外伤残、疾病、亡故等一种不可预知的损失,而保险公司的功能就是接受人们转移的风险,这些风险对于个人来讲是不可预知的,而对于保险公司来说却是可以控制在一定范围之内的。长期人寿保险合同本身便是一种有价证券,它具有退保现金价值,可以用来抵押贷款。另外,一份具有投资理财功能的长寿险种在达到给付期时,还能得到一份投资理财收益。因此,人寿保险是一种比较稳妥、安全有效的长期投资理财方式。

人寿保险的保险金受益人顺序是:指定受益人,后继指定受益人,被保险人的法定继承人。人寿保险的给付方式为:一次性支付现金方式;利息收入方式;定期收入方式;定额收入方式;终身收入方式。

尽管各家公司的条款、各种费率都是经过中国人民银行审核批准的,但还是有很大差异。例如领取生存保险金,有的三年一领,有的五年一领;有的防七种大病,有的防十种大病;有的保到70岁,有的负责终身;有的到期还本,有的分文不退。所以一定要弄清楚再投保,切忌保单收到了还不清楚。人寿保险有许多费用,例如,危险保费、核保费、出单、佣金等都集中在头几年里,所以头几年现金价值往往较低。

3. 大病保险

传统的大病保险集大病、身故保障功能于一身,对人生无法掌控的疾病与身故,有强大的保障功能。在保障额度及交费期相同情况下,年龄越小,所交保费越少,保障期越长。

许多人不知道到底是选传统的大病保险还是分红型大病保险。我们以30岁女性,选择同一保额,购买平安保险公司的传统大病保险和分红型大病保险方案为例,看看它们之间有什么区别:

投保年龄	险种组合及保额	年交保费	交费期保险期	总保费累计		保险利益
				最少交付	最多交付	
30岁(女性)传统类	险种:康瑞终身重大疾病保险 保额:20万元	7 480元	20年终身	7 480元	14.96万元	20万元 大病或身故保障
30岁(女性)分红类	常青树组合: 鸿盛(2004)鸿盛提前给付 保额:20万元	8 360元	20年终身	8 360元	16.72万元	20万元 大病或身故保障＋保单红利

假设未来每年的红利率均为3%,则客户80岁时,累积红利为29.8 665万元。

可以看出两者的区别主要在于保费和红利,如果选择分红型大病保险20年则要多交保费1.76万元,但是分得的红利要远远大于这个数字。选择传统大病保险当然不用多交保费,不过也没有红利。到底选择哪一种大病保险,还是要根据自身情况和喜好来选择。

值得提出的是,一般而言,普通寿险、意外险和重疾险都明确地将怀孕引起的各种事故和疾病列为责任之外,只受理不包含怀孕引起的保险事故责任的普通险种。而且,怀孕引起的意外界定也比较困难,所以,已经购买了以上保险并不一定能获孕期保障,还要补充购买生育保障类险种。目前市面上销售的生育保障保险大体上分为独立销售的短期产品、主险附带生育险保障、附加在女性保险上的附加险三种。这三种基本上都涵盖了以上的两项重要保险内容，无论是对人身意外还是母婴健康都提供了一定的保障。

另外，津贴型住院医疗保险也可以考虑。津贴型保险指保险公司按住院天数每天定额给付被保险人津贴的医疗保险，与社会医疗保险的报销没有任何冲突。这类保险对补足社保不给报销的药费或住院期间的误工费十分有用。对于身体状况不是很好的准妈妈而言，报销型住院医疗保险也未尝不是好的选择。此类保险主要可以补偿住院期间的各种医疗费用。需要注意的是，报销型保险的范围通常是在社会医疗保险规定的报销范围内，其报销额度与社会医疗保险报销额度密切相关，即两者之和不能超过实际住院合理费用。

第 *18* 课

投资孩子，未雨绸缪

从毫无意识到长大成人，孩子成长的过程是漫长的，也是甜蜜的。在这个过程中，父母需要投入更多的精力和金钱。可以说对孩子的付出，也是一种投资，投资的回报就是孩子能否德才兼备。为了获得这种回报，父母不光要在衣食住行上关心孩子，还要加大教育投资力度。

18.1　给孩子一道安全屏障

对于年轻的爸爸妈妈来说，孩子的到来给全家带来了无尽的快乐，但同时也带来了很大的压力，宝宝的健康、教育等诸多问题接踵而至。"上有老，下有小"，同时还可能面临买房、充电等方面的支出，应付起这方方面面的压力经常显得捉襟见肘。在这种情况下，给小宝宝购买一些合适的保险，会是一个不错的选择。这些保险会给孩子快乐健康地成长带来一些保障，使孩子在生病时能得到更好的治疗，受教育时可以享受到相应的教育保险金，也能让身为人母的你多一份放心。

给孩子买保险需要等到孩子出生 30 天以后，险种主要有意外险、重大疾病险、教育金储备险等。

1. 购买保险需注意

给孩子购买保险,需要遵循以下原则:

(1)购买少儿险之前先考虑自己的保障是否足够。

(2)意外险、重疾险、教育年金险,即使每个险种的保额低一些,也要尽量买全。

(3)定期找寿险规划师帮助整理孩子的保单,保险公司的产品在不断完善,家庭的财务状况也在不断改变,根据新的情况调整保险规划可以获得更多的好处。

(4)买保险不要一味贪便宜。事实上,所有的产品都是经过保险公司精算部门精心设计并且通过保监会审批的,价格的差异主要是保障范围不同所致,应该结合家庭经济状况选择最适合的保险。

按照"先近后远,先急后缓"的原则。少儿期容易发生的风险应先投保,例如少儿易发生意外磕碰和疾病等;而离少儿较远的风险就后投保,例如养老险和投资险等。在大多数情况下,我们为孩子购买保险时都想一次性买全了,其实这是片面的,因为保险也是一种消费,也会根据具体情况而发生变化。

2. 投保种类

针对孩子的保险主要有以下一些:

(1)健康保险。孩子刚出生时,自身具有一定的免疫能力,能抵抗大部分的病毒,一般在6个月之内不太容易生病,父母不用急着给孩子买保险。不过,随着时间的推移,超过8个月后宝宝的抵抗力会下降,到时候比较容易患感冒、发烧、腹泻甚至肺炎等疾病,医疗保险就很必要了。

目前,重大疾病有年轻化、低龄化的趋向,重大疾病的高额医疗费用已经成为一些家庭的沉重负担。按照我国目前的医疗制度现状,少年儿童这一年龄段基本上处于无医疗保障状态。因此,利用保险分担孩子的医疗费支出就成为投保儿童保险所要考虑的重要因素。重大疾病险投保年龄越小保费越便宜。

孩子感冒发烧住院已经司空见惯,积累下来,花费也不小。因此在考虑购买险种时,可以买点附加住院医疗险。这样,小孩万一生病住院,一些医疗费用还可以报销，并获得 20～50 元/天的住院补贴，还是很划得来的。

为了方便保险公司理赔，父母一定要注意保存好孩子的初诊病历，这是保险公司判断发病时间、发病原因、是否有病史等赔付因素的重要资料之一。此外，看病期间所有的医院发票、收费单等原件也需保存完整，如果孩子住院了，还需保存好住院小结、收费清单的原件。若父母需要原件作其他用途，保险公司在赔付后也可退回原件，但会在原件上标明已赔付额度。

年轻的父母们还要注意，孩子的医疗保险分为两种类型：一种是补偿型，以实际发生的全部费用为赔付上限，不会重复赔付，这类保险同时购买多份意义不大；另一种是根据诊断书赔付的大病险，只要证实孩子确实患上保险范围内的疾病，保险公司就会赔付相应的额度，这是可以重复赔付的，可购买多份。

此外，爸爸妈妈们在考虑给孩子买商业保险时，也可以参加由社会公益组织和政府机构提供的少儿医疗保险。举例来说，上海地区主要有两种社会公益组织和政府机构提供的少儿医疗保险：

一种是由市红十字会、市教委、市卫生局举办的少儿住院医疗互助基金，属于社会互助性质的补充保障制度，由红十字会少儿住院医疗互助基金管理办公室负责日常管理。每年交费 60 元，孩子生病住院时，将直接由医院从中扣除 50％的费用，个人只需自付 50％。一般准妈妈们在社区医院产检时医生就会提醒参加，孩子满月后报上户口就可加入。

另一种是由政府统一制度、统一政策、统一监管的少儿学生基本医保制度，属于社会保障性质的基本保障制度。主要是将住院和门诊大病列为保障内容，化解大病重病风险。参保对象为具有上海市户籍，年龄在 18 周岁以下的人员，年龄在 18 周岁至 20 周岁在各类中等学校（含高中、中专、技校、职校和特殊学校）就读的在册学生及年龄在 20 周岁以下的复读生等。此外，经上海市人事部门批准、持有《上海市居住证》的来沪工作人员的适龄子女，以及符合本市公安部门的有关规定，父母一方是本市户籍，目前尚未报入上海市户籍的学龄前婴幼儿也可参照参加少儿学生基本医保制度。

保障对象发生的住院医疗费用，以及白血病、血友病、再生障碍性贫血、恶性肿瘤放疗和化疗、肾移植前透析治疗和手术后抗排异治疗等专科门诊医疗费用,由保障基金支付50%。

凡参加少儿住院医疗互助基金的对象,发生的住院和门诊大病医疗费,先由少儿学生基本医疗保障基金报销一半,其余医疗费用由少儿住院医疗互助基金给予支付。

(2)意外伤害险。儿童自制能力差,活泼好动,好奇心强,发生意外的可能性大。据一项调查显示,意外伤害已经超过疾病成为儿童健康的头号杀手。

据统计,孩子在婴幼儿阶段自我保护意识比较差,基本完全依赖于爸爸妈妈的照顾和保护;孩子在上小学、中学阶段,要负担照顾自己的责任,但作为弱小群体,为了避免车祸等意外,父母可以酌情为孩子购买意外伤害类险种,一旦孩子发生意外,可以得到一定的经济赔偿。这一类的保险一般都不贵,一年仅需要几百元,各保险公司都推出了相应的险种。

(3)教育保险。孩子的教育是一个很重要的投资,因此保险市场上"子女教育婚嫁备用金保险"是一个比较受欢迎的险种。这类保险主要针对宝宝的教育和成家立业所设立,只要缴纳相应的保费,就可以保证在宝宝成长的不同阶段领取小学教育金、中学教育金、大学教育金和婚嫁备用金。目前爸爸妈妈花在宝宝教育上的费用不断上涨,有选择性地购买这类险种可以在一定程度上减轻经济压力。

越来越高的教育支出,不可预测的未来,都给父母一份责任,提前为孩子做一个财务规划和安排显得非常必要。以购买保险的形式来为子女筹措教育费用,购买保险要按时缴费,这无疑是一种强制性储蓄。一旦父母发生意外,如果购买了可豁免保费的保险产品,孩子不仅免交保费,还可获得一份生活费。

由于目前不少保险公司推出的教育型少儿险都将教育基金与子女身故保障设计在一起。相比储蓄等单纯的投资渠道,购买教育型少儿险更多了一层保障功能。

需要提醒的是,一般合同生效后,医疗险会有至少1个月的等待期或观察期,意外险会有90～180天不等的等待期,在此期间内发生的医疗事件或意外事故,属于合同免责范围,保险公司是不赔的。

虽然保险有种种好处,不过也不是所有的保险都是真正为客户着想的。现在市场上有一些三年一返还或五年一返还的险种,有的父母觉得一直有返还,好像很划算就买了。其实羊毛出在羊身上,拿来拿去客户始终拿的是自己的钱。

例如,有这样一个险种,0岁儿童保费每年4 200元,交20年,总交费:4 200元×20年=84 000元。合同生效两年后,每隔两年就可以领取3 000元的现金,到孩子五十六岁的时候共领回28次×3 000元=84 000元,也就是说孩子要到五十六岁的时候才能拿回本钱。算来算去只不过是把自己的钱推迟了很多年才领取,孩子五十六岁以后领取的钱,才能算做是利息,这期间还要承担货币贬值和孩子意外去世的风险。

此外,购买保险时,还需要警惕"分红"陷阱。通常分红险并不会每年都分红,就算有分红,也和银行利率差不多。"分红"这两个字听上去很有诱惑力,但往往当投保人拿到分红的单子时会大吃一惊,感觉上当受骗了。一般这样的险种假定的红利会有高、中、低档等几种,那一串串的字符和数字会令很多投保人头晕眼花、看不太懂。而有些业务员常常只说高档情况下的分红会如何高,其实一般客户是不可能拿到。所以年轻的父母最好不要对分红期望太高,买保险是买保障,不是作投资,不要被保险公司计划书中的红利所迷惑。

有的年轻父母会在保险代理人的推荐下为孩子买终身保险。实际上,这些险种通常要等到孩子55岁或60岁后才能拿到保险金或合同到期,实在太遥远,而且要冒货币贬值的风险。而孩子长大后自然有能力给自己买保险,所以父母没有必要给孩子购买寿险。

各个家庭的情况是不一样的,孩子的具体情况也千差万别,为孩子投保还是要根据各自的实际情况进行选择。目前,各大保险公司都专门针对孩子设计了许多条款:有中国人寿保险公司推出的国寿少儿英才保险、国寿少儿两全保险,泰康的世纪之星两全保险,友邦金色年华两全保险,平安世纪星光少儿两全保险,太平锦绣前程少儿保险等等。这些保险都有自身的特点和侧重点,爸爸妈妈可以根据自身的经济能力和需要选择最适合的保险。具体内容可以登录各家保险公司网站或是打客户服务电话进行查询,寻找适合自家孩子的险种。

18.2　增加教育投资

最新的理财观念告诉我们:"富"孩子就是今天为孩子的明天做准备、对未来教育和创业的资金准备有预期;而"穷"孩子,就是只有眼前、没有对孩子未来的长远规划,安排实施"富孩子"计划无疑会为孩子日后的发展提供资金上的保障。因此,如何准备好各项资金,使孩子在成长的道路上免受缺乏资金的困扰,已经成为现在父母们的心头大事。

大家都知道,保持了很多年"世界首富"头衔的微软公司总裁比尔·盖茨。1999年1月,他拥有的微软股票是10亿股,占微软总股份的19.8%,市值接近1 000亿美元。盖茨之所以能有今天的成就,与他的父母舍得投资教育的理念有很大关系。

1967年盖茨的父母做出了一个影响其一生的决定,没有送盖茨到他姐姐就读的公立中学,而是送他到西雅图一所收费最高的私立男生预科学校——湖滨中学。这所学校学风浓厚,教学严谨,实际上是一所贵族学校,每学期学费高达5 000美元。

比尔·盖茨进入湖滨中学读书的时候,正是美国致力于把卫星送上月球、计算机技术飞速发展的年代。学校做出了一个对盖茨的未来具有重大意义的决定:让学生涉足计算机这个令人兴奋的新事物。于是湖滨中学成为了当时美国最先开设计算机课程的学校。

由于当时的计算机非常昂贵,虽然学校是很富有的私立学校,但也无力购买只有政府、大学和大公司才能买得起的价格在百万美元以上的计算机,只好买了一台价格相对便宜的电传打字机。如果付费,使用者可以在电传打字机上输入指令,让它通过电话线与一台PDP-10型微型计算机联网。PDP-10型微型计算机是数据设备公司生产的系列产品中一种非常著名的机型,可以说这台机器为盖茨成为世界软件大王奠定了基础。

当时,这台 PDP－10 型微型计算机属于通用电气公司所有,该公司按照学校学生使用计算机的时间向学校收费,每小时 40 美元,这笔费用在当时是相当高的。为了支付孩子们使用计算机的费用,盖茨母亲玛丽以及湖滨中学母亲俱乐部的一群妇女举办了一次拍卖活动,这次拍卖筹集了 3 000 美元,勉强可以支付一段时间的开支。

20 多年后,盖茨在他的《未来之路》一书中写道:"使一帮十几岁的少年迷恋于一台计算机,这原是湖滨中学母亲俱乐部的主意。那时,我正在该私立学校上中学。这些母亲们决定,应该把一次义卖捐献物所得的钱,用来为学生们安装一台终端机,并为他们付计算机机时费。还在 20 世纪 60 年代末的西雅图,就让学生使用计算机,这是一种相当令人惊讶的做法——对此,我将永远怀抱感激之情。"

比尔·盖茨和他的小伙伴们在计算机世界里发现了一个广阔的迷人的新世界,这个世界像磁石一般吸引着他,以致他把自己业余时间的大部分都投在了这个世界之中。盖茨整天整夜把自己关在计算机房里,在里面反复摆弄,操作机器,一干就是好几个小时。他沉溺于其中,完全忘记了外面的世界,这也使得母亲所筹集的 3 000 美元很快就花完了。

学校要求学生父母帮助支付欠通用电气公司的越来越大的计算机使用款项,虽然家长们弄不清楚这台像电冰箱一样大的机器为什么会对这几个孩子产生那么大的诱惑力,但教育第一的理念使他们舍得投入支付这笔昂贵的并不理解的费用。恰恰是这种对教育支持的理念,无意间造就了世界软件的"巨无霸"。

投资教育的回报是丰厚的。曾经是受帮助者,十几年后却成为帮助者。1986 年,盖茨和与他同在湖滨中学计算机旁成长起来的好友也是合伙人艾伦,一起捐赠 220 万美元给湖滨中学,建立了一个科学和数学中心。

对于不少家庭来说,子女教育是比个人消费更重要、投入更大的部分。在这个财商盛行的时代,父母养育孩子的观念早已不再被简单地定义为将其抚养成人,更重要的是要为孩子的长期发展提供一个良好的环境。

生活水平在不断提高,大多数的家庭只有一个孩子,家长自然舍得给孩子花钱。那么为孩子花钱,怎样才算花得合理、有效? 为了实现给孩子的投资取得事半功倍的效果,家长应考虑如下一些投资范围:

1. 娱乐投资

为婴幼儿期的孩子花钱,首先应该考虑娱乐性,包括带孩子去公园、动物园、游乐场,以及看演出和旅游等。只要能使孩子获得健康快乐的体验,钱就花得值得。

2. 智力投资

智力投资是对孩子进行早期教育,有助于开发孩子智力。例如给婴幼儿期的孩子买一些启蒙型的玩具、识字画片,给稍大些的孩子购买图文并茂的知识智力类书刊,以及跳棋、象棋、地图、地球仪等。有条件的家庭还可以购买有科教内容的音像制品。

3. 美育投资

让孩子从小接受美的熏陶,给胎儿买胎教音乐磁带,给幼儿买电子琴。在家庭经济条件允许的情况下,根据儿童的兴趣和天分可以给其买喜欢的乐器,经常带孩子参观绘画、雕塑、摄影等展览等。

4. 体育投资

为使孩子体质健康、身姿优美,可以购买与孩子年龄相适应的体育器械,如皮球、跳绳、羽毛球、拉力器、足球、篮球等。

5. 劳技投资

为从小培养孩子爱劳动的习惯和劳动技能,可以给幼儿买小水桶、小铁铲等。

当然,随着教育成本的不断提高,很多家庭把为自己孩子准备教育金作为一件大事来抓。除了传统的储蓄,教育保险也可以作为储备教育基金的一个不错的选择。教育保险具有储蓄、保障、分红和投资等多项功能,并且由于育儿资金拒绝风险,因而显得较为稳定。

孩子不光要有一个健康的身体,还需要有智力、性格、能力等全方面的发展,所以对孩子的早期投资是值得的。

第19课

遭遇失业,从容应对

当我们对"下岗"一词不再陌生,当跳槽、职业空白期司空见惯,我们就不会再对失业惊慌失措了。但这并不意味着忽视它,而是要有危机意识,提前做好财务准备,以应对无收入期,并积极实现再就业。

19.1 防患于未然,提前做好准备

本来夫妻二人都有工作,收入足够维持生活,并且还能生活得很惬意。但是"天有不测风云,人有旦夕祸福",社会竞争是激烈的,如果事先不做好充分的准备,一旦夫妻中的一人失业,或者俩人都失业,恐怕就会措手不及。

董小姐和丈夫一年前在市郊买了一套30多万元的房子。新房首付6万元、贷款25万元,10年期,月供3000多元。虽然夫妻俩每月收入只有不到六千元,但是手里还有六万多元的存款,所以觉得供房压力不是特别大。然而,就在夫妻俩准备要个孩子的时候,董小姐所在的公司破产了,家庭收入骤降两千。如果每个月的还款跟不上,不仅房产证拿不到,就连首付的几万元房款也会泡汤,夫妻俩一下子陷入了困境。

古人说:"人无远虑,必有近忧。"随着人们工作的流动性越来越大,"中

途失业"情况已经越来越多。每个家庭都应该提前做好工作空白期的财务安排,认真做好理财规划,以便在突发事件来临时从容应付。

就目前的人力市场情况来看,一旦失业,等待下一个工作、暂时没有收入的时间最起码要 6 个月,所以最好准备相当于一个月生活所需费用的 3～6 倍金额,作为失业、事故等意外或者突发状况的应急资金。

要准备六个月的生活费,最好每个月领到薪水,马上拿出 20％存起来。无论收入多少,必须有一笔钱固定用于储蓄。

除了要做好预先储蓄准备意外,还需要加强保值性投资。可以通过增加固定收益工具如银行定期存款、债券、债券基金、保本基金等的投资比重来实现目的。其中,保本基金因为具有投资金额较低、专业经理人管理操作等好处,与直接从事债券投资相比,门槛降低很多,加上目前实质收益率也可维持在银行定期存款利息上,所以成为目前热门的投资工具之一。

19.2　紧缩开支,合理消费

在人力市场竞争激烈的情况下,遭遇失业,找到新的工作"开源"不是短时间可以实现的,尤其对于已经有了家庭负担的女性来说,所以这时候就要尽量减少负债,合理消费。

负债包括房屋贷款、汽车贷款、信用卡与消费性贷款等。家庭或者家庭可承担的负债水准,应该是先扣除每月固定支出所需以及储蓄数额之后,剩下的可支配所得部分。偿还债务的原则是优先偿还利息较高的贷款,目前各项贷款利率以无担保信用贷款最高。例如信用卡的循环利率大都在 10％左右,小额信用或者消费性贷款平均也都接近 10％。如果能先偿还这部分高利率的负债,等于减少了一大笔支出,在需要开源节流的时候等于多了一份收入。

合理消费的目的是减少不必要的开销,保持手头的现金流量。减少开销首先要记录每笔支出,坚持这样做一周,看看到底花了多少钱,就可以意识到买了些什么,而且会再检查是否需要这些东西。购物的时候尽量使用现金,通常情况下,支付现金能够减少20％的开销。当我们用信用卡或者支票买东西的时候看到的只是数字的变化,但付现金的时候,才会清楚感到花得太多了,所以使用现金能够在一定程度上减少购物欲望。

没有经过48小时以上的思考,就不要花超过1 000元的钱。当然,最重要的是减少冲动性购买,因为商家总是在刺激冲动消费。

以下几种方法帮助大家识破消费陷阱,冷静消费:

1. 有买有送

购物派送的广告在商场兴起,买一赠一、买一赠二、买一赠三的广告随处可见,甚至还有商家打出了买一赠十的牌子。然而不少消费者在经历购物派送后,却产生上当受骗的感觉。

有的消费者就是冲着赠品去的,花几百元买西服,商家赠送的却是几元的领带夹;花三千元去买一台冰箱,商家赠送的仅是二十几元的电源插座……买大送小,买多送少,买"九牛"送"一毛",是商家惯用的伎俩,甚至有些商家还把赠送物品的价格计入出售商品之中,所谓赠品不过是诱饵而已。

2. 免费

许多中高档饭店经常打出"免费"的广告来招揽顾客,如"酒水免费"、"雅间免费"、"免费打长途电话"等。其实呢,天下没有免费的午餐。

向女士和朋友曾经到一家高档饭店就餐,本想省下30元雅间费,结果"羊毛出在羊身上"。结账时才知道一盒售价30元的烟竟要50元,要了两包就多花了40元,正好相当于雅间服务费。

我们经常看到某某药品免费试用一个疗程的广告,本来是需要三到五个疗程的新药,让你免费使用一个疗程,为了达到别人所说的疗效你只能慷慨解囊,接受有偿消费。

3. 有奖销售

街头上向你免费赠送商品,登记时说你中了大奖,用不多的钱可得更多的商品;购买某商品说你中了奖,还要"连环"再买商品,弄得你欲罢不能;送你优惠券,说凭此券可打若干折扣等等。这些是商家惯用的"有奖销售"手段,实际操作中经常玩点花样。

朱小姐近日到一家商场购物时得知,凡购物满200元者可获幸运摇奖。她拿着3张购物发票准备摇奖时却被告知"发票兑奖不能累积使用"、"有奖赠券不是所有的柜台都能兑用",气得她连呼上当。天上不会掉馅饼,就算真的有奖,得大奖的几率也是微乎其微。

4. 清仓甩卖

哪儿拆迁哪儿就有"大甩卖",拆迁的道路房屋越来越多,可还没等房子开拆,各种甩卖的商品就已经"琳琅满目"地摆开了。这些店铺里所售的商品各式各样,且随着季节的变换商品也在不断变化。低廉的价格加上店铺宣传的"半价大甩卖"、"拆迁甩卖最后三天热卖"、"因本店经营期限已满,所有商品一律5折优惠,最后优惠三天"……类似这样的大甩卖口号,引得不少消费者驻足选购。

其实,很多即将"停业"的商铺却长期经营着,商家打出清仓大甩卖的招牌,就是看中了消费者"找便宜"的心理。有的商家打着甩卖的招牌,不但没有让商品价格下降,反而涨了不少。而且,很多甩卖的商品不是快过保质期了就是质量难以保证,且这类商品大多是没有发票的,如果商品有了质量问题,顾客也没得换,只能自认倒霉。

5. 会员制消费

会员制就是一次性交清数千元会员费后,你可以随时出入其间,只要刷一次卡就可以享受一次专门服务。不可否认,有的正规商家的确会给会员很多优惠。

不过,也有一些商家以这些"月卡"、"年卡"、"会员卡"为幌子,先轰轰烈烈地进行宣传,再推销名目繁多的会员卡、终身卡,而后就关门歇业逃之夭夭,或者施展游击战术另觅场所改名经营。

例如,从事保险业务的杨女士,去年花了11 000元买了张"健身中心"的终身会员卡。按健身中心营业员的说法是,这张终身会员卡是终身享用,以后到此进行健身活动不再另行收费。可不知什么时候,那俱乐部的老板突然携款外逃,杨女士才知道昂贵的会员费买来了几回潇洒,也买来受骗的滋味和懊恼。

6. 精美包装

为了满足消费者送礼的需要,一些超市专门推出了品种繁多的"大礼包"。这些"礼品"往往包装精美、气派,而且常常印有"馈赠佳品"、"上等极品"、"礼品精华"等极具诱惑力的字眼。

有的消费者信以为真,可拆开细看,华丽的包装下却常常"败絮其中",一是假冒伪劣产品混杂其中;二是短斤少两现象严重;三是价格明显偏高。厂家、商家也正是利用了消费者的视觉"盲点"以及消费心理误区,从而在精包装商品上大耍花招。

7. 邮购

邮购有很多好处,可以让你买到本地没有的东西,丰富你的生活。然而有规模且信誉度高的公司不多,骗子却遍地开花。

这些骗子能够通过种种途径获知你的地址,给你寄上邮购信息。花花绿绿的图文资料将产品的功能吹得神乎其神,而价格又仿佛是全世界最便宜的,让你心动购买。等到你把钱汇出去后,要么是漫长的等待,要么等来的是数量上短斤少两,质量上假冒伪劣的产品。有的干脆"泥牛入海",电话成空号,去信被退回,人家早已退房走人。由于大多数消费者不可能为几十元几百元奔波到千里之外去讲理,所以这些厂家或商家设起陷阱来毫无顾忌。

可以说,商家策划的"卖点"越精彩,消费者涉足的误区也就越多。识别消费陷阱,拒绝消费欺诈,是家庭成功理财的重要一环。很多人劳苦忙碌多年,省吃俭用,好不容易积攒几个钱,希望应付来日之需、紧急之用,但是往往稍不注意,便在投资做生意、购物消费、求医问药等关键时刻中了圈套。

因此,消费者要不断增强自我保护意识,在购物消费时充分了解商品,如果有售后服务的更是要仔细了解,不要盲目消费,免得花了冤枉钱还给自己添了麻烦。

第*20*课

单身妈妈,避险取财

由于种种原因,单亲家庭在社会中所占比例并不是一个小数目。作为家庭唯一收入支柱的单身妈妈一定要爱惜自己,给自己也给孩子和家庭建立起安全保障体系,并将孩子将来的教育金准备作为重点来抓。

20.1　防范风险

单亲家庭在目前中国社会中所占比例已经越来越高,并呈逐渐上升之势,这样的家庭应该如何进行理财规划呢?

有调查显示,女性在离婚之后生活水准普遍会有大幅下降。对于很多单亲家庭而言,固定资产和流动资产的比例往往失衡。在资产分割上,或留房舍款或留款舍房,而无论做出哪种选择,都是一种损失,都需要后续来弥补。

作为单身妈妈,除了本身是家庭收入的唯一支柱外,还必须分神照顾孩子,不仅身心受伤,财务方面的负担与压力也相当大。这就导致单亲家庭的抗风险能力很弱,如果没有良好的保险保障和理财规划,一旦风险来临,往往会陷入窘境。因此单亲家庭比普通的三口之家更需要做好长远的理财规划。

单亲家庭的生活和理财目标归纳起来就是为单身者、子女和老人做好充分的经济和安全保障。

根据现有的家庭资产、收支状况、未来的投资规划和财务需求做出科学的计划。具体来说，就是要制订三个理财目标：一是保障子女教育；二是家庭的财务安全——无论有什么不幸的事发生，都不用担心自己和孩子所面临的经济压力；三是让自己手中仅有的资产增值。

在单亲家庭中，安全保障是应该排在第一位的。单身者需要承担起全部的风险和开销，一旦自己发生意外，对整个家庭都将是严重的打击，所以应当适度增加商业保险，尽早为家人投保商业健康保险，包括重大疾病保险、意外伤害保险等。

目前国内人均需要10万元左右的重大疾病医疗费用支出，按现行医保政策，若身患重大疾病，至少有20％的医疗费用需要个人负担。从保障角度来说，有医保的人至少需要2万元的补偿，而单亲家庭对于保障方面的需求更大，所以在这方面应增加力度。

如果你的工作不属于特别稳定的情况，还要充分考虑换职的风险，应当为家庭预留一部分流动资金以备不时之需，风险未被确认时也可做短期的、流动性较强的投资。

单身妈妈是全家的支柱，健康是幸福生活的基础，除了基础保障之外，健康也是另一种意义上的投资，因此一定要在思想上引起足够的重视并舍得花钱锻炼身体，保持身心的健康。

20.2　爱惜自己

对于已经做了母亲的、有点事业心的、追求完美的、年轻的知识女性来说，离婚只能使她们获得一时的轻松和心理上的解脱。走出婚姻危机的她们很快会陷入另一种误区——被竞争日益激烈的职场生涯、繁重的家务劳动和培育孩子的艰辛压得透不过气来。

1. 放松自己

离婚后的日子并不轻松，原本该前夫干的活全都落到了她的肩上，但清清不后悔,她终于可以不为前夫的不求上进而生气了。然而,日复一日的操劳拖垮了她的身体,她得了慢性疲劳综合症,脾气也变得坏极了,经常为了一点事就跟儿子大喊大叫,有时还动手打儿子。打过之后,她又哭着给儿子道歉,可下次再碰到类似的事她又控制不住自己……

好在清清没有丧失理智,她开始调整自己:即使再忙,她也强迫自己每周至少留出半天的时间放松放松。她恢复了与以前的好友的联系,参加了单身俱乐部,有空领着儿子去郊游。她认为一定要减轻自己的心理压力,给自己的心灵自由的空间,让它喘口气,否则头脑中总绷着一根弦,迟早有断的一天。

2. 提高自己

高小姐在拿到离婚判决书之后,也曾有过万念俱灰的一瞬,但她很快就理智地把自己解放了出来——在工作、孩子之外,找一件自己最喜欢的事情做,分散自己的注意力以免胡思乱想。她每天早晨送 3 岁的女儿去幼儿园,晚上接回来,白天工作之余就画仕女图。古代仕女安然、平和的气质,是她摆脱不幸婚姻后最需要的心态。这种修身养性的方式帮助高小姐度过了离婚后最难熬的那段日子。

3. 保养自己

李小姐是位建筑设计师,34 岁的她看上去依然像个二十五六岁的姑娘。她在 6 年前离了婚,如今儿子已经 9 岁了。

头两年,儿子送幼儿园日托,李小姐既要上班又要照顾孩子,忙得连做饭的时间都没有,而且儿子特别依赖她,性格也有点像女孩。儿子 5 岁时,她狠狠心送他去了一家有男老师的幼儿园全托,李小姐有意识地让儿子多与男性接触,效果非常好。到了上学年龄,她把孩子送到了寄宿小学。现在孩子上四年级了,自理能力很强,在心理上与双亲家庭的孩子没什么两样。

有了自己的时间之后,李小姐给自己制订了一套健身、美容计划,保证每天早晨锻炼 1 小时、晚上临睡前做皮肤护理。她还注意合理的饮食,不因一个人吃饭而马虎;保证充足的睡眠,她相信会睡的女人才美丽。还有重要的一点:她有一大帮朋友,她们相互倾诉,共同享受快乐、分担痛苦。

4. 解放自己

母亲用怎样的眼光看孩子,孩子将来就用怎样的眼光看世界。作为单身母亲,尽管自己在心灵上受到很大的伤害,也不要把这种不幸流露给孩子,在孩子成年之前,不要将夫妻间的恩怨向孩子和盘托出,免得他(她)产生误解。

曲文是一所重点中学的教师,怀孕时丈夫对她不忠。满月一过,丈夫就和她离了婚并很快又结了婚,但是曲文允许他每周来看明明。现在明明已经5岁了,他常常向人炫耀"这个大汽车是我爸爸买的"、"星期天我和爸爸去动物园看大老虎了……"在他印象里,爸爸整天忙着上班,只有星期天才回来,但这并不妨碍他从爸爸那里得到快乐。

在磕磕碰碰中长大的孩子将来对外界的适应能力才会强,有时候甚至可以让孩子去冒点险。单身母亲应该多创造机会使孩子和小朋友在一起,他们之间的吵吵闹闹会使孩子学到很多东西,也能培养孩子容忍、宽厚的品质。而且这样做也有利于减轻单身妈妈的负担,不要把什么事情都揽到自己身上,孩子总会学着自己长大。

单亲家庭一般来说不会永久,母亲再婚对孩子的心理成长也利多于弊。那么新组织的家庭,要多一个人,还可能多更多的人;从长远考虑,孩子终将走向社会,没有宽容的品质、没有与人合作的精神、没有良好的性格是很难与他人相处的。

20.3 积累教育金

教育计划的指导思想应该是"专款专用,化零为整",整个计划其实是由不同期限的若干小计划组成。

你的孩子明年上小学,7年后上中学,13年后上大学……那就意味着你要确立1年期、7年期,13年期等不同期限的投资,当然期限不同投资产品也会不同。

很多人喜欢先攒够上小学的钱,上了小学再开始攒上中学的钱,上了中学再考虑上大学的钱,事实上这不是一种好的财务规划,没有体现长期投资的时间价值。当然,根据期限长短和目标紧迫性不同,各期限计划资金可以按时间长短反比例递减分配,同时配合定期定投的方法,实现远期目标早打算的目的。

目前为孩子积累教育金主要有两种方式:一种是教育储蓄,另一种就是教育保险。教育储蓄具有利率优惠的优势,一年、三年期教育储蓄按同档次整存整取定期存款利率计息;六年期,按照五年整存整取定期存款利率计息,可以说是零存整取的存法,却享受整存整取利率。同时教育储蓄免征利息所得税,如果加上优惠利率的利差,其收益较其他同档次储种高25%以上。

与教育储蓄相比,教育保险的特色是,孩子从出生开始到十四五岁都有资格投保这类险种,然后在孩子上中学开始,获得保险公司分阶段现金给付。例如育英年金,这是一份保家长、孩子两人的保单,如果每年交纳3 000元左右的保费,交到孩子25岁,孩子就可以拥有育英年金、教育金、养老金、身故保险金四重保障。如果家长出现意外,保险公司可以代为完成子女教育责任,解除后顾之忧。家长在满期以后可以领取本金。

相比之下,教育保险有一定的优势,一是计划性强。家长可以根据自己的预期来安排现在的保险,用倒推法来选择险种和保额;二是保险确实有一种强制储蓄的作用;三是投保人如果在保险期间发生重大意外,可以免缴以后各期保费,被投保人到期仍可得到保险公司足额的保险利益。

此外,还需要引导孩子合理安排零用钱和"压岁钱",这样不仅有助于减轻单身妈妈的财务负担,也可以帮助孩子养成理财的习惯。

20.4　稳健配置资产

单身妈妈风险承受能力相对于高薪或者收入稳定家庭来说还是较小的,所以投资应以稳健型为主,同时兼顾安全性和收益性。投资渠道不要过于单一,对长、中、短期产品的选择及所承担的机会风险要有一个合理的安排。

一般说来,对于风险承担能力有限的单身妈妈来说,基金和债券是不错的选择:

1. 债券

(1)债券收益。债券收益高于同期同档银行利息的收益,国债免征利息税。目前不太可能出现通货膨胀,银行利率较低,相比之下,债券的利率更可观。

债券收益计算的公式是:

债券收益=(到期本息和-发行价格)÷(发行价格×偿还期限)×100%

如果在债券偿还期内转让债券,就涉及债券出售者的收益率、债券购买者的收益率和债券持有期间的收益率。

如果老王于2002年1月1日以1020元的价格从老李那里购买了一张面值为1000元、利率为10%、每年1月1日支付利息的2000年发行的5年期国库券,并持有到2004年1月1日以1100元的价格卖给了老张,到期后,老张卖出了债券。那么这三个人在持有债券期间的收益率就可以根据以下几个公式计算出来:

债券出售者的收益率 =(卖出价格-发行价格+持有期间的利息)/(发行价格×持有年限)×100%

老李的收益率 =(1020-1000+1000×10%×2)/(1000×2)×100% =11%

债券购买者的收益率 =(到期本息和-买入价格+持有期间的利息)/(买入价格×剩余期限)×100%

老张的收益率=(1500-1100)/(1100×1)×100% =36.4%

债券持有期间的收益率 =(卖出价格-买入价格+持有期间的利息)/(买入价格×持有年限)×100%

老王的收益率=(1100-1020+1000×10%×2)/(1020×2)×100%=13.7%

一般来说,国债的名义收益比较稳定;金融债券的安全系数低于国债,有一定风险,不过金融债券的利率通常高于国债;企业债券的名义收益比较高。债券作为"现金流"的一部分,可以通过提前兑换和质押等途径及时获取现金,所以比较方便。

(2)债券风险。一个家庭如果只以债券投资作为家庭资本增值的唯一工具,会比较危险。因为虽然通过债券投资,家庭资本的名义收益稳定增加,但是通货膨胀的因素不能不考虑。

长期固定利率债券的投资风险比较大,包括到期给付的风险,主要存在高利率的契约债券和地方政府债券。企业债券风险系数比较大,主要表现为债务偿还风险,即企业筹措资金后投资失败或者投资收益率没有达到预期,因而无法按照债券发行时约定的本息如期偿还。

不过与其他的风险投资工具相比,债券的投资风险是非常小的。

(3)风险规避。尽管投资债券的风险很小,但这并不意味着投资债券就没有风险,任何投资都要精打细算才能够赚钱,下面介绍几种常见债券投资的风险及规避方法。

①利率风险。利率是影响债券价格的重要因素之一,当利率提高时,债券的价格就降低,此时便存在风险。如:某人于 1996 年按面值购进国库券 10 000 元,年利率 10%,三年期。购进后一年,市场利率上升 12%。国库券到期值:10 000 元×10%×3=13 000 元,一年后国库券现值=13 000 元÷[(1+12%)×(12%)]=10 364 元,10 000 元存入银行本利和=10 000 元×(1+12%)=11 200 元,损失=11 200 元-10 364 元=836 元,并且债券期限越长,利率风险越大。

规避方法:应采取的防范措施是分散债券的期限,长短期配合。如果利率上升,短期投资可以迅速地找到高收益投资机会;若利率下降,长期债券却能保持高收益。总之,不要把所有的鸡蛋放在同一个篮子里。

②购买力风险。购买力风险:是指由于通货膨胀而使货币购买力下降的风险。通货膨胀期间,投资者实际利率应该是票面利率扣除通货膨胀率。若债券利率为 10%,通货膨胀率为 8%,则实际的收益率只有 2%,购买力风险是债券投资中最常出现的一种风险。

规避方法:对于购买力风险,最好的规避方法就是分散投资,以分散风险,使购买力下降带来的风险能为某些收益较高的投资品种所弥补。通常采用的方法是将一部分资金投资于收益较高的投资品种上,如股票、期货等,但带来的风险也随之增加。

③变现能力风险。变现能力风险是指投资者在短期内无法以合理的价格卖掉债券的风险。如果投资者遇到一个更好的投资机会,想出售现有债券,但短期内找不到愿意出合理价格的买主,要把价格降得很低或者很长时间才能找到买主,那么,投资者不是遭受降价损失,就是丧失新的投资机会。

规避方法:针对变现能力风险,投资者应尽量选择交易活跃的债券,如国债等,便于得到其他人的认同,冷门债券最好不要购买。在投资债券之前也应考虑清楚,应准备一定的现金以备不时之需,毕竟债券的中途转让不会给债券持有人带来好的回报。

④经营风险。经营风险是指发行债券的单位管理与决策人员在其经营管理过程中发生失误,导致资产减少而使债券投资者遭受损失。

规避方法:为了防范经营风险,选择债券时一定要对公司进行调查,通过对其报表进行分析,了解其盈利能力和偿债能力、信誉等。由于国债的投资风险极小,而公司债券的利率较高但投资风险较大,所以,需要在收益和风险之间做出权衡。

⑤违约风险。违约风险是指发行债券的公司不能按时支付债券利息或偿还本金,而给债券投资者带来的损失。

规避方法:违约风险一般是由于发行债券的公司经营状况不佳或信誉不高带来的风险,所以在选择债券时,一定要仔细了解公司的情况,包括公司的经营状况和公司以往的债券支付情况,尽量避免投资经营状况不佳或信誉不好的公司债券。在持有债券期间,应尽可能地对公司经营状况进行了解,以便及时做出卖出债券的抉择。同时,由于国债的投资风险较低,保守的投资者应尽量选择投资风险低的国债。

⑥再投资风险。购买短期债券,而没有购买长期债券,会有再投资风险。例如,长期债券利率为14%,短期债券利率13%,为减少利率风险而购

买短期债券。但在短期债券到期收回现金时，如果利率降低到10％，就不容易找到高于10％的投资机会，还不如当期投资于长期债券，仍可以获得14％的收益，归根到底，再投资风险还是一个利率风险问题。

规避方法：对于再投资风险，应采取的防范措施是分散债券的期限，长短期配合，如果利率上升，短期投资可迅速找到高收益投资机会，若利率下降，长期债券却能保持高收益。也就是说，要分散投资，以分散风险，并使一些风险能够相互抵消。

值得一提的是购买债券的最佳时机就是当你预见到经济可能会出现萧条的时候。因为此时的股价会下降，银行的利率也会下降，而债券的价格会上涨。在这种经济环境下，债券就是减小投资风险的一种良好的投资。

在财务上没有先知者，但是却有头脑聪明的投资者，他们知道什么是适合自己的。现在有很多人把债券称为最值得信赖的储蓄，是有一定科学道理的。通过对债券的了解，结合自身实际情况，选择合适的债券，不失为实现资产增值的一种有效方式。

（4）企业债券。随着社会的发展，企业债券的发行规模也在不断地增加。

自美国经济饱受华尔街丑闻冲击，损失最大的还是问题公司的股东，"债权"又开始得到推崇。投资者拥有企业债，一般可以到期收取定额的本金和利息。即使企业破产，债券持有人拥有优先清偿权，而企业清偿所有债务后，如果还有余额，股东才能得到部分补偿。从这个角度说，债权人的利益比股东利益更有保证。美国投资者已普遍对投资结构进行调整，提高企业债在投资组合中的比重，也在一定程度上导致了美国股市跌而债市涨的局面。

企业债投资风险高不高？就我国来讲，目前沪、深两市交易的企业债券，发行人都是中央级大企业，比如中移动、三峡工程、铁路等。这种债券由于是国有特大型企业发行的，企业破产、清算的可能性极小。另外，现国内获准发行的第一支企业债券——金茂集团企业债券，首次由商业银行提供担保，开创了企业债券担保的新形式，使债券持有人的利益更有保障。

在我国投资企业债,其风险和存款的差异不是很大。在风险一定的情况下,企业债券的收益更高,无疑比存款有吸引力。特别是在股市里,现在能够给股东实在回报的企业很少。尽管对上市企业分红有规定,但红利金额占企业税后利润的比重仍然很小。相对股票而言,企业债的实际收益更高,而且十分稳定。

许多人认为投资企业债"没什么油水",实际上,情况总是在变化的。某家国企财务公司近年来积极参与企业债投资,从承销商手中按照面值,购买1 000万元的01三峡债,半年的时间,他们投资企业债的回报率接近20%,比投资股票强多了。这种"炒债赚钱"的观念,已经为很多机构所认同。

由于"债市赚钱"的效应,使券商纷纷跟进企业债发行市场。从已发行的企业债情况来看,券商对企业债承销的热情高涨。在已发行的5家中,国家开发银行和中电财务各占一家,券商占据了其余的3家。中信证券在已获发债额度的部分公司中,已获得三峡和中远航运两家企业债的主承销资格。除目前已发行的5家外,还有位居其后的国电、中铁、广东核电、中航技、上海金茂等"特案特批"的企业债。

承销企业债的好处在于:

首先,能够从平均1.5%的承销费中获得丰厚的报酬。中信证券承销01三峡、中铁、包钢债,总额度达到69亿元,居业内第一。此外,公司还在银行间债券市场发行了35亿元中信债。

其次,由于企业债是采用私募方式发行,承销时可以分配给自己的重要客户,稳固和扩大了自己的客户群。券商也可以自己买入,待上市后抛出,获得一定收益。

再有,发行那些规模较大、流通性不强、风险较大的企业债,券商可以采用承销团的方式化解风险,副承销商可以从中得到利益,做到"有钱大家赚"。

对此,专家建议个人投资者应该多注意企业债的投资机会,分散投资,避免整体风险,提高收益水平。

(5)国债投资。常见的与个人投资相关的国债品种主要有两种:凭证式国债和记账式国债。

凭证式国债是一种储蓄性质的债券,不能流通转让,到期一次还本付息,不计复利,收回所有本息的平均期限就是国债相应的到期期限。与凭证式国债付息方式不同,记账式国债通常是每年支付一次利息,到期支付最后1年的利息以及本息。

记账式国债可在到期前收回部分利息,因此收回所有本息的平均时间要比到期时间短。与到期一次还本付息的凭证式国债相比,到期期限相同的两种国债,记账式国债收回本息的时间要短。

记账式国债计算的是复利收益,而凭证式国债是单利计息,所以两者的实际收益差别比较大。

当然,凭证式国债也有自己的优势。投资者购买凭证式国债没有手续费。虽然购买正在发行的记账式国债也不用支付手续费,但是面对个人投资者发行的记账式国债数量相对较少、发行期也较短,容易购买的是已经上市流通的记账式国债,这就需要交付千分之一的手续费,所以实际收益降低了。

记账式国债上市交易一段时间后,其净值便会相对稳定在某个数值上。而随着记账式国债净值变化稳定下来,投资国债持有期满的收益率也将相对稳定,目前大体为 2.73% 左右,这个收益率是由记账式国债的市场需求决定的。记账式国债可以自由买卖,其流通转让较凭证式国债更安全、更方便。相对于凭证式国债,记账式国债更适合于作为三年以内的投资产品,其收益性和流动性都好于凭证式国债。

需要注意的是,持有债券时间如果比较长,一旦市场发生变化,暴跌的风险就会非常大,选择投资债券还是要选择好合适的抛出时机。

2. 基金

在所有的投资项目中,利润与风险是成正比的。炒股风险最高,但收益是最高的;储蓄风险比较小,但是收益也是最少的;而基金则把两者的优势集中在一起了。

(1)认清投资风险。通常所说的基金一般是指证券投资基金。作为一种投资工具,证券投资基金把众多投资者的资金汇集起来,由基金托管人托管,由专业的基金管理公司管理运作,通过投资于股票和债券等证券,实现收益的目的。

基金既然投资于证券,就要承担基础股票市场和债券市场的投资风险,当然,在招募说明书中有明确保证本金条款的保本基金除外。此外,当开放式基金出现巨额赎回或者暂停赎回时,投资者将面临变现困难的风险。虽然基金投资顾问研究出一些方法协助投资者避开高风险,但完全避免风险是不可能的。

如果你已经决定投资基金,那么,你首先要确定你的风险承受能力和理财目标。之后,你就可以开始进行基金品种的选择了。

(2)选择基金品种。在选择基金品种的时候,投资者首先需要了解的是管理这支基金的基金公司,它的股东结构、历史业绩,是否在一定时间内为投资人实现过持续性回报,其服务和创新能力如何等,这些从公开资料中都很容易得到。

其次需要了解的是基金经理。有人说,买基金其实就是买基金经理,这话是很有道理的。基金经理的水平如何,操守如何,应该成为你是否购买某支基金的重要参考指标。

关于如何评价和选择基金公司和基金经理,有专家认为,如果一支基金能够连续3年以上将业绩保持在同类型基金排名的前1/3之内,基本上就属于可以信得过的基金公司和基金经理。

此外,要了解的是基金产品的具体情况,如基金品种属性,是属于高风险高收益的股票型基金,还是偏重于资金安全的保本型基金等,了解基金产品的投资策略、投资目标、资产配置等。国内现在有的基金品种,其收益由低至高排列为:保本基金、货币市场基金、纯债型基金、偏债型基金、平衡型基金、指数型基金、价值成长型基金、偏股型基金、股票型基金。反过来,就是其风险由高至低排列为股票型基金、偏股型基金、价值成长型基金、指数型基金、平衡型基金、偏债型基金、纯债型基金、货币市场基金、保本基金,投资者可以从中进行选择。如果难以确定自己的风险承受能力,那么,可以尝试做投资组合,将风险高、中、低品种进行搭配,这也是专家所推荐的方法。投资组合做好以后,并非就万事大吉了,投资者还要不断地进行检查,从中剔除业绩不佳的"渣滓",不断优化投资组合。

(3)选择购买时间。你可以关注每月10至15日国家统计局发布的宏观经济指标,如GDP的增长、消费物价指数变动、工业增加值成长、货币投放等。根据这些指数及相关报告,大致判断目前经济位于景气循环的位置,了解政府未来在货币政策、财政政策上的动向,如利率变动、货币投放松紧、政府开支的增减等,并据此选择购买何种基金。

通常而言,在经济增长速度过于缓慢时,应该适当提高债券类基金投资比重,及购买新的基金(因为其可以根据市况向下逐渐建仓)。若经济增速开始上调,则应加重偏股型基金比重,并关注已面市的老基金,因为老基金早已完成建仓,建仓成本也比较低。

虽然经济景气周期是常常被提及的入市时机判断办法,但对没有经验的人而言,判断宏观经济处于什么景气位是很困难的。其实,一些简单的办法可以用来判断入市时机,如基金募集热度。当开放式基金募集额度一路飙升,市场热追时,即反映股市有过热的嫌疑。而当基金进入平淡期,募集困难时,反而会为你提供最好的回报机会。因为在此时募集的基金,建仓成本普遍较低,有较大机会获利。

虽然我们都试图选择入市时点,实际上,从长期投资的角度来看,短期的市场波动完全可以忽略不计。投资的重点应该是选择投资理念稳健、信誉卓著的基金公司,并坚持长期投资的观念,这样才能分享证券市场长期较高的收益率。

(4)注意问题。目前基金品种越来越多,如何选择适合自己的基金的确是一门学问。在作决策之前,应该注意以下几个问题:

①必须要有投资计划。每个人投资都有不同的目的,必须与自身的期望回报和投资的时段联系起来考虑。例如,服从于个人退休计划和投资于子女教育的基金组合就有很大的区别。当你设定长线投资目标时,需要选择一个合适的指数,比如上证A股指数、上证国债指数等等。在考虑市场

风险的基础上,将其作为你投资的业绩基准。

要谨记自己的投资目标,不要因为市场的短期波动而忧心忡忡,坐立不安,当你发现某只基金的表现长期落后的业绩基准而且风险很高,就要考虑将其替换出局。

不可否认,根据市场时机的变化进行操作也是一种投资策略,但要做到每次都如鱼得水地高卖低买是很困难的,除非你是像巴菲特那样的投资高手。所以,要卖出基金或在同一系列基金中进行转换,一定要有充分的理由,例如你的投资目标发生了变化。

②购买基金的时候,要考虑相应的费用,包括认购费、赎回费、转换费、管理费等。基金费用直接影响基金的回报率。在美国市场的同类基金中,费用率比较低的基金往往有较好的长期回报。

③不能过于分散。目前,多数个人投资者仅仅投资于单支基金。随着基金品种和数量的日益丰富,投资于多支基金,构造个人的基金投资组合将成为一种趋势。

"不要把鸡蛋放在同一个篮子里",这句话同样适用于基金投资。但构造基金投资组合的时候,要注意这些基金的投资方向是否分散于不同行业类型的股票。倘若所投资的多支基金依然集中投资在同一类行业的股票上,就不能真正地分散投资、降低风险。

在选择基金的时候,长期回报很重要,因此你的投资组合中应包括核心基金和非核心基金。所谓核心基金部分,是指能够提供稳定回报的基金,应该占整体组合资产的 60%～70%。余下非核心部分,可以投向一些投资风格"有激情"的基金,例如高成长的股票基金或者新兴行业基金。

④不能停留在数字表面。挑选基金远不是追逐漂亮的高净值增长率等数据那么简单,还需要了解基金经理的动向、基金的投资风险是否增加、投资风格有没有改变等问题。

此外,衡量风险时,不要单纯考察基金自身的波幅,而应将其与同类基金的波幅进行比较。因为不同类型的基金承受不同的风险。例如,专门投向蓝筹股的基金与集中投资小盘成长股的基金,其风险就有很大差别。

⑤做好善后工作。购买基金后,不要搁置一边不闻不问,而要定期观察你的基金投资组合,对自己的投资负责任。因为基金投资策略、个人投资目标以及承受风险能力的改变,都可能需要你重新调整投资组合。基金能否赚钱固然重要,但终极目的是实现个人的投资目标。

基金毕竟与股票不同,基金平均报酬的波动不应太大,否则就不是一个好基金。计算基金报酬率的标准差就是用来衡量其波动程度的,只有用标准差调整后的报酬率才是真实的。投资者打算买基金的时候,应该把自己看中的若干支基金拿出来比一比。投资专家提醒,比较基金绩效时,应注意下列事项:

①不要以偏概全。有些基金公司会刻意挑选某一两段基金表现最好的时期为例,用以证明该基金操作绩效优良。虽然这种宣传方式已被相关法规叫停,但为避免以偏概全,投资人最好还是能搜集到基金更为长期的净值变化资料作为佐证,以免遭受误导。

②避免"跨类"比较。就像我们不可以拿苹果同橙子相比,不同类的基金也不可以强行作比较。股票型基金与债券型基金的投资标的不同,混合在一起评断绩效并不公平。对股票基金来说,如果一支基金无论在股市处于多头还是空头时期,其业绩都能打败大盘和同类型基金,就是很不错的基金。

③不要忽略"起跑点"差异。同一类型的基金,因成立时间、正式进场操作的时间不同,净值高低自然有别。在指数处于低位时成立、进场的基金,较在指数高位才成立进场的基金,先天上占有优势,前者净值通常高于后者,但并不能说明前者的绩效优于后者。

单身妈妈可以购买定期定额型基金。这种模式类似于银行存款中的"零存整取"。定期定投计划实质上是一种"储蓄"兼"投资"的投资工具,是实现长远理财目标的主要手段。

目前华安、招商等不少基金都推出了定期定额型基金。这种购买方式,不需要自己每个月操心购入基金,只要签订协议,后续操作全部自动完整扣款购买。如投资者每月投入固定金额,基金公司会运用基金净值高时买入较少份额,基金风险降低,收益更稳定。在价格高时所购份额较少,价格低时所购份额较多,长期下来,成本自然摊低。这种投资方式最大的优势在于聚沙成塔,可以把它作为子女教育基金或者自己的养老保障基金。

下面我们来看一个具体案例:

苏女士是一位单身妈妈,在某合资企业做营销总监。月工资7000元,其他补助2000元,年终奖2万元,有三险一金,存款27万元人民币和3万美元。目前李女士带着女儿和父母同住。家庭平均月支出约2000元,包括衣食费1500元,交通、通信费500元,其他支出300元,没有投资任何理财产品。女儿今年读小学六年级,前夫每月支付给孩子抚养费500元。苏女士想尽早送女儿去英国读书,在国外读完研究生,还想在两年后购买一套新住房供一家四口居住。

那么对于苏女士来说,现有资产应如何规划才能更好地实现增值?应如何进行合理的家庭财务规划?购买什么样的住房比较合适?是大胆投资以获取高收益,还是应该谨慎投资以规避风险?

我们可以看到,苏女士家负债为零,具有较强的控制开支能力和储蓄能力。家庭资产负债率在50%以下是属于合理的负债范围,而目前苏女士家庭的资产负债率为0,应当适度通过增加负债的方式添置些固定资产,扩大些增值性资产。苏女士家庭的全部资产均为金融资产,过于单一,且风险保障薄弱,一旦有任何金融危机,家庭将面临重大风险。银行存款占全部金融资产的100%,比重过大,直接影响了理财收益率,没有发挥出资产的投资价值。这样的资产配置方式虽然能有效回避风险,但并不利于家庭资产的保值、增值,可以尝试通过各种途径获得其他收入。

首先需建立保险规划和紧急预备金规划,尽早为家人投保商业健康保险,并为苏女士自己加投商业养老保险,总保费投入每年应当控制在1万元左右。机动灵活的家庭预备金在1万元即可。其他的存款可以投资货币基金等,收益率高于活期存款,预期年收益率为2%。

女儿的教育问题应该优先考虑,如果苏女士的女儿初中毕业以后就出去留学,到读完硕士,学杂费及生活费等需求总额约为85万元。这是一个长期规划,女儿从第 3 年开始至第 5 年每年开销约为 15 万元,第 6、7 年每年约需要 10 万元。第 8 年约需要 20 万元。通过对苏女士现有经济基础和收入能力的分析计算,如果家庭进行合理的财务规划,有一个较稳妥的投资收益,是能够承担女儿的留学费用的,同时还可以满足自己的购房需求。

苏女士想购买一套能让一家四口舒心居住的房屋,但以目前的资金状况来看,必须要向银行贷款。由于苏女士单位为其上有住房公积金,所以可以申请公积金贷款,额度为 40 万元、期限为 20 年比较适合。如果现在购买房子,因为要为女儿储备教育基金,所以前期会有较大经济压力,可以考虑稍晚些购买更为合适。

现阶段苏女士应该选择风险较小,较稳健的短期品种进行投资。待购房目标实现后,对以后的长远目标则可选择风险较高、收益较高的投资产品。预计到第 5 年后,李女士的家庭在顺利实现预期目标的同时,风险承受能力将达到很高水平。苏女士可以按照 3:5:2 的比例对资产进行无风险投资、低风险投资和高风险投资。

(1)无风险投资产品:组合存款、国债等,预期年收益率 3%;

(2)低风险投资产品:信托、人民币理财产品等,预期年收益率 5%;

(3)风险投资产品:股票、偏股型基金,年收益率 8%。

当然每位单身妈妈的情况是不同的,可以根据自身实际情况进行合适的理财规划。

第 *21* 课

孝敬父母，收获亲情

"子欲养而亲不在"是人世间一大悲哀，已经为人母的人应该能体会到，父母为我们辛苦了一辈子，我们有责任孝敬父母。在父母为数不多的有生之年，从感情上、金钱上尽量给予父母更多的回报。

21.1　为父母购买保险

2006年12月12日国务院新闻办公室发表的《中国老龄事业的发展》白皮书称：2005年底，中国60岁以上老年人口近1.44亿，占总人口的比例达11％，占全球老年人口五分之一。人口年龄结构已经开始进入老龄化阶段，2020年将达到2.48亿，2051年将达到最大值4.37亿。

然而，与其他发达国家老龄化相比，我国有先老尚未富的特点。例如2005年我国人均GDP只有1 703美元，发达国家为5 000美元以上。实行独生子女政策后，多数家庭呈现出典型的4∶2∶1结构，导致了今后要赡养老人的数目逐渐增多。如果老人自己有一定的退休金和社保，再加上儿女对父母的赡养，除了预防重病的突袭，老人颐养天年应该不成问题。但是很多老人奋斗了一辈子，都是为了儿女，自己并没有什么积蓄，也没有加入社会保障体系,尤其是农村里的老人。

有的子女很孝顺,选择为父母购买一些保险,为父母的晚年生活增添一定保障。心意是好的,但是给老人买保险还是有相当大的讲究的。

1. 保费倒挂

目前市场上的老年保险,主要分为三类:医疗保险,意外伤害保险和寿险。在为老年人选择保险产品前,要先明确侧重要解决哪方面的问题,例如意外风险、生病医药费、安度晚年的养老费等等。

按照相关费率推算,50岁以上的人在购买长期寿险时基本上都会出现保费倒挂,年龄越大,"倒挂"幅度会越大。绝大多数的寿险产品在保费设计上随着被保险人年龄的增大而提高,老年人投保就会出现"保费倒挂"的现象,即投保人缴费期满后,缴纳的总保费之和小于被保险人能够获得的各项保障以及收益之和。

如一名25岁的女子购买了保额为10万元的寿险,分20年缴费,每年需缴纳的保费为3 620元,总共需缴纳保费72 400元。而一名50岁的女性同样购买保额为10万元的该险种,分10年缴清保费共需缴112 300元;分20年缴共需缴保费150 000元;即便选缴费较少的一种也需缴纳75 030元,因此没有必要买养老保险。

如果一定要为父母投保长期寿险产品,就应选择期缴方式,而不是一次性付清保费,即善用寿险产品的豁免功能。万一发生理赔,可以达到减少保费支出,增加了保障功能的目的。

2. 根据父母年龄选择保险

虽然出现"保费倒挂",但并不是说老年人就不需要保险了。子女在为父母挑选保险时可侧重意外险。因为意外险具有保费低廉、人身保障高的特点,65岁以前投保,与年轻人投保的费率大多是一样的,首选是意外伤害保险及意外医疗保险。

对于70岁以下的老年人,子女们最好为其购买一些带有骨折保障的意外险种。虽然很多老人已经不适合购买长期寿险,但可以购买意外险以防意外伤害等不幸事故的发生。

老年人尤其容易因为摔倒等意外事件导致住院花费,含有骨折的意外保障是非常合适的一个产品。目前市场上已推出了消费型的短期医疗险,如年缴型的医疗补贴险,针对51～60岁的人群,每年缴费500元,一旦被保险人住院,就可以获得100元/天的住院补贴保险金。

另外,50岁以上的人购买重大疾病保险,最好采用分期缴付的方式,要尽量选缴费期较长的产品,并将意外险作为附加险投保,这样费率会更优惠。

3. 异地保险

如果想为在外地的父母购买保险,可以采用异地投保的方式。"异地投保"是指购买保险时,投保人或被保险人的户籍不在当地,且不在当地居住及工作。

对于"异地投保",某些区域性寿险公司规定:投保人或被保人有一人为异地者,不受理其投保申请。保险公司不受理"异地投保",主要因为各家保险公司有相应的营业地域范围,而由于客户身处异地,其风险评估的标准必然也不同于本地客户。同时,"异地投保"的后期保全和理赔服务也难以得到保证。

路小姐在深圳工作三年,月收入约5 000元,父母都在乡下。路小姐想为父母办份保险。但路小姐工作时间不长,经济实力有限,将来还要面临买房、买车、生子等一系列的问题,父母的年龄在50～55岁之间,身体不是很好,保险费较高,而且想将父母的养老、医疗问题通过一两份保险是很难解决的,所以专家建议路小姐为父母购买保险时一定要突出重点,首先要防范意外和重大疾病。养老问题是很难用较少的钱来解决的,只能在将来经济条件好转时,通过其他多种渠道解决,保费的支出以不超出自己年收入的15%为佳。

如果无法进行"异地投保",可以为父母在当地选择保险公司进行投保。投保时,最好选择一家全国性的寿险公司,并关注合同是否有"保单迁移"条款,以备日后与父母团聚可以办理保单迁移。

4. 购买养老年金

如果经济能力允许的话,还可以考虑将手头上的资金购买储蓄性的养老年金分红险,用于今后父母的养老基金。

养老年金缴费方式灵活,既可以选择 10 年的逐期缴费方式,也可以通过一次趸缴全部的形式。有条件的子女,可通过一次或多次投资,以解决父母 65 岁后的生活费用,让他们能过上安定的晚年生活。

5. 保住自己

给父母买了保险,所缴纳保费由子女承担,如果子女万一发生意外而导致无法缴纳保费,而父母又没有能力自己缴费,那保险就失去了保障功能,所以子女健康、有工作能力、经济独立就是对父母晚年幸福生活的最大保障。

其实,子女为自己投保也是为父母提供了保障,尽孝心的体现。自己买一份保险,让父母作为保险的受益人,一旦在保障期间出现意外或不幸,理赔金可以直接给付父母。因此,投保时需谨记先保家庭经济支柱的原则,可将购险的总保费支出"按比例分成"。例如上面所说的路小姐工作时间较短,可以将每月的保费支出按"4∶3∶3"的形式合理分配,即自己的保费支出占比为 4/10,父母各自占 3/10。这样既能将保费支出控制在可以承受的范围内,又让全家都有基本的保障,分散家庭经济风险。这种安排其实是把家庭的经济收入作为总体,万一子女发生意外时,父母也不会无依无靠。

为自己选购额度较高的意外险,并搭配足额的医疗或重疾险,然后为父母安排中低额度的医疗保障。

21.2　储备紧急备用金

对于老人米说,保险并不是万能的。随着年龄的增大,很多老年人容易患高血压、冠心病、老年慢性支气管炎、糖尿病、中风、癌症和老年痴呆、精神障碍等疾病。如果父母需要住院,或者发生其他不幸,急需用钱,没有一定的备用现金是不行的。

紧急备用金的额度调整是按支出确定需求,而支出会发生变化,如开始贷款还款,还款完毕,费用结构发生变化等,一般调整次数不需要太多,每年一次即可。紧急备用金也可以适当投资以提高资金收益,但也有较多限制:

　　(1)流动性要求很高。因为随时可能使用,所以流动性高。为了达到这一要求,投资可以分散,总体资金变现可以成为阶梯型,阶梯的跨度是月。

　　(2)投资风险要求很低,不然会影响预算。

　　(3)不要求收益高,因为高收益意味着高风险。货币型基金等于调剂活期存款。

　　当然,这些都只是预防措施,最重要的是平时多给父母一些关怀,让他们心有所依。

相濡以沫,营造和谐

父母最后会离你而去,孩子长大后也会有自己的生活,唯一能陪你到老的只有你的丈夫。理财的目的是为了更好地生活,而不是单纯地积累财富。在为人妻为人母,上有老下有小的阶段,要善待自己和家人,为自己和丈夫的养老做好打算。

22.1 家和万事兴

三十岁以后的女性,事业已经基本稳定,这个时候的重心会放到家庭上,希望有稳定的家庭生活,如果这个时候家庭发生了变故,无疑会给已为人母的女性带来巨大的影响。

1. 和谐最重要

有人说:女人三十岁之前自由最重要,它可以给你充分的空间玩乐,让你觉得青春没有白过;而三十岁之后身份最重要,它包括女人的职业身份、家庭身份等多重身份,到了这个时候,对于女人最大的幸福莫过于体面而踏实地生活下去,这是世俗中的真理。

有这样一个故事:

在美国的一所大学里,某一天快下课时教授对同学们说:"我和大家做个游戏,谁愿意配合我一下。"

一位女生走上台来。

教授说:"请在黑板上写下你难以割舍的二十组人名。"

女生照做了,写了她的邻居、朋友、亲人等等。

教授说:"请你划掉一个这里面你认为最不重要的人。"

女生划掉了一个她邻居的名字。

教授又说:"请你再划掉一个。"

女生又划掉了一个她的同事。

教授再说:"请你再划掉一个。"

女生又划掉了一个……

最后,黑板上只剩下了三组人名,她的父母、丈夫和孩子。

教室非常安静,同学们静静地看着教授,感觉这似乎已不再是一个游戏了。

教授平静地说:"请再划掉一个。"

女生迟疑着,艰难地做着选择……

她举起粉笔,划掉了父母的名字。

"请再划掉一个。"身边又传来了教授的声音。

她惊呆了,颤巍巍地举起粉笔缓慢而坚决地又划掉了儿子的名字。

接着,她哇地一声哭了,样子非常痛苦。

教授等她平静了一下,问道:"和你最亲的人应该是你的父母和你的孩子,因为父母是养育你的人,孩子是你亲生的,而丈夫是可以重新再寻找的,为什么丈夫反倒是你最难割舍的人呢?"

同学们静静地看着她,等待着她的回答。

女生平静而又缓慢地说道:"随着时间的推移,父母会先我而去,孩子长大成人后肯定也会离我而去,真正陪伴我度过一生的只有我的丈夫。"

其实,生活就像洋葱,一片一片地剥开,总有一片会让我们流泪。"百年修得同船渡,千年修得共枕眠",既然两个人有缘结合到一起,就应该好好珍惜,不要让当初的那份爱在琐碎的争吵中消失殆尽,夫妻之间永远没有赢家。

2. 不要让理财影响了生活

理财的最终目的是为了更好地生活,而不是为了单纯的财富积累。如果因为理财而影响了家庭生活,损失无疑是最大的。

甄女士是一位幼儿教师,刚结婚时,丈夫没有正式工作,所以房租、物业费、水电煤费用、固定电话费,包括两个人的手机账单都是甄女士去缴的。她觉得相爱的人不应该计较这些。后来甄女士的丈夫进了房地产公司,而且干得不错。

丈夫说自己的收入都投入到了股票上,甄女士也从来不过问丈夫的收入,所以对家庭总收入并不清楚。由于丈夫工作比较忙,所以家里的开支还是甄女士在付。一开始两个人都没在意,但是不久甄女士就发现自己一个人的收入应付所有的家庭开支实在有些吃力,而甄女士的丈夫似乎也没有分担开支的意图。于是甄女士决定跟丈夫摊牌了。本来以为丈夫会不高兴,结果丈夫不但诚恳道歉,还马上开了一个与甄女士联名的账户,这样,共同开支可以从账户里支付。甄女士的丈夫对她说,以前真的没想到,总觉得这些是小数目,经她一说,他才意识到这些"小数目"可能会一点一点蚕食他们之间的互信互爱。

爱情无关金钱,家庭生活却会处处跟钱打交道,聪明的女性会巧妙处理两者之间的关系,不让金钱成为幸福家庭生活的毒药。

22.2 积极准备"防老"

过去常说养儿防老,现在,随着时代进步和人们思想的开放,特别是作为新一代受过良好教育的人群,已经抛弃了那种养儿防老的思想。许多人在年轻时就已经开始为养老作打算了。

1. 社会形势

近几年,上海、北京、天津、南京、青岛、大连、哈尔滨、广州等地正在初步探索出一条以家庭为核心,以社区为依托,以专业化的服务队伍为依靠,为居住在家的老年人提供生活照料、卫生保健、法律援助、精神慰藉等为主要内容的居家养老的新型模式。

其主要服务内容有：利用社区为独居、空巢老人提供日间照料。为不能或者不愿出门的老年人提供钟点工、保洁、送饭、洗澡等日常生活照顾和生活护理方面的服务；通过社区医疗机构，建立老年人医疗健康档案，定期为老年人进行健康指导、护理、上门巡诊、设立家庭病床、提供预防、诊断、治疗、康复锻炼等服务；在志愿者的帮助下，为老年人开展各类文体活动；依托社区老年法律援助中心，帮助他们解决赡养纠纷、再婚、财产分割等各种法律问题。不过，面对迅速发展的老龄化趋势，仅依靠居家养老也是不够的，应该在积极推广居家养老的基础上，适当发展福利设施，如兴建敬老院，开展临终关怀项目，建立老人活动设施等。

此外，政府还会进一步完善社会保障制度和社会福利制度，以保障城乡老人都能享有退休金；低保、三无老人都能受到良好的照顾。有的地方已经开始推行这种"居家养老"的方式，例如苏州的居家养老院由"中心"和"站"两级组成。"养老服务中心"设在街道，直接面向老人，提供一对一的服务。

我们有理由相信随着经济的不断发展，社会福利和保障体系会越来越完善，安度晚年不成问题。但把安度晚年的希望寄托在外在力量上，一旦外在形势发生改变后果将会非常严重，所以凡事还是做好充分的准备，将不确定因素降到最低为好。

2. 走出养老保险误区

有不少人的养老规划存在一些误区：

依赖银行存款进行养老规划。不少人认为只要银行有存款，养老就不成问题。事实上银行存款并不足以应付重大疾病、通货膨胀等不可测因素。

以社会保险和退休金进行养老规划。有人认为"我有社会保险，我的养老靠国家"，实际上，由于社保覆盖广、保障低，退休金十分有限，物价上涨飞快，退休人员的生活质量会受到很大影响。即使有保障的退休人员一旦患有重大疾病，高昂的医疗费也会让他们束手无策。

"养儿防老"。"4－2－1"的家庭模式越来越明显，即一对夫妇要养四个老人和一个孩子,经济负担非常沉重,而且社会压力越来越大,子女们都忙于工作也没有太多时间陪伴老人,所以"养儿防老"已经越来越不现实。

单纯依靠投资收益进行养老规划。由于市场经济瞬息万变,充满了多种不可测因素,单纯期望利用投资收益的回报进行养老规划,显然缺乏稳定性。

所以,年轻人应该走出误区,提早进行养老规划。

3. 养老保险

一个人需要多少钱养老? 一般而言,55 岁退休,假设活到 85 岁,这 30 年间的生活成本就是养老所需的基本费用。如退休后每年的生活成本是 3 万元,那么就需要 90 万元来解决养老问题,如果考虑通货膨胀因素,还要再多些。在确定购买多少养老险时,可考虑与社会养老保险的互补性。

(1)社会养老保险。养老保险是社会保障制度的重要组成部分,是社会保险五大险种中最重要的险种之一。所谓社会养老保险或养老保险制度是国家和社会根据一定的法律和法规,为解决劳动者在达到国家规定的解除劳动义务的劳动年龄界限,或因年老丧失劳动能力退出劳动岗位后的基本生活而建立的一种社会保险制度。

我国的社会养老保险由三个部分组成。第一部分是基本养老保险;第二部分是企业补充养老保险;第三部分是个人储蓄性养老保险。

①基本养老保险。基本养老保险也称国家基本养老保险,它是按国家统一政策规定强制实施的为保障广大离退休人员基本生活需要的一种养老保险制度。在我国,1990 年之前,企业职工实行的是单一的养老保险制度。在我国实行养老保险制度改革以前,基本养老金也称退休金、退休费,是一种最主要的养老保险待遇。国家有关文件规定,在劳动者年老或丧失劳动能力后,根据他们对社会所作的贡献和所具备的享受养老保险资格或退休条件,按月或一次性以货币形式支付的保险待遇,主要用于保障职工退休后的基本生活需要。

1997 年,《国务院关于建立统一的企业职工基本养老保险制度的决定》中明确指出:基本养老保险只能保障退休人员的基本生活,各地区和有关部门要在国家政策指导下大力发展企业补充养老保险,同时发挥商业保险的补充作用。

目前,按照国家对基本养老保险制度的总体思路,今后基本养老金主要目的在于保障广大退休人员的晚年基本生活。

②企业补充养老保险。企业补充养老保险是指由企业根据自身经济实力,在国家规定的实施政策和实施条件下为本企业职工所建立的一种辅助性的养老保险。它居于多层次的养老保险体系中的第二层次,由国家宏观指导、企业内部决策执行。

企业补充养老保险与基本养老保险既有区别又有联系。企业补充养老保险由劳动保障部门管理,单位实行补充养老保险,应该选择经劳动保障部门认定的机构经办。企业补充养老保险的资金筹集方式有现收现付制、部分积累制和完全积累制三种。企业补充养老保险费可由企业完全承担,或由企业和员工双方共同承担,承担比例由劳资双方协议确定。

③个人储蓄性养老保险。职工个人储蓄性养老保险是我国多层次养老保险体系的一个组成部分,是由职工自愿参加、自愿选择经办机构的一种补充保险形式。由社会保险机构经办的职工个人储蓄性养老保险,由社会保险主管部门制定具体办法,职工个人根据自己的工资收入情况,按规定缴纳个人储蓄性养老保险费,记入当地社会保险机构在有关银行开设的养老保险个人账户,并应按不低于或高于同期城乡居民储蓄存款利率计息,以提倡和鼓励职工个人参加储蓄性养老保险,所得利息记入个人账户,本息一并归职工个人所有。

目前,人们口中提及最频繁的养老险是指"个人储蓄性养老保险"。按照目前养老保险待遇的计算公式,退休时基本养老金到底是多少,由以下五部分之和构成:基础养老金+个人账户养老金+过渡性养老金+调节金+加发金额。总的说,养老金高低,取决于消费者的缴费基数、缴费时间、退休年龄。缴费基数越高、缴费时间越长、退休年龄越大,到退休时得到的养老金就会越多。

社会养老保险的缴费基数并非一成不变,是根据上年度社会平均工资确定的。随着社会平均工资的变化,以后缴费基数也将相应改变。事实上,消费者的养老保险该缴多少钱,到了退休年龄每月能领到多少钱,每位参保者都会因某一方面不同而导致很大的差别,比如年龄、性别、参加工作的时间、参保时间、缴费年限、退休年龄以及与单位终止、解除劳动关系的时间等等。基本养老金能领多少,在很大程度上取决于消费者缴费时间的长短。因此,在消费者有缴费能力时,要尽可能在政策允许范围内,多缴费、长缴费。

(2)商业保险。社会养老保险只能保证基础的生活水平,没有更多可支配收入。如果要保证较高质量的退休生活,仅靠社会基本养老保险是远远不够的。

在政府部门工作的莫女士,每月上缴的社会养老保险费为 460 元,按照她的想法,她认为将来退休生活肯定不用愁。社会保障部门相关人士却表示,莫女士所缴纳的基本养老金只能维持退休以后中等偏下的生活水准,也就是能吃饱穿暖而已,没有剩余的资金可供支配。其实,在经济发达的社会,一般而言,每个人的养老保障由三部分构成,除了我们所熟悉的社会基本养老保险之外,企业一般会为员工购买商业养老保险和补充养老保险,也就是"企业年金"。由于企业年金的选择权和主动权都在企业手里,员工个人无法掌控。因此,只有个人商业养老保险可以由自己来决定是否购买,并可根据自己的能力进行灵活的自主规划和选择。

如果从投资的角度来说,商业养老保险的长期收益率比不上其他投资项目,但由于养老计划最基本的要求是追求本金安全、适度收益、抵御通胀、有一定强制性原则,与一般资金投资追求收益较大化原则有别。而保险恰恰有一个强制储蓄的特点,因此对于平常消费倾向明显、储蓄率低、投资习惯较差的人群而言,购买商业养老险显得更为稳当、更有效力。养老保险是较有保证的投资,可降低退休规划的不确定性,但报酬率偏低是它最大的缺点,需要投入较多的资金才能满足退休的需求。所以最好将退休后的需求分为两部分:第一部分用于基本生活支出,第二部分保证生活质量的支出。基本生活支出是必须保证的,需要能保证给付的养老保险等来满足。除此之外,风险承受力较高的人可以选择股票或基金等高报酬率、高风险的投资工具,使自己退休后仍能保持较高的生活质量。

购买商业养老保险要注意:

①选择分红型产品。与传统型固定利率养老保险有所不同,目前新面世的养老保险产品较多附加了分红或者投资回报的功能,其目的是为了抵抗未来的通货膨胀压力。2006年,寿险公司对养老保险产品作了改良,加入了分红或万能险的投资功能,将固定利率转变为有浮动的利率,实际分红或结算利率视寿险公司的经营投资情况而定,目的就是为了可以抵御通胀。值得注意的是,万能型养老险投入比较大,且不宜提前支取,否则将损失高额的手续费。

②买保险要趁早。投保养老险应该越早越好,因为保费与投保年龄是成正比的,越年轻保费越低,而且在红利的积累上也更合算。一般保险公司对50周岁以上的消费者购买养老保险,会有一定限制。如超过51周岁(含)人员投保,需接受体检;购买重大疾病保险,缴费期一般只能选择5年付清或一次性缴清。此外,与重大疾病保险相似,50周岁以上须缴纳的费率一般要高一些。不要小看年龄的差别。一般相差1岁,每年保费就要少缴2%左右,因此即使投保人选择生日前几天投保,与过了生日再投保,保费差别也可能会上万元。因此,寿险顾问建议,如果要购买养老保险,最好能在50岁之前。

③根据实际收入状况购买保险。从理论上说,养老险越多越好,但养老险保费比较高,需要有一定的经济收入来支撑。2007年元旦开始,新生命表正式实施,由于新生命表的平均寿命比原生命表提高了约3.1~4.8岁。因此,新生命表出台对寿险产品的直接影响是纯保障类产品会降价,纯年金类产品会涨价。因此,选择养老险的关键就是量入为出。对于白领来说,保费支出占其年收入的10%～20%较为合理,商业养老金占养老保障的两至四成为宜。

④选择交费期限。由于养老保险缴费期限不同,保费差别会很大,所以投保养老险要事先做好规划,选好缴费期限。以下原则可供参考:

a. 养老险缴纳期限越短,缴纳的保费总额越少。因此,在手头有余钱的情况下,缩短缴费期限是较为经济的。目前很多公司的养老险除了一次趸缴外,还提供3年缴、5年缴等短期缴费方式。

b. 对于财力有限的工薪族,就可以选择期缴。寿险公司代理人说,期缴类似于定期储蓄,在同等保障情况下,缴纳期限越长,每年缴纳的保费数额越少。以30岁的男士投保保额为10万元的养老险为例,如果选择10年缴费,每年需缴23 700元;如果选择20年缴费,则每年需缴13 100元。所以,保费期缴更符合大多数人的实际情况。

c. 对于工作强度较大的白领来说,最好选择可以附加健康险、意外险的"一揽子"养老险方案。

在购买养老保险时,要考虑四个因素:投保年龄、家庭收支、家族寿命、通货膨胀。通常情况下,养老规划制定得早,负担相对较轻。在投保购买商业养老保险时,首先应考虑保障需求缺口的大小,即退休后的财务费用减去已有的退休保障。其次要考虑缴费方式,养老保险的保费比较昂贵,投保人应根据自己的收入情况选择适合的缴纳方式,以免缴费太多增加负担。此外,在为自己制定养老保险计划时,还应该根据自身状况,适当附加一定额度的"重疾险"、"医疗险"或"意外险",这样的保单才比较全面、系统,真正解除退休后的"后顾之忧"。

总的来说,高收入者可主要依靠商业养老保险保障养老,社会养老保险及其他投资收益作为补充;中低收入家庭,可主要依靠社会养老保险养老,商业养老保险作为补充。

后 记

　　本书在策划和编写的过程中,得到了许多朋友和同仁的支持和帮助,以及许多老师和朋友的帮助,他们分别是占珊、刘婷、赵巍、周妮、丁岭花、马泽峰、汪京、周兴华、姚为青、童媛媛、杜海义、王金超、高光耀、刘小勇、时小强、常付轩等,在此向他们表示感谢。

　　在本书的编写过程中,借鉴和参考了一些文献和作品,从中得到了不少的启发和感悟,也汲取了其中智慧的精华,谨向给予我们无私帮助的专家、学者表示崇高的敬意。因为有了大家的共同努力,才有本书的诞生。凡被本书引用的材料,我们将按出版法有关规定向原作者支付稿酬,但因为有的通信地址不详,尚未取得联系,敬请您见到本书后,及时把您的详细信息告诉我们,我们会尽快办理相关事宜,联系方式,请发邮件:changhuajun@163.com

　　由于编写和出版的时间仓促,以及编写的水平所限,书中的不足之处在所难免,诚请广大读者批评指正,特此惠意。

常　桦

2008 年 3 月